在脱贫攻坚的时代巨幕下，仙掌村的人们于困境中挣扎、在希望里奋进，爱情与现实碰撞，梦想与责任交织，共同绘就一部充满力量与温情的奋斗史诗，见证他们破茧成蝶的动人历程。

破茧

PO JIAN

陈家胜◎著

山西出版传媒集团

山西人民出版社

图书在版编目（CIP）数据

破茧/ 陈家胜著. -- 太原: 山西人民出版社,
2025. 1. -- ISBN 978-7-203-13727-6

Ⅰ. Ⅰ247.5

中国国家版本馆CIP数据核字第2025TT7581号

破茧

著　　者：陈家胜
责任编辑：傅晓红
复　　审：崔人杰
终　　审：梁晋华
装帧设计：成都现当代文化传播有限公司

出　版　者：山西出版传媒集团·山西人民出版社
地　　　址：太原市建设南路21号
邮　　　编：030012
发行营销：0351 - 4922220　4955996　4956039　4922127（传真）
天猫官网：https://sxrmcbs.tmall.com　电话：0351 - 4922159
E - mail：sxskcb@163.com 发行部
　　　　　　sxskcb@126.com 总编室
网　　　址：www.sxskcb.com

经　销　者：山西出版传媒集团·山西人民出版社
承　印　厂：成都市天金浩印务有限公司

开　　本：880mm × 1230mm　　1/32
印　　张：11
字　　数：246千字
版　　次：2025年2月第1版
印　　次：2025年2月第1次印刷
书　　号：ISBN 978-7-203-13727-6
定　　价：86.00元

序

　　至少有二十年没写小说了，原因是好小说需要人生阅历的沉淀。泰戈尔说："只有经历过地狱般的磨难，才能有创造天堂的力量；只有流过血的手指，才能弹出世间的绝唱！"一粒沙子一个世界，一朵野花一个天堂。人活一辈子，少不了历经风霜雪雨、生死离别、坎坎坷坷……当我们由此变得坚毅而淡泊，便会发现，人生原来就是一种境界，一种心情，一种品味……

　　这也许正是好小说需要的东西。

　　当我自认为足够曲折的人生已是一本不用构思、粉饰和提炼便情节跌宕起伏、主题深邃厚重的小说时，我提起了笔。

　　感谢上帝之手，一直在不遗余力地帮我架构小说式的人生，让我更好地认识了世界和自己。当有人惑然于我面对一波三折的人生而自始至终百折不挠时，我便宽慰他（她）也宽慰我——这是在为写小说作准备，在为写好小说作准备。

　　往往这样的时候，怜爱我的人便觉得我就是那个阿Q——被生活和命运所蹂躏，却总是妄自尊大，从不在精神上委屈自己的阿Q。

　　我不知道阿Q究竟靠什么力量支撑起自己永不服输的精神世界。毕竟他不像我，有那么高雅的追求——写出一部好小说的

1

夙愿。

就在我决心把自己的大半生毫无保留地呈现给万千读者时，忽然意识到一个问题：把个人的酸甜苦辣喷吐一地，究竟意义何在？有没有更值得一写的东西？

于是，我想到了一群人。一群和这个时代命运相系、心手相依的人。他们就是千千万万贫困对象和对他们施以援手的人。

我的工作让我离他们很近，以至于我可以确切地感受到他们自然而然的温爱。

百度有云：小说，是一种以刻画人物形象为中心，通过完整的故事情节和环境描写来反映社会生活的文学体裁。

当今世界，有什么比中国人民齐奔小康的社会主题更值得追忆与怀念？

两千多年来，中华民族一直追求"小康"日子、憧憬"大同"社会，渴望人人过上"仓廪实而知礼节，衣食足而识荣辱"的生活。这一天终于来了！2021 年 7 月 1 日，习近平总书记在庆祝中国共产党成立 100 周年大会上庄严宣告："经过全党全国各族人民持续奋斗，我们实现了第一个百年奋斗目标，在中华大地上全面建成了小康社会。"

喜讯背后是一幅"以人为本"、功成有我的时代助贫画卷。

我毫不隐讳对这一壮举的认知与了解，这完全不是体验式的采访可以比拟的。我庆幸我是他们中的一员！所以我更有发言权。

我尤其珍惜这个发言机会！

写什么呢？

以易地扶贫搬迁、产业就业等为主要帮扶手段的精准扶贫，莫过于难在"发展"与"融入"上。亮点自然也在于此。我希望笔下的东西能尽可能接近若干人为之探寻并证明可行的宝贵经验，让读者从中了解、理解这一浩大、伟大的民生工程。我甚至奢望这些实践经验可以被复制、推广，服务于全世界的减贫事业。这就像《红楼梦》里的药方真能治病、《三国演义》的军事艺术真能指挥打仗一样。

小说，归根结底是讲故事的艺术，而情感是故事的灵魂。在这部小说里，纯美的爱情贯彻始终。两对主要恋人的家境、学识、地位迥异，代表了不同的阶层群体。缩小不同阶层群体间物质上的差距是扶贫的初级使命，消除他们间的阶层隔阂才是扶贫的崇高目标。

主人公吴焕珍自始至终没能冲破这道阶层篱笆，其中有着主观、客观的原因。主观上，她谨慎而自卑，始终没有勇气脱掉阶层外套，即便有陆自远这个强大的外力作用也是如此；客观上，有着坚硬阶层外壳和血缘亲情保护的陆家，并不欢迎像她这样阶层身份低下的外来者。这就是现实！它告诉我们：消除阶层隔阂的工作道阻且长。

值得庆幸的是，如今的城市青年群体正在淡化这种阶层差距，让我们看到了消除阶层隔阂的希望。出身于外交官家庭的周茜茜，选择放弃省城的优越条件，下嫁给帮扶村的青年邹智，就是希望所在。受益于精准扶贫，农村的发展越来越好，吸引城里人的东西越来越多，诞生这种"破天荒"的故事便是偶然中的必然。

小说正是要用这样一悲一喜的两个爱情故事，既让我们看清现实，也让我们看到希望。

中国人民在中国共产党的坚强领导下，向绝对贫困宣战，是一项举世瞩目的"破茧"壮举！仙掌村和幸福安置小区就是它的缩影。

2023 年 8 月　湖北建始

C 目录
ontents

第一章

　　中原省临金县云雾镇仙掌村的夜晚一贯来得早。少了夜生活的蓄力，还不到晚上 10 点，村里便只剩下几点瘦弱的灯光。夜色就像一床七洞八孔的破棉絮，遮盖在此起彼伏的山峦上，三五颗星星寂寥地点缀在"棉絮"的洞口中，与地面若隐若现的窗灯遥相呼应。

　　吴焕珍不时端详着村党支部书记常庭武发来的微信——"有好事相告，等我。晚上见"。她心里七上八下，急切想知道"好事"究竟是什么，但又担心常庭武"夹带私货"，图谋不轨。

　　常庭武任村支书这 5 年，没少向吴焕珍示好，说要把更多精准扶贫的惠民政策落实到她家，但每次总是煞费苦心地留一手。其司马昭之心，吴焕珍看得明白——那双直勾勾、色眯眯的眼睛，在常庭武刚当上村党支部书记那会儿，在她面前还有所掩饰，这几年越发长满了倒刺，锋利无比。

　　自从丈夫曹振宇 14 年前在村里的煤窑受伤，成为半身不遂的病人，天生丽质、冰肌玉骨的吴焕珍就成了常庭武最"惦记"的人。14 年了，即便往昔的美少妇如今已 35 岁，但在常庭武眼里，美人依旧那么美，且美得更有味道，那标致的脸蛋、如花的容貌、挺拔的酥乳、丰满的翘臀、如玉的肌肤，哪一样都令他魂

1

牵梦绕。

年将 50 的常庭武，人长得不算难看，还贼爱梳妆打扮，穿着也十分讲究。偏分头日日油光水滑，一双黑皮鞋无时无刻不擦得锃亮。似炬藏神的浓眉大眼，透射着狡诈与精明。

他原本长期在沿海的一家工厂管理车间，几年前返乡在邻村办了个茶厂。他这人天生好色，见村支部书记更便于掌控村里的女性资源，便挖空心思参选。镇上的领导见他有几分能力，就允了让他领头。

守活寡的吴焕珍是常庭武做梦都想捕获的对象。他一次次借着落实惠民政策讨好吴焕珍，可吴焕珍从来都只领情不报"恩"——好吃好喝的没少他，但半点便宜也不曾让他占得。鱼儿不上钩，他就慢慢下饵。村里启动精准扶贫两年多来，他仅把吴焕珍的丈夫曹振宇和女儿曹子倩纳入了低保，且是一前一后各用了一年时间才把他们"挤"进去。吴焕珍自知鱼饵藏钩，次次只得小心应付，担心一不留神钩儿便把自己的名声勾了去。

吴焕珍的滑溜让常庭武的垂钓次次无功而返，眼看村支书都快干了 5 年还是"心愿未了"，他越发急不可耐。就在他苦于缺乏"饵料"时，上面来了易地扶贫搬迁政策，他觉得这个"饵料"吸引力十足，吴焕珍应该会上"钩"。

用什么样的方式来面对常庭武？吴焕珍十分犯难，特别是在这夜深人静的时候。她一开始决定干脆理直气壮地面对，也就是在常庭武进门的时候，她亮开嗓子打招呼，尽可能让躺在一楼病榻上的老公听见。但她很快意识到这样做不妥，一来，老公是个小心眼，他会认为自己是在故弄玄虚，掩耳盗铃；二来，常庭武是个老滑头，如此大张旗鼓地通告他的到来，他必定会把可能送来的"好处"带回去，日后又够折腾了。

既然明应不行，那暗接该如何操作？丈夫的卧室与火炕（农村人用于烤火的房子，也用作客厅或餐厅）就隔间堂屋（设计在房屋中间，又称"客堂"），常庭武若从大门进来，老公无论如何都能听到些动静。只能让他从侧门进来，可把侧门敞开着，若公公婆婆看见灯光前来串门（实则是监督儿媳是否偷情养汉），按他们的磨叽劲儿，不到零点不会走。这常庭武如何进得来？

虚掩侧门，关掉灯光，仅凭炉火照耀着人影。吴焕珍坐在凹凸不平的老旧沙发上，第一次"用心"等待着常庭武，未知的一切让她忐忑不安。

炉火的温暖和早睡早起的习惯让吴焕珍最终还是靠在沙发上睡着了。睡梦中，英俊活泼、健步如飞的曹振宇一脸坏笑地牵着她的手，向一处山顶的小树林里跑去。深秋时节，厚厚的树叶没过两人的脚背，大地一片金黄。曹振宇一把将她搂在怀里，一只炙热有力的手，按压在她胸前的峰峦上，她浑身酥软，心快飞了出去……

合着眼，她兴奋地感觉到衣服被解开了，曹振宇冒着热气的鼻孔从她的胸口划过，柔暖得令人窒息，恍惚间，她瘫软倒下……

这一倒让吴焕珍醒了，极不甘心地醒了，她慢慢地、微微地睁开眼，微弱炉火映照出的一张脸差点把她吓得叫出声来，要不是常庭武疾如旋踵一把捂住她的嘴，病榻上的曹振宇非被惊醒不可。

"今天来要告诉你两件好事，一是你高中毕业，有一定文

化，又比较年轻，村两委准备把你培养成村定补干部，以后一年可有两万多元的工资；二是村里启动了易地扶贫搬迁，你们家可申请在村、在镇或进城安置。"常庭武边说边把整个身子往吴焕珍身上挪。

吴焕珍想奋力反抗，可全身的力气不知去了哪，根本动弹不得。再者，她也担心弄出响动惊醒了老公。

吴焕珍下意识地快速扫描起刚才的梦境，梦境里，年轻健壮的曹振宇原来只是自己美好的回忆，现在的曹振宇早已是一个下半身失去知觉的人，就瘫睡在另一间屋子里，像具尸体。现实中，自己的身子正被压在另一个男人结实的身体下。刚才，就是他解开了自己的衣服……此刻，他的身体充满了邪恶的力量、强大的力量，喷射着火焰，眼看就要点燃自己。

是曹振宇那张备受煎熬、无奈且扭曲的脸助她战胜了"魔鬼"——自己即便不能成为一个高风亮节的人，也决不能成为一个落井下石的人，老公让飞来横祸夺走了生命的尊严，我决不能让他失去精神的慰藉。

"你如果还想继续做你的书记就赶快站起来，我可是有夫之妇，你这是犯法！你那些所谓的好处，我可以一样都不要。"

吴焕珍最终没允许常庭武脱下自己身体最后的护具，道德的防线让她守住了人妻的底线。

常庭武满怀失落地走了，悄悄地走了，正如稍前他悄悄地来。

平江州为中原省唯一的少数民族自治州，下辖八县两市，临金县为其一。其余为凤鸣市、江俞市、武关县、南田县、文道县、团申县、商漆县、贡梨县、浦陵县。

临金县地处平江州的东大门，据说在三国吴景帝永安三年立县时，因拟建县衙所在地的土壤测重不足九两（《相宅经纂》卷三"称土法"说："取土一块，四面方一寸称之，重九两以上为吉地，五、七两为中吉，三、四两为凶地。或用斗量土，土击碎量平斗口，称之，每斗以十斤为上等，八九斤中等，七八斤下等。"），却又一时找不到更好的地方替代，便取名"临金"，寓意差不多是块金地，其实也就是置县决策者们在不得已而为之的情况下，找的一点自我安慰。

平江州的八县两市中，临金县贫困面最大，贫困程度最深，属国定贫困县，全县总人口仅 50.2 万人，建档立卡对象就占了 13.3 万人。

临金县有个常年云山雾绕的高山乡镇——云雾镇。大巴山脉向南的分支一路扑扑腾腾，不经意间便与武陵山脉的分支余脉不期而遇，缠缠绵绵间便有了山岭交错的云雾镇。

仙掌村继承了云雾镇典型的自然环境基因——总面积也就8.6平方公里的一个行政村，境内叫得出名儿、身个儿较大的山就有绣球山、军靴山、鸡冠山、马头山。一年四季，山色随季节、光照、时间的变换而变化，呈现出灰蓝、黛绿、褐黑、绛红的多样色彩。鸡冠山乃云雾镇屋脊，海拔高达 1904 米。在云雾浓厚的天气，山体的大半身被云雾包裹，隐不可见，只剩下形如鸡冠的山巅飘逸在云端之上，清新耀眼，像是在恭候某位神仙踩踏着它的脊背腾云驾雾直奔凡间而来。

仙掌村地形宛如一只手心向里、指北腕南，置于斜坡之上、成抓状的巨大手掌。民间相传太白金星受玉皇大帝的派遣到凡间

进行微服私访，一日，行至仙掌村所在地界，人困口渴，见一溪水清澈见底、群鱼畅游，便坐下来歇息，饮完清凉甘甜的溪水顿觉神清气爽，兴奋之际一手拍地，于是便留下深深的掌印，"仙掌村"由此而来。村民把太白金星饮过的溪水称为天神溪。天神溪为夷水（现今称清江）的支流，水量不大，外界鲜有人知。

仙掌村的五个村民小组大体也是按照"手"的结构来划分的。一小组为"小指"至"无名指"之间的区域（包括"小指"和"无名指"），二小组为"无名指"至"中指"之间的区域（包括"中指"，但不包括"无名指"），三小组为"中指"至"食指"之间的区域（包括"食指"，但不包括"中指"），四小组为"食指"至"大拇指"之间的区域（包括"大拇指"，但不包括"食指"），正"手掌"及"腕"的区域为第五村民小组。

"仙掌"的五根"手指"之上，非山即岭。"手指"之间的凹地，深的叫沟，浅的叫槽。仙掌村的多数村民往往选槽择岭而居，只有少数据说是祖辈有钱有势的人住在了"手掌"处的平地或坡地上。村委会理所当然选址在"手掌"的平地上。

为表示安慰与体现"公平"，一小组至四小组，因多山多岭、多沟多槽，耕地面积相对较少，每组便分得了一点"手掌"的边沿。耕地面积最小的小组，分得的"掌"沿就多一些，由此使得一小组至四小组与五小组的分界处犬牙交错，你中有我，我中有你。

"手掌"的 1/3 为平地，其他为坡地。平地叫"坝"，名曰"水田坝"。坡地向阳，统称"阳坡"，为便于区分，一小组至四小组各自所分的阳坡之地，分别称之为"阳坡一组""阳坡二组""阳坡三组""阳坡四组"。

单根"手指"之上的山或岭之间的平地，面积小的叫"台"，面积大的叫"坪"，"台"或"坪"位于"手指"的中、远"关节"处。五根"手指"的"中关节"处，平地均不大，所以一律称"台"，"小指""无名指""中指""食指"的"远关节"处多为平地，即使是坡地，坡度也较小，所以统一叫"坪"。"台"或"坪"的命名以同一姓氏户数的多少或不同姓氏家庭的社会地位高低为参照，取户数多或社会地位高的家庭姓氏为"台"或"坪"的姓，如李家台、赵家台、刘家坪、崔家坪等。仙掌村有五个台，由"小指"至"大拇指"，依次为李家台、赵家台、冯家台、张家台、郭家台。有四个坪，由"小指"至"食指"，依次为刘家坪、崔家坪、周家坪、雷家坪。

"手指"之间沟与槽的平地或洼地叫坦。"坦"的命名与"台"和"坪"一样，从一小组至四小组，大大小小的"坦"有二十多个，如陨石坑般星罗棋布于沟与槽中，如"邱家坦""常家坦""曹家坦""沈家坦"。

"掌"的边沿即"腕"的所在地是崖。崖下是清澈婉转的天神溪。天神溪盛产洋鱼，体形修长，无鳞，头部副蝶骨呈宝剑形，鱼体颜色整体偏灰，胸、腹鳍边缘金黄色；鱼肉细嫩、密实、口感爽滑，汤汁鲜香，实为当地一绝。

仙掌村与云雾镇的集镇接壤，"无名指""中指""食指"的"指尖"直抵云雾社区（云雾镇的集镇所在地）。

"手"的不同区域，存在显著的生存环境差异，不同的居家位置，反映了明清时代湖广填四川年代一同落户于此的不同姓氏或家族间的等级差异——位于"坝"上者，据说多为尊主及其近亲；位于"坡"上者，多为尊主的家奴；位于"坦"或"坪"

上者，多为尊主的友党；位于"台"上者，多为与尊主一道迁徙的流浪人家。

仙掌村常住人口最多时的数量目前已无法考证，现在外界只知道它是云雾镇面积最大的行政村，因为生存环境恶劣，人口累经外迁之后，如今只剩下 377 户 760 人，属典型的山大人稀村。村内唯一的公路是过经村民一小组所在峡槽的犹如大肠般曲折的"X433"县道和村委会至县道长不足两公里、宽不过三米的坑坑洼洼的连接线。村内 70% 的家庭"运输靠肩，出门靠走"。

仙掌村境内大部分区域地处云雾镇的二高山，若不是被鸡冠山拉大了平均海拔，这里的平均海拔应该只有 900 多米，而实际却是 1200 米。"手指"区域位于高山，"手掌"区域位于二高山。

如果说中原省最穷的县市是临金县，临金县最穷的乡镇为云雾镇，那么云雾镇最穷的行政村便是仙掌村了。全村建档立卡人口 133 户 427 人，占全村总人口的 56.18%，是全省的重点贫困村。

人穷志短。仙掌村自有名有史以来，就没出过一个大众眼里的能人、名人、官人，甚至连大队书记也没有出过，更别说乡长、局长了。雷敏——一个在省城东方农业大学担任高级讲师的教书匠，算是村里有史以来诞生的唯一一位高学历"公家人"。

脱贫攻坚决胜期，中央启动了多项帮扶措施，定点帮扶就是措施之一。身为中直单位的东方农业大学决定响应中央号召，定点帮扶临金县。按要求，学校需派出两名同志到定点联系村专职开展精准扶贫工作。

东方农业大学的联系村被确定为仙掌村。

当得知东方农业大学的定点扶贫村就是仙掌村时，雷敏几乎毫不犹豫地于动员会后第一时间向校党委递交了驻村申请。一来，自己是仙掌村的人，虽然情感上对这个穷得"鸟不拉屎"的地方没什么好感，但骨子里却有一份关心家乡的责任。二来，自己所任教的东方农业大学文法学院社会学系，本身就肩负着国务院扶贫办精准扶贫方面的课题研究重任，现在有这样一个深入一线的机会，她怎能不争取？再说，自己孑然一身，上无老下无小，出门在外无牵无绊，当属驻村的最佳对象。更为重要的是，回到仙掌村想见恩师至少比现在便利。

踊跃报名的自然不止雷敏一人。经济管理学院农业经济系副教授陆自远便是其中之一。陆自远比雷敏长6岁，刚至不惑之年，因与老婆关系紧张，已离婚两年多，正希望换个环境，换个心情。再者，他是省政府精准扶贫专家组的成员，驻村帮扶怎能少了他？

校党委经过反复斟酌，最终同意了他俩的请求。

"男女搭配，干活不累。"2016年10月8日，雷敏和陆自远由常务副校长方杰、财务与资产管理部部长李哲等人护送，在同事们的一片羡慕、祝福声中坐上了开往临金县的火车。

临行前，校党委明确了他俩的工作职责：陆自远任驻村第一书记，雷敏任驻村工作队长。两人共同协助村两委开展精准扶贫工作；协助结对帮扶教职工开展日常结对帮扶事务；代表东方农业大学如期完成定点帮扶各项工作任务。

时值深秋，恰逢寒露。熟透了的江汉平原遍地金黄。三两座丘陵和三五排防护林镶嵌在金色的大地上，绿的、黄的、红的叶片绣花一般绽放在枝头，与白墙红瓦、错落有致的沿途民居一

道，构成了"两湖大地"的斑斓秋色。

雷敏坐在驶往临金县的火车上，心情犹如窗外的两湖平原——平缓中偶有起伏。随着六年前她把靠卖点自产蔬菜供她读书的奶奶的轻飘飘的骨灰，撒在临金县云雾镇仙掌村长方形的坟窠，家乡就再也没有了她真正意义上的亲人。没有了亲人的牵挂，苦痛的记忆里只有源自贫困的怅恨与纠结。现在，它们完全压倒了她阔别已久重归故里的急切。相反，纵然她一再往心坎上"浇水"降温，临金县一中的恩师杜鹏还是掀起了她心湖的涟漪。自从去年自己撒谎说结婚了，恩师就再也没有主动联系过她，每次都是她主动联系恩师。但她分明感觉到恩师仍旧十分期待着她的联系。至于自己为何要撒谎，只是希望恩师不要有负罪感，认为是他影响了她的爱情与婚姻。在雷敏看来，恩师是无罪的，原罪只能是贫穷。如果不贫穷，父亲便不会开着那辆农运三轮车没日没夜地跑运输，最后因疲劳驾驶酿成车祸，被碾压在载了一车水泥的车身之下。如果不贫穷，母亲便不会抛弃她、抛弃这个家，她也就用不着恩师一路资助，让她欠下一辈子也还不清的情债。

雷敏读小学四年级时父亲因车祸去世。母亲在她上初中后不久便去了沿海打工，自此杳无音信。她靠奶奶卖点自产蔬菜赚钱读书，求学的日子一年比一年艰难。杜鹏是她考上县城重点高中县一中后的语文老师和班主任，他英俊潇洒，才华横溢，性格更是宽厚善良，接任他们班班主任时，刚过 30 岁生日，孩子还不足两岁。

得知雷敏的家庭情况后，杜鹏每月便资助她一些生活费，到高二时连学费也包了，因为雷敏的奶奶使出浑身解数也只能勉强维持老两口的生活开销。

雷敏不知道从哪个时候起就对恩师有了超越师生之谊的情感。她渴望听见他的声音，渴望看见他，渴望和他说话，渴望知道他的一切，渴望接触他的身体……

高三毕业吃完"散伙饭"，与恩师离别的那一晚，雷敏靠在恩师的肩头哭得撕心裂肺，恩师自然不全明白她为何而哭，这是她的秘密，她想告诉恩师，却又实在鼓不起开口的勇气。虽然她洞察到恩师与师母情感平淡，但他们都在乎儿子，想给儿子一个完整的家。师母平日里像防贼似的防着恩师，生怕他在外面有点什么，甚至明目张胆地关注着恩师的手机。恩师唯一的自由，就是个人的财政大权不用上缴——师母在一家上市公司做高管，收入较高，对恩师的工资不怎么关心，要求他把自己的一摊子事和一摊子人应付好就行。

即将上大学前，雷敏的手机再次收到一条转款短信，这次的数额成了五位数，她知道是恩师转来的，银行卡号只有恩师知道，卡还是恩师带她去办的。她觉得欠恩师的已经太多，一辈子也还不完，现在又多了"15000元"，更是于心难安。她想通过微信给恩师转回去，但又担心师母发现蛛丝马迹引出家庭矛盾。为表达对恩师的爱慕与感激，她给他发了一首欧阳修的诗，只发了诗名：《玉楼春·尊前拟把归期说》。诗的正文："尊前拟把归期说，欲语春容先惨咽。人生自是有情痴，此恨不关风与月。离歌且莫翻新阕，一曲能教肠寸结。直须看尽洛城花，始共春风容易别。"她省去了，她相信恩师对这首诗一定是熟悉的。

恩师回了条信息："好是春风湖上亭，柳条藤蔓系离情。黄莺久住浑相识，欲别频啼四五声。好好读书，学有所成！"恩师

借助唐代文学家戎昱的《移家别湖上亭》，表达了对她的惹恨牵愁，依依不舍。她捧着手机，泪花翻滚。

雷敏上大学后，每月都会收到恩师打给她的 2000 元到 3000 元不等的生活费。她省吃俭用，再加上勤工俭学和助学金，一年下来，还能结余不少。她一再告诉恩师自己可以自立了，可恩师的转款短信依旧月月响起。

雷敏对恩师有说不完的话、感不完的恩、诉不完的情，可信息不敢发、书信不敢寄，怕被师母无意间看见。她只好每周给恩师写一封信，汇报自己的生活、学习情况，以及纷纷扰扰的心事。这些信就藏在她的皮箱里——恩师送给她的皮箱。学期末再带回家封存。

每个假期雷敏都会和恩师见上一面，见面的场合自然是些无可厚非的地方，说的也都是寒暄、道谢、鼓励的话。她的包里每次都放着写给恩师的信，但就是不敢拿出来。

大三那年，恩师借道外出学习，来学校看望了她。她借助请恩师帮她规划大学毕业后的去向的机会，在宾馆与恩师待了一晚。夜半时分，她鼓起吃奶的勇气，颤颤抖抖把新学期写给恩师的一沓书信交到恩师手上，以明心意。恩师看了热泪盈眶，把她紧紧地搂在怀里。她要把一切都交给恩师，恩师不许，说："你的青春应该交给你的未来。老师只想做成就你的恩人，不想做影响你的罪人。"

这一晚，她流干了所有的眼泪，最后躺在恩师的臂弯里睡着了。

这之后，她和恩师虽仍旧保持联系，却再也没有见面。恩师一直供她考研读研，直到完成学业，最后于东方农业大学留校任教。

参加工作后，一开始，还有人隔三岔五给她说媒，可她连相亲见面喝杯茶的兴趣都没有。她心中只有恩师。

爷爷、奶奶相继去世后，几乎再也没人关心她的婚姻大事。她自己就更不关心了。她的内心已被一个男人占满，挪不出一点空间来装其他的男人。

直到现在她也没弄明白自己对恩师的感情到底是恩情还是爱情。她的理解是，当恩情遇到欣赏便会转化成爱情，就像相濡以沫的爱情时间长了也会转化成恩情一样。

渴望有一天与恩师相逢相守，成为她活着的重要动力和意义。

临金县人民政府为方杰一行准备了高规格的接待晚宴，县委书记焦志洋、县长翟世友双双作陪，县委、县政府班子成员一应到场。

当方副校长把雷敏郑重其事地引荐给县领导们认识时，焦书记笑呵呵地说："哈哈，雷敏老师您就不用介绍了，她可是我们仙掌村土生土长的高才生。此次，我们决定让东方农业大学定点帮扶仙掌村，一是鉴于该村是全省的重点贫困村，非得有经济、人才实力雄厚的单位帮扶才能确保如期脱贫不可；二是有了雷敏老师的这层关系，仙掌村就成了东方农业大学自己的一亩三分地，自家人帮扶自家人天经地义！雷老师，来，代表仙掌村的父老乡亲，给东方农业大学的领导和同事敬口酒！"因为有些秃顶，留了个偏分斜刘海短发的焦志洋说着便把酒瓶子塞到雷敏手上。

雷敏不善饮酒，但眼下没有推辞的理由，只好硬着头皮上。她相继给学校和县里的领导们各敬了一巡酒，虽然每次给自己倒得不多，但杯数多了，很快便面红耳赤、心跳急促，只好仓皇退场。

重新回到座位后，雷敏意识到仙掌村真是要改天换地了——县领导们此次将东方农业大学的帮扶村选在仙掌村，看来是铆足了功夫，就连她这种小人物的因素也考虑进来了。

到达临金县的第二天，参加完县政府组织的帮扶工作对接会，方副校长、李哲部长等人留在了县城，说是要与县领导进一步细化定点扶贫相关事项，然后直接返回学校。陆自远和雷敏则由云雾镇党委书记侯亮、镇长鲁天明护送，到仙掌村报到。

说来也巧，就在镇领导的专车开进村口时，与县纪委监委的车打上了照面。侯亮、鲁天明赶紧下车，纪委那车上的领导也推开车门走下来，双方在秋风中寒暄了几句，然后各自上车离去。

雷敏一打听，原来是村党支部书记常庭武因涉嫌经济、作风问题被带走留置调查。

自己的干部被带走对领导者来说自然不是一件光彩的事。车厢内格外沉静，车窗外不时泛起因道路坑洼不平引发的车辆的咯吱颠簸声。

常庭武就是仙掌村的"老鼠屎"，担任村支书近5年把村里搞得乱七八糟的，侯亮早就想换掉他，可他毕竟是村党支部的书记，要换得有人挑得起他的这副担子才行。现在好了，人抓走了，不换也得换了。侯亮很快想到了陆自远，方副校长此前没少向他说起陆自远的优秀。看样子这个省级重点贫困村的党支部书记非他莫属了。侯亮在心里打定了主意，于是扭过头对坐在后排的陆自远说道："陆书记呀，刚才你也看到了，这村党支部书记被带走了，我们恐怕一时半会儿也找不到个适合顶替的人，你得一肩挑了。"他的话音里没有半点商量的语气，因为他深知这种事商量不来，必须果断。

陆自远一听要"一肩挑"，顿时想到自己并无基层工作经验，恐怕难以胜任，便急忙推辞道："领导，这可使不得呀。我们初来乍到，群众基础薄弱，恐怕难以服众。再说，我们实践经验不足，还是以学习为主才好呀。"

侯亮坚信当下没有人比身为省精准扶贫专家组成员的陆自远更适合担任仙掌村的党支部书记了，于是斩钉截铁地说："陆书记，我们现在就这样说定了，村党支部书记就由你兼任着。一会儿，我直接向村两委宣布。"

陆自远正要另寻托词，被鲁天明一句话顶了回去："陆教授，两个'书记'一肩挑更便于开展工作。你的能力，我们是知道的，不用在我们面前打马虎眼了。侯书记作此临时决定，一来事发突然，二来也是深思熟虑的。"

见镇领导们态度如此坚决，陆自远也不好再说什么，便默不作声。

常庭武被带走，美其名曰的村两委就只剩下村委会主任方世泽一人。进行简单的人事交接后，侯亮、鲁天明返回了镇上。方世泽安排陆自远和雷敏吃住在村委会。可村委会只有两间勉强可以睡觉的地方，烧火做饭的东西一样没有。

雷敏老家残垣断壁的老宅，听方世泽说已垮塌得只剩下个堆了一堆瓦砾的屋场，完全不能住人了，她也得借屋躲雨。

"能不能挑个各方面都比较方便的农家住下？我们有经费预

15

算，在农家吃住给费用。"陆自远和方世泽商量，他还有句话没有说出口："这个家庭的女主人最好做得一手好饭菜，既勤快又贤惠。"驻村工作队初来乍到，他担心这句话一出口，让人觉得他俩不是来扶贫、助困，而是来度假、享福的。

"就安排到贫困户曹振宇家去，他老婆贤惠，饭菜也做得好。"方世泽听出了陆自远的弦外之音，心里同时有了主意。

曹振宇家住在三小组的曹家坦。沿村委会身后的北坡上行约莫1公里便进入阳坡三组的地界，继续上行便是樟树槽，曹家坦位于樟树槽中下部，属槽中5个"坦"里面积最小的"坦"，居住着4户人家。相传该槽在未开垦为耕地时，槽中有一棵3个成人才能将其合抱的樟树，因故而得名。樟树槽不通公路，出行靠走。3个人拎着大包小包，一路歇，一路赶，约莫走了1个小时才到达目的地。

"曹家媳妇是个强心人，也是个苦命人，嫁到曹家1年多，丈夫就因煤窑事故瘫痪了。14年了，曹家媳妇硬是一个人撑起了这个家，还砌了这两层三间两进的砖瓦房。"走进院子，方世泽简要地向陆自远和雷敏介绍。

雷敏虽是本地人，但常年读书、工作在外，对曹振宇家的情况知之甚少，吴焕珍嫁过来的时候，她正在上大学。

"焕珍——焕珍——家里来客人了，人跑哪去了？"方世泽虽年近六旬，可嗓门依旧洪亮，经他这么一吆喝，正在厨房洗菜做饭的吴焕珍甩了甩手上的水珠，连围裙也来不及取便迎了出来。

"这是东方农业大学派来指导我们村开展精准扶贫的。这雷敏老师还是从我们村里考出去的呢。今后他们就住你家。吃饭、住宿都给钱。村里也是考虑为你们家增加一些收入。没得意见唦?"方世泽把提供食宿的好处说得明明白白。

"稀客，稀客！方叔也不提前打个电话来，我这一点准备都没有，就怕两位老师吃不惯、住不好哟。"吴焕珍边说话边走过来帮客人提包。

众目相对，彼此惊讶。陆自远、雷敏惊讶吴焕珍长得确实美，圆脸、杏眼、肤若皎玉、身姿婀娜。吴焕珍惊讶两位扶贫干部个个细皮嫩肉、温文尔雅，不像是吃得苦的人。

"我们先去看看振宇，晚上我也在这里吃饭。今天这顿饭我请客，饭菜搞好点。"方世泽琢磨，不管曹振宇内心是何想法，表面上还是会尊重吴焕珍的意见的。凭他对曹振宇的了解，曹振宇对此一定不会说半个不字，长期以来，只要是吴焕珍松口的事就没见他反对过。

一行人来到曹振宇的床前，曹振宇双手抓住床头的"锻炼杆"坐了起来，脸庞有些浮肿，但气色和精神还不错，看得出曾经的他也是个帅小伙，面部的轮廓依旧映现着几分英气。

锻炼杆由两根绳索拴住一根木棒挂在床头制作而成，吴焕珍介绍这是她的笨办法（在陆自远等人看来却是别出心裁）。握住木棒，病人可以伸缩上肢，挪动身体，避免长期躺在床上生褥疮。

曹振宇穿着一件格子衫，外面套着一件黑马甲，留着碎平头。衣服的领口很干净，与房间的整洁相得益彰。

"如此耐心、精心地伺候一个躺在病床上 14 年之久的病人，是何等不容易！"陆自远和雷敏暗自感慨。要不是亲眼所见，他们简直难以置信这世上竟有如此重情重义的患难之妻。

"你放心，现在国家政策好，像你们这种家庭必将得到更多

的帮扶，你照顾好自己的身体就行。"走出房间前，陆自远拍了拍曹振宇的肩膀，随后用随身携带的纸巾拭去了他刚才因起身和久坐溢在额头的汗水。

这个无意之举曹振宇看在眼里，吴焕珍看在眼里，雷敏更看在眼里。雷敏虽说与陆自远平时交集不多，但也知道他出身书香门第，家境不错。来仙掌村的路上，她还担心这位玉面书生因过于讲究，难得和穷苦老百姓打成一片，现在看来自己的担心是多余的——他看上去比她想象的更有一颗仁爱、亲民之心。

晚餐虽无鸡鸭鱼虾，但仍很丰盛。仙掌村的腊肉与不同菜品搭配便成了美味佳肴，有干烧的，有清炒的，有蒸煮的，有凉拌的……色香味俱佳，陆自远和雷敏赞不绝口——他俩万万没想到，本计划从进村之日起就开始吃苦的，谁知第一天竟有如此口福。

吃过晚饭，方世泽吐着酒气一摇一晃地走了。陆自远和雷敏拿出笔和本子同吴焕珍天南地北地侃起来。3个人从家里聊到家外，从这家聊到那家……漆黑的夜空犹如一盏灯罩，罩在温暖而又有些昏暗的房间里，逼仄的灯光反衬出他们微微凝重的表情。窗外，神水溪抚摸岩石的声音经过山涧回声的放大，由远及近而来。

"我家条件差，你们在大城市里住惯了，从现在起恐怕要受罪了。"吴焕珍告诉陆自远和雷敏，因山里的太阳长期不给力，屋顶的太阳能用不了，热水器也因电网负荷能力有限没有装，洗浴只能用木缸，她会在每个人洗澡之后用开水冲洗消毒；二楼的卧室一人一间，衣被由她洗，只需送到楼下即可；一日三餐，她会做好后通知，如果哪顿饭决定在外面吃，最好提前相告，免得浪费食材。

快凌晨一点了，陆自远和雷敏这才洗漱完来到各自的房间——主要是聊天占用的时间太多了，差20分钟就到了零点。

他俩揭开被子，被褥里散发出一股热浪。原来，被子中间放着一个葡萄糖水瓶，里面灌满了热水，用手摸，瓶壁还烫烫的。仙掌村人爱用这个暖被子——经济、实用。

刚至深秋，曹家坦白天气温便只有十七八摄氏度，夜里一头钻进被窝会感到一阵透心凉。不过，有吴焕珍在，陆自远和雷敏不可能睡冷被窝，在他们洗澡的时候，吴焕珍已把装满开水的葡萄糖水瓶塞进了他们的被褥。

作为村里唯一在外工作的"公家人"，雷敏返乡的消息，很快在村里传扬开去。曾经的左邻右舍和亲戚故友都赶在她出没的地方与她叙旧。

三五个爷爷奶奶、叔叔婶婶，雷敏也还有点印象，而他们好像对她格外"熟悉"。

"我就说嘛，这道奎老弟的俏闺女肯定会有大出息的。"满脸雀斑的钱清妍牵着雷敏的手，向大家炫耀，据说是她当年的英明判断。

"道奎"是雷敏父亲的名字。

钱清妍居住的赵家台与雷敏的老家冯家台是近邻，钱清妍的儿子赵大勇比雷敏长两岁，小时候，这个偷懒耍滑的家伙可没少偷过她辛辛苦苦割到背篓里的猪草。

"要是奎哥还健在就好了，现在就能享上闺女的福了！"旧时的邻居郑秀兰眼泪汪汪地说。郑秀兰的儿子冯子贵刚大学毕

业，正申请到村里来开展"三支一扶"。

雷敏对郑婶的印象尤其深刻——因为她当年坚持不肯借给奶奶10元钱，以至于让她缝一条新裤子的美梦化为了泡影。那年，郑婶生下冯子贵，刚给孩子整完满月酒，雷敏的奶奶便去向她借钱，说想给雷敏缝条新裤子。"孩子都快初中毕业了，穿得破旧了被人家笑话。"奶奶刚把家里准备给雷敏缝新裤子的20元钱挪了10元给郑秀兰家随了礼，心想，这"热人情"人家定然不会驳了自己的面子。可郑婶硬是给她"驳"了回来，说"家里砌房子借了人家的钱，酒席一完人家就要去了"。雷敏的奶奶是个爱面子且通情达理的人，也就不再多说。这可把雷敏哭得死去活来——"我都是快上高中的大女孩了，就不能穿条没补疤的裤子吗？本身就没几个钱，充啥胖子呢？难道人情面子比我屁股的面子还重要吗？"

雷敏对郑婶鄙夷地笑了笑——新裤子的"恩怨"她这辈子也忘不了。

陆自远开始在村里"招兵买马"。他说，就凭他和雷敏外加快60岁的方世泽，这脱贫攻坚战铁定打不赢。

陆自远先是向侯亮要人。侯亮一慷慨便把公务员姚宏派来担任村党支部书记助理。随后，陆自远把吴焕珍和冯子贵推举进了村委。

"年轻，有文化，人缘好，有担当……这样的人就应该吸纳到村干部队伍中来！"陆自远引荐吴焕珍的推荐词，代表了广大村民的心声。

吴焕珍是青峰镇人，当年高考落榜后本想复读，可家里姊妹多，且都在上学，吴焕珍见父亲一个人挣钱养活一大家子实在难以为继，就嫁给了同父亲一块儿挖煤的曹振宇。凭着她的学识和能力，早该进村干部队伍，可有个半身不遂的丈夫需要照顾，也就没人在意她是否有当村干部的能耐。

陆自远这一推荐，倒让大家眼前一亮，仿佛觉得早该拂去这"金子"身上的灰尘了。

在遍访全村住户之前，雷敏抽空去祭奠了父亲和爷爷、奶奶。几年不来打理，三个坟头已是杂草丛生。见此情形，雷敏恍然觉得于他们、于仙掌村而言，她的存在意义甚微，充其量不过是他们的一丝慰藉而已。在此之前，她一直以为她是他们的骄傲。现在，她不停地反问自己："我有什么值得他们骄傲的呢？"

冯子贵帮雷敏找来镰刀、锄头，他们把三座坟丘上上下下清理干净，还添了足够成型的坟土。随后，雷敏郑重其事地为他们分别磕了三个响头。沉闷的叩拜声在坟丘前的拜台上一声声响起，如同思念在捶打她伤心四起的心房。秋风瑟瑟，吹起林间鹅黄茅草的灰白花絮，纷纷扬扬，飘飘落落。

"雷道奎的闺女好孝顺呀！……"邻居们从打理一新的坟丘上验证了一个倍感欣慰的道理——谁说后人养强了没啥意义？看人家有出息的后人，一回来就知道给老人尽孝。

然而，雷敏此时的内心却是无比惭愧的——"如果不是这次回来驻村扶贫，乡亲们在哪儿找我的孝道呢？"雷敏在心中反问自己。她的惭愧还远不止于此，过去，自己长期置身于家乡的困苦之外，以为这是理所当然，如同把先辈的坟茔冷落在一旁，认为人死如灯灭，顾与不顾都一样。现在，乡亲们的欣慰唤醒了她的觉醒，令她强烈地意识到先辈坟茔弥漫的杂草、仙掌村厚厚的贫困茧壳，都需要她亲手参与破除，这是为人子女、身为乡民的

良知。

　　几天的遍访下来，陆自远和雷敏最大的收获是对村情民意有了较为全面的了解：全村交通条件严重落后，经济产业一穷二白，农业生产仅仅是为了自给自足；全村仅有 4 名党员，且 50 岁以下的党员仅常庭武一人，还是个问题党员；他俩所到之处，群众不以贫穷为耻，反以贫穷为荣，"等靠要"思想严重。

　　被乡亲们反复提起的雷敏的老同学邹智，算是他俩这几天走家串户的意外之喜——不止一人向他们举荐让邹智担任村党支部书记，说他脑子活泛，又有文化。

　　如果不是陆自远坚持要早点见到邹智，雷敏定会尽可能推迟与他见面——雷敏和邹智从小学一直同班到高中，自高二开始才不在一个班上。邹智的学习成绩一直在雷敏之上，邹智从来都是年级第一，雷敏一直屈居第二，考上重点高中时也一样。雷敏一直以超越邹智为目标，邹智一直以压倒雷敏为荣耀。现在，雷敏幸运地成了"公家人"，而邹智却做起了挖泥和土的农民。雷敏很担心社会地位的巨大悬殊会戳痛邹智内心的伤疤，让他更加自卑，因为在她的记忆里，邹智一直是个要强的人。

　　在雷敏的印象中，邹智瓜子脸，瘦高个，面目清秀，两眼藏神，活像年轻时的陈道明，是她们女生心中的白马王子。要不是上高二时邹智因父亲突然病逝、母亲长期身体不好被迫辍学，说不定他比自己考上的大学更好。

　　雷敏听说邹智那天是在半夜时分背着那口大木箱（那个年代的行李箱）和那床破被子悄悄离开学校的，估计是不想让师生们目睹他的狼狈相。待雷敏知道这一情况时，邹智已离校两天。那一周的周末，雷敏特意去了邹智家看望他，本想说服他克服困难别把学业荒废了，可他却上山打柴去了，他的妹妹邹琴告诉她：
"哥哥这书肯定是念不下去了，一家人都指望他过日子呢。"

十多年没见，待邹智再次出现在雷敏眼前时，雷敏差点没认
出来——昔日挺拔健壮的身子好像有些佝偻了，俊秀的脸蛋也长
满了浓密的胡须，曾经光滑饱满的额头已爬了三两条浅浅的皱
纹，白皙的皮肤也被劳苦的岁月浸染得黝黑黝黑的，眼神充满了
淡淡的忧郁和迷茫。

见雷敏和陆自远不请自到，邹智慌忙起身，默然以对，神色
怅然。

"这是驻我们村的陆自远书记。"雷敏向邹智介绍。见邹智愧
然于满身的泥土不知所措，便有意打破尴尬嗔怒道："明明早就
知道我回来了，硬是不露个面。还在摆班长的架子吧。"从一年
级一直到初中毕业，邹智都是班上的班长，雷敏是学习委员。

"你这学习委员哪个时候把我放在眼里过？"邹智缓过神
来，顺水推舟地回了一句。随后，赶紧找来两把椅子安顿陆自远
和雷敏坐下，接着，大步流星地提来个斑斑驳驳的热水瓶，说要
给他俩上茶水。

"这都满满的呢。"陆自远站起身，晃了晃手里的保温杯，伸
手与邹智相握，示意他在一旁坐下。

雷敏打量起眼前与她家的老屋多少有些形似的土坯房，念旧
之情油然而生——眼前的房屋有正屋三间，两边还加了附属的厨
房和栏圈，只不过墙面已脱落、开裂，屋顶的瓦片也十分陈旧、
残缺，为了避雨，瓦片下安放了一层薄膜，像穿了一件灰白的打
底衫。

"打听到你回来已一年多，还准备出去吗？"雷敏一脸关心

23

地问。

邹智指了指里屋，一脸无奈地说："我妈长期躺在床上需要人伺候。我是想走，可要走得了才行呀。"

邹智的母亲田凤瘫痪在床 6 年多，身边离不开人。为养活一家人，邹智辍学后就去了外地打工，家中由妹妹邹琴操持。去年，31 岁的大龄女邹琴被母亲赶着出嫁了，邹智只好回到仙掌村照顾母亲。

"你这长期待在家里，没个收入来源，坐吃山也空呀。没想搞搞啥发展？"陆自远从旁得知邹智这些年在外闯荡有了点积蓄，便建议他安下心来在家乡创业。

"穷山沟沟一个，能搞啥发展嘛。我就这个命，也只好泥巴萝卜揩一节吃一节。"邹智满脸消沉，看见昔日的老同学如今已做了省城的大学老师，料想她的日子一定过得有滋有味，便暗自感叹命运不公。

雷敏自然也为他叹息——论读书，邹智完全可以考上国内一流的大学，拥有一份体面的工作，可他却少了一位拼死也要供孙女读书的奶奶和一位好善乐施的班主任。

这是命运的安排吗？不，这是贫困的捉弄！雷敏自言自语。

"我们今天来，一个重要的目的是希望你提振精神，参与到村里的脱贫攻坚工作中来。群众大力举荐你担任村里的党支部书记，我们也乐见其成。希望你能挑起村里产业发展的重担，让大伙儿看到希望，以此奠定你更加雄厚的群众基础。目前，我们还在充分论证村里可发展的产业，待有些眉目了，再与你交换意见。也期盼你提供好的建议。"陆自远说明来意，表示村党支部书记长期让他一个外人兼任着并非长远之计，村里的年轻人应当积极争取，"国家对年轻村干部的成长，有若干关爱政策，符合条件的村干部还可报考公务员。"

雷敏相信邹智完全有能力考上公务员，也希望他能抓住这个有可能改变自己命运的机会，便从旁鼓励道："老班长，把你当年的学习干劲拿出来，你一定行的。当务之急是要获得必要的文凭，并通过带领全村群众脱贫致富，让我们有更充足的理由推选你担任村党支部书记。贫穷曾一度捉弄了我们的命运，但命运不应该只有一个底色。我们共同加油！"

邹智被陆自远、雷敏描绘的前景和真诚的鼓励打动了，眼里泛动着欣喜和坚毅。他现在迫切需要一个人生方向，而这个方向现在有了！就像雷敏当初收到恩师的资助，觉得前途一片光明一样。

第二章

交通是仙掌村脱贫致富的最大瓶颈。村两委和驻村工作队在充分尊重县交通运输部门路线勘察设计意见的基础上，结合全村的发展之需以及现有的资金实力、施工难易程度等，决定修建一条由集镇主干道，绕二小组、三小组北沿，经东穿四小组，横贯阳坡达一小组"X433"县道、带路肩墙宽5米的循环公路（简称"镇阳线"）。同时，改扩建现有的村委会至"X433"县道的连接线，建成宽6米的两车道柏油路；按新修公路等级，打通村委会至循环公路连接线。另外，根据筹集的资金情况，修建一定数量的产业路。

如此的交通规划，可以让仙掌村近70%的住户受益，让他们从此不再为出行犯难。但5个"台"上及二小组、三小组部分"坦"里的住户却不干了，他们抱怨，盼星星盼月亮，好不容易盼来村里修公路，可规划新修的公路全都绕开他们家走了，根本不顾他们的死活，嚷着要到镇上、县里讨说法。

天边刚露出鱼肚白，赵家台的胡景焕便被破壁而入的寒气冻醒，一池春梦顿时也烟消云散。刚才还柔情似水的柳思茵变成了眼前镜框里她落满灰尘的生活照。

"见鬼哟，就是这该死的交通条件让我至今仍光棍一条！陆自远，你这公路不从我家门前修，我就叫你修不成！"胡景焕怒吼一声，一拳捶打在吱吱呀呀的木板床上，溅起四腾的絮花和灰尘，引得旁屋里的父母连声斥责："背时儿子，你疯了！是酒又灌多了吧？"

柳思茵是胡景焕前些年在福建打工结识的女朋友，安徽人。两个人本已到了谈婚论嫁的阶段，谁知柳思茵到胡景焕家看门堂（女子首次到男方家拜见其家人，了解其家庭情况），见其房屋破破烂烂，尤其是不通公路后就变卦了。胡景焕原本在所打工的公司做货运司机，与柳思茵分手后整天郁郁寡欢，在一次运输中走神出了车祸，锯掉了右小腿，装了个假肢，从此返乡待业，一蹶不振，整天借酒消愁。父母不止一次嚷着要和他断绝关系。

刚才在梦中，柳思茵热情似火、放荡不羁，雪白的肌肤、丰满的身姿令胡景焕神魂颠倒，如痴如醉，遗憾的是幸福时光被破壁而入的寒气惊搅了，床头边那瓶昨晚被哂得丁点不剩的52度"三峡"白酒提示他——先前的艳福不过是南柯一梦。

胡景焕起身下床，一连几个哈欠，满嘴的酒气让屋子的空气变得更加浑浊。他计划赶在村两委和驻村工作队的干部上班之前，把公路规划漏掉的人户组织起来，到村委会与干部们理论理论，如果说不通，就到镇上去上访。在胡景焕看来，村里规划新修的循环公路就该从"台"上过，贯穿阳坡的设计显然便宜了五小组的人，让他们"肥肉上添膘"，不合理也不公平。

他率先来到冯家台的冯子贵家，认定凭着郑秀兰天不怕地不怕的一张嘴，定能起到事半功倍的作用。

刚推开大门的郑秀兰还来不及辨明当天的天气状况，云雾中就蹿出一道黑影，把她吓得一跳，定眼一看是胡景焕，"你个短

命的，这早蹿出来，是被鬼打慌了吗？"见其走路还有些趔趄，郑秀兰断定他昨晚又醉生梦死了一回，心头油然而生厌恶——郑秀兰极端讨厌嗜酒成性之人，觉得这种人就该被醉死，免得祸害家庭。她的老公冯世槐年轻时就是个酒鬼，每每醉酒后，不仅哪里都敢吐，还动不动就打人，要不是她坚持把戒酒与上床挂钩，整整"收拾"了冯世槐半年，最终得以让他戒酒成功，说不定这个家早就散了。

胡景焕冷冷地回了一句："鬼倒不敢打我，是村里的那帮干部挠了我的心。"

"他们又是哪点对你不好嘛。你该享受的政策又没谁克扣你的。"

"公路的事你听说了吧？我就不明白了，你家子贵不是在村里做事吗？难道他就没争取下让公路从我们'台'上过？"胡景焕鼓瞪着一双眼，脸黑得像《水浒传》里的李逵。

郑秀兰一听这话气就不打一处来："你不提起我不生气。昨晚上，就因这修路的事我们母子俩大吵一架。不孝子说我不懂道理，胡搅蛮缠，我恨不得扇他一耳光。哪个干部不为自己想想？我家子贵，完全就是个狗屁不懂的毛小子，只知道附和他们的陆书记，还一再劝我不要到村里无理取闹，说即使再怎么闹，公路也不可能从'台'上修，至少现在是这样。"

"他还是个孩子，不懂事。现在我们就把'台'上'坦'里以及响沙坡的人组织齐了到村里找他们评理去。这公路不经过'台'上，就让他们修不成！"胡景焕道出自己的计划。

郑秀兰一听说要去邀约响沙坡的住户，连连摆手道："响沙坡那个鬼地方陡得人都站不稳，要喊你去喊，我不敢去。再

28

说，长期在家的除了几个行动不便的老家伙，就是张本太、赵菊英两口子。这两口子就是个糯米团，但凡遇到点事，石磨都榨不出个屁来，喊过来也只能充个人数。"

响沙坡位于一小组西侧，整个区域为一面陡坡，因常有沙石滑落发出响声而得名。这里高峰期居住有23户人家，因交通不便，生存条件恶劣，大部分家庭陆续迁出，现在只剩下4户人家，都是贫困户。一条弯弯曲曲、上达集镇下抵谷底的羊肠小路，将陡面一分为二，是这里村民出行的唯一道路。若在冬日，站在坡顶俯瞰，整面坡就如一条滑雪赛道。

胡景焕"弯弯拐拐"、左托右请，总算把大家召集齐整：李家台、赵家台、冯家台、张家台、郭家台的十多户人家，户户都派了一位上访代表，离"台"较近的几家"坦"里的住户，听说要到村里去争取公路也都积极响应，户均至少派出一人。全村最为偏远的郭家台仅剩一户人家，胡景焕硬是把平日里连村会都不爱来开的郭大鹏也叫了过来。响沙坡的张本太、赵菊英两口子也赶过来了。

当然，这可不是因为胡景焕有多大号召力，而是大家都盼着家门前通公路。对于酒鬼胡景焕，平日里谁都不会多瞧他一眼。可今天不一样，到村委会扯皮，有这种人领头震慑力会更大。

三十多人排着浩浩荡荡的队伍直奔村委会，把村委会的大门堵了个水泄不通。

待陆自远、雷敏、吴焕珍吃过早餐来到村委会，这里早已严阵以待，一双双责难的眼神齐刷刷向他们三人射来，像是要撕碎他们似的。

陆自远料定村民是奔着修建公路的事而来——历经多日走

访，这些"台"上"坦"里的居民，他已经可以一个个叫出名来。

"乡亲们早！看样子大家今天是兴师问罪来了。先到会议室坐。有事静下心来说。吴委员、雷队长，给乡亲们备茶。"陆自远一脸镇定，招呼大家进会议室就座。这时，姚宏、冯子贵也赶过来上班了。

见乡亲们一个个板着面孔，怒气冲冲，雷敏和吴焕珍格外紧张，担心这么多人搅和在一起，一会儿场面会失控。

"要不要给镇委侯书记打个电话，让他带几名公安干警过来？这阵势，怪吓人的。"吴焕珍与雷敏商量。

雷敏想，即便有群众再不讲理，也不至于混到对干部大打出手的程度，就对吴焕珍说："先看看再说，若一会儿场面实在控制不住再打电话也不迟。村里的事，动不动就惊动镇领导，不好。"

乡亲们坐定，不大的会议室坐得满满当当，一眼望去黑压压的一片。不知是来访群众已事先商定好，还是每个人都在琢磨接下来该说些什么，大家都出奇地沉默，会议室里只听见雷敏和吴焕珍往茶杯里倾倒开水的声音。

陆自远静心调试着话筒，他可能已经预感到接下来将有一场艰苦的舌战，眼下，他得确保自己的"武器"不出问题。

沉静的气氛被胡景焕打破——当雷敏把一杯茶水递到他手上时，他接过来"啪"的一声砸在了地板上，纸杯里的茶叶和水溅了一地，吓得雷敏差点将水壶掉在地上。

胡景焕满嘴酒气地吼道："用不着这么客气，我们是来讨说法的，别搞这些虚头巴脑的！"

陆自远、姚宏听见响声快速赶了过来,其他人倏地起身探头,朝这边张望。

陆自远一边用纸巾吸卷着地上的茶叶和茶水,一边压着性子对胡景焕和蔼地说:"胡老弟,有什么事心平气和地说嘛。这茶水泼在地上让人摔了跤就不好了。"胡景焕比陆自远小一岁,陆自远入乡随俗称其为老弟。

"说个鬼呀说!我们就要求公路从'台'上走。我们也是仙掌村的村民,凭什么一有好事就绕开我们?"胡景焕咄咄逼人。

"对!公路不从'台'上走就是不行。"李家台的李青山随声附和。

冯家台的郑秀兰也亮起了嗓子:"'台'上的人就不是人呀?因为没有公路,祖祖辈辈肩挑背磨吃尽了苦,现在国家有政策了,凭什么我们不能享受?"

……

大家你一言我一语,会议室顿时像爬进了蛇的鸦雀窝,叽叽喳喳,吵得人耳芯子冒火。

陆自远赶紧回到主席台,拿起话筒:"乡亲们,安静,安静!今天大家就敞开嗓子说,但要一个一个来,不要起哄。要发言先举手。"

会议室渐渐安静下来。

胡景焕懒得举手,站起身,重复了他刚才的要求。

郑秀兰举起手,陆自远让她发表意见,她来了个直截了当:"公路若不经过'台'子,就别想修成器!"

冯子贵眼看母亲在出风头,心里着实担心由此引起领导的不悦,耽误了自己的前程,急忙凑到郑秀兰身边,想方设法提示她

少说话，注意影响，惹得郑秀兰很不高兴，瞥了他好几眼，让冯子贵只得无功而返。

其他群众也表达了同样的意见。李青山甚至发出具体的威胁："公路若绕开了李家台，我就搬床被子躺在你们的挖掘机前，是铲死我还是铲碎我，你们随便！"

陆自远早前在与县、镇领导讨论村里的公路修建设计方案时就预感到部分非受益群众会力阻，也认识到不做通他们的思想工作这公路一时半会儿难得修成。他原计划让村两委和驻村工作队的同志分头入户做工作，没想到现在大家不请自来。

"乡亲们，说心里话，我和大家的愿望是一致的，希望家家户户都通公路，不再为出行遭罪。可大家想过没有，我们国家要在短期内为每个村都修通公路，这需要多大的投入？光我们村规划要修的公路就得花费近两千万元，各级财政难以承受，最后，要不是东方农业大学挤出六百万元施以援手，这公路即便修了，多半也是断头路。我们不选择从'台'上走，一来因为若从'台'上走，就要经过二小组、三小组的槽心，还要翻山越岭，工程量和工程难度都会大大增加；二来，能够筹集到位的只有这么多钱，如果我们不计工程量和工程难度，钱就不够用，到时候，计划要修的路就修不完，不得不半途而废……"

"陆书记，打住，打住！"陆自远正说得兴起，被胡景焕突然叫停，"听您的意思，是我们坐在了不该坐的地方，国家一时半会儿没钱来解决我们的出行问题，只能眼巴巴看见宽敞的公路从别人家门前过呗。"

"话也不能这样说，"陆自远清了清嗓子，继续说道，"国家考虑到为部分生存环境恶劣的群众修建公路，既力不从心也得不

32

偿失，可又不得不改善他们的生存环境，便推出了易地扶贫搬迁政策，把他们搬到各方面条件更好的村集镇、镇集镇甚至县城去，为他们建好房子，配套好增收门路，让他们彻底脱离苦海。这不就解决了大家今天关心的问题了吗？"

一听说修不通公路的人家可以搬到条件更好的地方去，大家顿时喜出望外，仿佛一下子已置身于集镇、城镇的高楼大厦。不过，大家很快又冷静下来，因为他们想到了一个共同的问题——钱，没有钱，如何住进易迁房？

"陆书记，我们穷得叮当响，凭什么住进你说的那种房子？政府不会白白送给我们吧。现在就是在水田坝弄个宅基地，也得好几万块，砌房子的费用对我们来说更是一个天文数字。"胡景焕提出了自己的顾虑。其他群众也表达了类似的想法。

陆自远随即介绍道："易地扶贫搬迁，目的就是要让生活在一方水土养不好一方人的地方的贫困户尽早脱贫，所以贫困户只需要交户均不超过一万元的自筹资金就可以拎包入住。同步搬迁的非贫困户，也只需要交房子的建设成本。具体的政策细节，我们随后会深入宣传，相关的申请审核工作也会随即展开。今天介绍这些只是想让大家相信政府和干部不会抛弃你们不管，不必再为修公路的事纠结。"

心思细腻的李青山前些年被村干部的"空头支票"忽悠怕了，忍不住强调道："陆书记，如果真按易地扶贫搬迁的政策来，我们对公路从不从'台'上过也就不关心了。但光嘴皮子说说我们肯定不答应，除非让我们确信可以搬走，否则，村里修公路时别怪我们阻工。"

陆自远拍着胸膛说："现在你们就放心回去。在一周内，我

们会把易地扶贫搬迁政策送上门。5个'台'上的群众，应搬尽搬。其他交通实在不便的地方的群众，想搬也可以搬。"

送走了信访群众，村委会终于安静下来，大家这才松了一口气。秋日的阳光，夹杂着散淡的雾气，在向阳的窗口绽起一团浅晕，温润而静谧。

陆自远召集村两委和驻村工作队的同志开了个短会，安排大家按照公路规划设计方案，与道路经过的农户逐户开展情况摸排和沟通工作，扫清因占山占地等引发的潜藏的施工阻碍。与此同时，广泛、精细地宣讲易地扶贫搬迁政策，收集群众搬迁意愿。

回到家中的郑秀兰屁股还没有在椅子上坐热，纠结的情绪又在心里浮腾起来——自家是非贫困户，若按易地扶贫搬迁政策搬到通公路的地方去，即便只交建房成本，没个七八上十万元的肯定搬不走。老公冯世槐平日也就靠出门做点零工维系一家人的经济开支，好不容易供儿子上完大学，几乎花光了家里所有的积蓄，真到可搬迁的时候哪来的建房成本？她越想越觉得闹心，满脑子尽是嫁到仙掌村二十多年来肩挑背磨的艰苦场景。

她料定，如果此次不能抓住精准扶贫的机会跳出苦海——要么争取公路从自家门前过，要么搬到有公路的地方去，不然儿子今后恐怕连个媳妇都娶不上，胡景焕就是前车之鉴。比较两条"出路"，争取公路从自家门前过显然更省心一些，因为只需要陆自远他们一班人点头即可。

如何才能让他们点头呢？郑秀兰能想到的法子只有两个：无理取闹和托情。只要拼死拼命地"闹"，村干部和驻村工作队就不可能不考虑她家的诉求，即使不能争取到公路经过自家门

34

前，也有可能免掉她家的搬迁建房费用。至于求情的人，她自然想到了雷敏——雷敏是冯家台的人，虽然常年工作在外，偶尔才会回来一次，可爷爷、奶奶和父亲的坟毕竟在这里，通了公路，回家祭奠亡人也方便些。再说，她现在是驻村工作队长，与驻村第一书记陆自远又在一个学校教书，由她出面争取，也就一句话两句话的事。现在她最担心的是雷敏不上心，像冯子贵一样，"胳膊肘往外拐"。

在如何动用自己谋划的两个法子上，郑秀兰决定先礼后兵——如果雷敏不配合，求情的路子走不通，她再寻思如何去闹。

她给儿子冯子贵去了个电话，让儿子下班后无论如何把雷敏带到家里来，说邻里一场，雷敏回来都这么久了，连她家的一顿饭也没吃上。

冯子贵总觉得老娘邀请雷敏到家里去做客肯定不只是吃顿饭这么简单，背后不定会有什么幺蛾子。可他知道老娘的脾气，如果不把雷敏带回去，自己这个把月铁定没有好日子过。于是，他只好违心地说服雷敏下班后跟他一道回去。

当冯子贵向雷敏说起他老娘请她晚上过去吃饭，还说她有啥要紧的事要给雷敏说，雷敏就断定又是修公路的事，反正因为这事她也要到他们家里去的，也就答应下来。

正好下午村干部和驻村工作队分头上户，雷敏和冯子贵负责走访的四小组离冯家台不远。收工后他俩赶回去时，郑秀兰的饭菜还未备齐，一个人在厨房里炒得满头是汗，两颊绯红。

小时候雷敏就听说郑婶做得一手好饭菜，可惜她一直没有这个口福，好些次从郑婶家门前经过，闻着饭菜香，馋得直流口

水，却从未见郑婶说句搭口话。也许是因为郑婶太过吝啬，难得有人在她家吃到一顿饭，"物以稀为贵"，这才有了"手艺难得"的误传。反正雷敏是这样认为的。

当然，吝啬也有吝啬的好处——好胜心强的郑婶眼看雷敏"出人头地"了，她也决不能让子贵落下，虽然经济不宽裕，可仍靠着"吝啬"等节俭之法，让冯子贵读完了大学，这在仙掌村是了不起的功绩——为村里培养出了第二个大学生，以至于让村里的一些人开始羡慕起冯家台的风水。

这也难怪！偌大的一个村子就冯家台出了两个大学生，他们找不到一个合理的原因，自然就想到了风水。

村里除了雷敏和冯子贵两个当事人不认可这样的说法之外，其他人真就看上了冯家台的风水。有好几个"坪"里甚至是坝上的住户一心想把房子迁到冯家台来，只可惜"台"子太小，原有的四五户人家已经显得拥挤了。雷敏此次返乡的第二天，水田坝的常庭怀就火急火燎地找到她，向她打探她家在冯家台的宅基地卖不卖，搞得雷敏一头雾水。一问原因，才知道他是看上了她家老宅的风水，让人啼笑皆非。

雷敏家和冯子贵家就隔个没有院墙的院坝，共用院坝的临南方向有片小果林，其间有两棵桃树和一棵枇杷树。枇杷树居果林正中，正对院坝的居中位置，两棵桃树立于枇杷树的一左一右。果树不多，但果子的品质很好——白花桃个大味美，枇杷肉厚糖多。曾经，树上的果子每年都是云雾镇集镇菜市场的抢手货，这在那个吃不饱穿不暖的年代，无疑会成为改善两家人经济状况的救命稻草。雷敏的奶奶和郑婶一次水果卖下来，家里不是多了肉腥、多了米面，就是添了崭新的布料或鞋袜。

这几棵果树的巨大作用让两个家庭的老老少少对果树的保护，如同边疆的将士视国土如自己的生命一般，神圣不可侵犯。两棵桃树倒好，所有权由上一代参照两家本无异议的院坝归属约定来确定，积久成规，左边的一棵是冯子贵家的，右边的一棵是雷敏家的。要命的是那棵枇杷树，不偏不倚正好长在果林正对院坝的居中线上，谁家也没理由完全占有。在双方都不愿意放弃既得利益的情况下，无奈只好将枇杷树的所有权由树中一分为二，左边的果枝是冯子贵家的，右边的果枝是雷敏家的。

虽然果树的所有权泾渭分明，但是所产出的果子却难以完全做到各归各家——雷敏的奶奶和郑婶是两家果树的各自看护人，奶奶年龄大身体笨拙，郑婶年轻身体敏捷，每到果实成熟时节，郑婶总是瞅准某个奶奶掉以轻心或身疲力竭的晚上多摘多占，奶奶虽恨之入骨，却也无可奈何，谁让自己老了不中用了呢？

在雷敏的印象中，在她上大学时，这三棵果树都是好好的。她很感谢其中属于自家的那一棵半果树，它们为她的生活和成长贡献出了自己尽可能的力量。可眼下，两棵桃树都不见了，据说在奶奶去世当年就先后病死了，曾经的树荫被郑婶替换成了七七八八的时鲜蔬菜，只有那棵老态龙钟的枇杷树还顽强地矗立于时空中。时值深秋时节，整株树绿得稍显暗黑，像一位年老体衰的老人强撑起生命的底色。风在枝叶中穿梭，发出细小的簌簌声，三两片病老泛黄的叶片知趣地从树枝上脱落开来，慢吞吞，凄凄然。

郑婶看见雷敏对着枇杷树发愣，知道她正沉浸在回忆中，也许是担心自己在雷敏记忆中存在的某些不友好印象可能影响到她

接下来的求情，她赶紧让雷敏进屋坐到火炉边，说饭菜一会儿就好。

雷敏见火炉盘上已被煮煮炒炒的东西占了个严严实实，赶紧让郑婶别再加菜了，说冯叔不在家，今晚吃饭也就我们三个人，浪费了不好。

郑婶饱含深情地说："闺女，你长这么大也没在郑婶家单独吃过饭，婶抱愧呀。今天就当弥补弥补。"

雷敏知道郑婶的"一番好意"里定然包含了可以预见的私心，凭郑婶在她记忆里的抠门印象，内心本不愿意为她着想，但铺张浪费终究不好，也就把郑婶强行拽到了火炉边——郑婶还剩下两个计划中的菜没炒，一个爆腰花，一个芹菜炒牛肉，雷敏强行把原材料放到了厨柜里。

郑婶的手艺确实不错，饭菜的口味让雷敏自然而然地想到了厨艺出众的奶奶。雷敏的胃口大开，吃相无拘无束——她心想，郑婶你不是抠得狠吗？今天我就宰着你了！郑婶则一个劲儿地给雷敏夹菜，似乎根本不在乎她吃多少。雷敏听奶奶说过，郑婶请客吃饭，眼睛从不离人家饭碗，盯得人家不好意思了，人家自然也就放碗了。

吃罢饭，郑婶让冯子贵收拾碗筷，自己则一脸亲热地紧挨着雷敏坐下，经过简单的铺垫后来到主题："闺女，早上在村委会听陆书记说村里修公路你们学校资助了很多钱。你是学校的老师，就没藏点私心给领导说说修这路可别把冯家台撇下了？毕竟你是冯家台的人呀。"

雷敏早就预感到郑婶会拿她是冯家台的人说事。她何尝不想冯家台通公路？每次从村委会走到冯家台，感觉就像登天一样，累得她有气无力。她不止一次请求公路设计人员尽可能兼顾"台"上群众的利益和诉求，还和陆自远就此沟通过两次。但工程建设难度实在太大，已有的资金无能为力，最终她也只好放弃努力。凭雷敏对郑婶的了解，郑婶是个疑心很重的人，她即便把她的这些努力告诉她，郑婶也不会相信，于是她便对郑婶说："婶，眼下还是多筹划筹划易地扶贫搬迁的事，毕竟这个脱离交通闭塞苦海的办法实施起来相对更容易。"

郑婶见雷敏对向学校争取修建经"台"公路的事只字未提，估计她这个已经脱离"苦海"的人早就不把冯家台的事当一回事了。她甚至觉得，雷敏巴不得她们家一辈子在此受难受苦，这就叫有怨报怨，谁让自己当初没留个"后路"呢？她大约像播放幻灯片似的回忆了对雷敏一家人并不友好的点点滴滴，似乎也意识到自己向雷敏求情完全就是"烧香找错了庙门"，浪费家里的饭菜，便委实自责与无助地说："哎，婶也没有资格求你帮忙做什么，要怪就怪我们没本事，坐不到个好处去，没有人替我们说句话。"

雷敏听她的口气也是向往把家挪到个好地方，赶紧接过话尾子说："村里将在水田坝建个易地扶贫搬迁安置小区，同时，镇里、县城都会建这样的小区。子贵弟弟现在已经有了稳定的工作，你们无论是搬到水田坝还是镇上或者县城，日子肯定比现在过得好。"

"闺女，你这是站着说话不腰疼，搬出去要钱的呀，而且还不是一点小钱，钱从哪里来呢？你看我们家，刚供子贵上完大学，虽说家里没有病号，也仅勉强够个温饱。可真要我们拿出七八上十万元搬迁费，那可真的难倒我们了。"郑婶越说越绝

望，眼泪在眼眶里打转。

在雷敏的记忆里，郑婶一直是个要强的女人，从未见她抹过眼泪——困苦的环境和不饶人的年龄，让雷敏再也见不到郑婶当初算计她家时的泼辣劲头，先前在内心涌动的怨恨情绪也渐渐平缓下来，便安慰她说："婶，您乐观点，真有困难，我们肯定会帮忙想办法的。再说，现在子贵弟弟已有工资，再发展点产业，积攒个一两年，您和冯叔再帮衬点，搬出去应该不成问题。"

郑婶将信将疑，见雷敏没有半点敷衍之色，也就抹干眼泪笑了。好难得的笑容！至少在雷敏的记忆中她未曾这样笑过，大抵是她现在已意识到雷敏不再是那个整天只知道读书、连锄头都不会使的女娃，说不准在往后的日子里，她还真就会为自己家说上一两句话。

第三章

村里规划修建的"镇阳线"途经四小组的路段，各种难题交织在一起，让陆自远、雷敏等人十分头疼——四小组的地貌为一个上宽下窄、坡度不一的峡槽，当地人称"缎子槽"，意指整个峡槽如随风飘舞、起伏有致的绸缎。该峡槽的面积是四个村民小组（五小组没有峡槽）中面积最大的，正因为面积最大，公路设计才得以选择从槽口经五个回头线至槽脚。

秋收后的缎子槽遍地荒凉，裸露的泥土黄里泛黑，犹如庄稼汉倦怠的脸。三五块菜地点缀在这一坡、那一坡，这一坦、那一坦，浓淡不均的绿色扼守着大地的生机。缕缕炊烟从烟囱中、瓦缝里徐徐升起，交织在半空中，消隐在晚霞里。

现在是傍晚时分，胡俊才在屋后的田埂边来回踱步，卷得随意的旱烟在两唇的"吧嗒、吧嗒"声中甩出一团团青烟。此时此刻，他的眼前正堆着一沓沓钞票——村里修建公路占用他家土地的补偿款，看堆头少说也有七八万，儿媳赵芸芸正半蹲在地上聚精会神地清数，每数完一沓便抬起头，露出那张有对深深酒窝的标致笑脸。胡俊才已经好久没有看见儿媳的笑脸了，自3年前儿子决定在县城买房，而他和陆桂枝把家里搜干刮净也只能资助4000元后，儿媳就再也没有给过他们老两口好脸色看，甚至至今

他们都不知道小两口的新家究竟是个什么样子。胡俊才把补偿款全部交给儿媳的唯一要求是邀请他们老两口到县城去看看儿子一家三口的新家，看一眼就走。

就在胡俊才望眼欲穿期待儿媳发出真诚邀请时，陆桂枝一声"你在坡上寻魂呀？还不下来吃饭！"把他从幻觉里拽了出来，即将燃尽的旱烟卷随即烫痛了他的嘴角，他一把抓住烟头，使劲儿地扔了出去，烟头的火星随风散落，在空中划出道道瘦弱的弧线，瞬间便消失得无影无踪。他揉了揉昏花的双眼，发现陆桂枝正伫立在后屋的檐角，像一尊怒发冲冠的雕像。

"你好脚好手的，一天不寻思如何出去挣钱，在个田埂上走来走去，找天上掉下的金子呀？"陆桂枝呵斥道。

"你还别说，我真就找着金子了！"胡俊才向陆桂枝连连招手，示意她到他跟前去。陆桂枝原本准备转身进屋，一听到胡俊才说找到了金子，只好耐着性子走了过去。

"你看看，这一面坡都是我们的责任田。村里要修路，我们不点头公路就只能从天上飞。这里面的商机难道你看不出来？"胡俊才手指"水井坡"，脸上堆满得意的笑容。

水井坡为缎子槽偏中的坡面之一，因其间有口水质清澈甘甜的水井而得名。"镇阳线"在水井坡设计了两个回头线，使其重要性一下子突显出来。

水井坡是胡俊才和赵良材两家的责任田，胡俊才家占大头，超过2/3，赵良材家占小头，不足1/3。

陆桂枝这才知道胡俊才所说的"金子"原来指的是这个，大失所望，没好气地说："雷敏队长昨天来过我们家了，说本次修路占山占田政府没有一分钱的补偿，让我们有个心理准备。你就

42

别做美梦啦!"

一听说"没有一分钱的补偿",胡俊才额头青筋尽绽,暴跳如雷:"放她娘的狗屁!老子的责任田想占就占,门儿都没有!不拿钱来,我看谁敢动我的东西!拿少了还不行!"说完,愤愤不平地向家里走去。

陆桂枝何尝不生气。今天一天她都在等待赵良材回来,"这家伙不知飘到哪里去了,一连三天都没见到个人影,都快 50 岁的人了,还不肯脚踏实地安个家,整天东游西荡,难怪至今还是个穷光棍。"

眼下这局面,陆桂枝有事求他——她希望借助赵良材的火暴脾气,给村里的干部们施施压,确保两家因修建公路被占用的土地有个令人满意的经济补偿。

雷敏通过近几天在四小组的密集走访明显意识到,"镇阳线"如果单凭村民的自觉和无私,无论如何是修不成功的——五个回头线占用的土地较多,对田块的破坏也大,此前方方正正的田块,将被划成若干的三角尖或豆腐块;尤其是施工滚落的土石,也会对所在坡面施工点之外的责任田造成不同程度的影响,可谓"修一段路,损半亩田"。土地是农民的命根子,相对于出行之难,他们更关心饿肚子的事。

雷敏还了解到,村里曾几度希望以义务工的形式修建同当今规划路线近似的循环公路,就因四小组的村民不肯牺牲他们的口粮田而作罢。现在虽然大部分村民通过外出务工找到了养活一家人的路子,对土地的依赖性降低了,可少数就业无门的贫困户,还是把土地看得很金贵。此外,据她观察,还有些村民认定此次公路是非修不可,而四小组又是必经之地,自以为手里握住

了与村里讨价还价的足够筹码，打定主意要漫天要价。

她把这些情况向陆自远及其他几位同事进行了详细汇报，大家讨论了半个上午也没研究出一个切实可行的方案。就在大家一筹莫展的时候，临金县分管精准扶贫工作的副县长柳春旺打来电话，督促陆自远抓紧时间启动公路建设，说仙掌村是省级重点贫困村，省、州、县的领导都盯着这里的一举一动，别到时候领导来视察，连基本的交通问题都没解决，那底子就掉大了。

陆自远挂完电话更加忧心忡忡，提议让雷敏跟着他再到四小组走走，更深入地摸摸村民的想法。

时将正午，陆自远和雷敏刚在缎子槽的槽脚露面，就看见赵良材怒气冲冲从头道拐（缎子槽槽脚的小地名）迎面走来，"哟，我正要去找你们，没想到你们自己先来了。听说村里要无偿占用我们的田块修路，谁给你们的胆子，谁给你们的权力！"赵良材刚一走近陆自远和雷敏，右手掌便在空中高频次地晃动，右手指直逼陆自远的眉头，一双眼睛射出凶狠狠的光芒。

"赵良材，你要注意礼貌。有话好好说，手指着人家眼睛没教养！"雷敏见赵良材咄咄逼人的气势，怒不可遏。

"你敢说我没教养，信不信我抽你！"赵良材扬起耳光便向雷敏扑来。

陆自远上前一步将他顶住。陆自远一米八的大个子，虽然偏瘦，但长得一身结实的肌肉，他没怎么用力，已让赵良材前进不得，"一个大男人出手打女人，不怕人笑话？你有气，冲我来，我保证不还手。"陆自远快速脱离与赵良材的身体接触，将雷敏挡在身后。

雷敏没想到平日里斯斯文文的陆自远关键时刻竟有如此的胆

魄，真是小看这玉面书生了。刚才，她之所以忍不住为陆自远出头，一是觉得赵良材实在太过分；二是想到陆自远是外来人，不能让他在仙掌村受欺负。不过，回想起赵良材刚才凶神恶煞的样子，她心里还是升起了一丝后怕。

"这里有个石磴，我们坐下来歇歇，顺便抽支烟。我本不抽烟，但为了和乡亲们沟通方便，身上揣了一盒，良材兄，给你!"陆自远把一包"黄鹤楼（峡谷情）"塞到赵良材手中。赵良材连连推辞，陆自远撕开烟盒，抽出一支，点燃，递到赵良材嘴边，随后将剩下的香烟硬塞进赵良材的口袋里，"我们是来帮助你们脱贫的，又不是来抢你们财物的，有什么和我们过不去的坎嘛。再说，占山占田修路的事，我们正在考虑如何减少相关农户的损失，你急什么呢?"

冷静下来的赵良材似乎感觉到刚才的言行有些过分了，面含惭愧地说："我这几天都在外面，今天早上才回来，刚一到家陆桂枝就过来告诉我说你们要无偿占用我们的田块修路，我一急就来找你们了。"

眼见赵良材的情绪有所缓和，雷敏赶紧向他道歉，并借机进行劝导："良材哥，刚才我的话说重了点，你别往心里去呀。说心里话，我们仙掌村为何至今还这样穷? 交通条件落后是重要原因。我想你也不希望一辈子受穷吧。有了公路才能更好地发展产业，发展好了产业我们才能脱贫。这个道理你要明白的呀!"

赵良材似乎还没有完全原谅雷敏，用略带讽刺的语气说："我大老粗一个，没你文化高，想不到如此周全。既然今天大家把话都说到这事头上来了，我就希望你们多多考虑下我们的死活，别把路修好了，也把人饿死了。"

陆自远拍了拍赵良材的肩膀，笑道："保证饿不死你，到时候村里发展了，你家里有钱了，别被撑死就行。"

三人小憩片刻，直奔四小组的中心区而去。

陆桂枝万万没想到，先前还信誓旦旦要给陆自远他们一点颜色看看的赵良材，现在却"夹着尾巴"跟在人家身后了，像打了霜的茄子。

"我就说嘛，赵良材就是个炸不响的炮仗，冒股青烟就瘪了。他哪是吃菜的虫，看我的！"胡俊才正要逞能前去和陆自远与雷敏理论，被陆桂枝一把拽住："枪打出头鸟。等别人家把火烧起来了，我们再去添柴。"

她话虽这样说，可一刻也没闲着——快速通过微信群透露了陆自远和雷敏来组里的消息，并号召大家赶快过来，有什么说什么，别藏着掖着。

为建立广泛的"统一战线"，陆桂枝几天前建了个微信群，把组里因本次修路占山占田所涉各家各户的当家人拉了进来，还取了个自认为极富号召力的群名：缎子槽团结同心群。

雷敏和陆自远原计划一家一户走走，这倒好，被蜂拥而至的村民堵在了赵良材家的院子里。雷敏仔细打量，除胡俊才两口子外，其他人都是贫困户。

陆自远灵机一动，干脆开起了屋场会。

"陆书记，听说你是大学教授，擅长讲大道理。磨嘴皮子是你的强项，我们是大老粗、泥巴腿子，今天就不想听你的弯弯绕绕了。你就直接给我们说说，一亩地能给我们补多少钱，合得来我们就答应，合不来我们就一拍两散。""炮仗嘴"张玉山率先放响了"大炮"。

陆桂枝示意其他人赶快跟上，把"火"燎起来。

胡俊才到底没有沉住气，趁陆桂枝分神之际也放响了"大炮"："陆书记，村里修公路，我家的田占得最多，我丑话说在前头，这可是我们一家人的饭碗，想白占门儿都没有。钱给少了，照样不好使!"

陆桂枝本想拦住胡俊才，见他话都说出口了，也就只好由了他，好在他把她要表达的意思全讲出来了，这才打消了补充的念头。她很是纳闷，胡俊才平时说话只要人一多就前言不搭后语，可今天就像换了一张嘴皮——话语不多，可句句在题。看来这事他没少琢磨。

……

院子里，大家发言"踊跃"，你方唱罢我登场，嘴里全是自身利益，半点公心不曾显现。有的农户，甚至开出了每亩地两万元的明确价格，还说这与市场上的土地征用价格相比便宜了不少。

令大家甚为不解的是，平时"一点就燃"的赵良材，现在居然成了"哑巴"，自进到院子里就没说一句话，陆桂枝几次用胳膊肘提醒他，他都没有理睬，要不是嘴里偶尔叼着一支香烟，还真让人以为他生病了。当下，他正抽着陆自远塞给他的"黄鹤楼"，想着该说的话也说了，该发的火也发了，就不再"凑热闹"了。再说，"拿人家的手软，吃人家的嘴软"，自己嘴里还叼着人家的"黄鹤楼"呢，怎好意思"翻脸"?

陆自远耐着性子听，耐着性子记，笔记簿上写满一页又一页，坚持不动声色。

渐渐地，院子里安静下来，直到鸦雀无声。

"都说完了吗？"陆自远抬起头，一脸平静地问。

没人答应。

"都说完了吗？"陆自远又问了一遍。

还是没人答应。

"刚才，玉山大哥说了，不想听我耍嘴皮子。我和雷队长今天也就破例不讲大道理。我就讲两句话，随后看雷队长还有啥要讲的。第一句话，我希望大家明白，村里修公路，在座的各位都是受益者，这路可不是为别人修的，路修不通，苦的是你们和你们的后代。第二句话，修公路，占山占田那是必然的，老乡们由此遭受的损失我们绝不会视而不见，可是到目前为止，我们并未筹集到哪怕是一分钱的补偿款，如何才能把这路修下去，我们在想办法，大家也要想办法。只有大家共同努力，才能更快、更好地解决问题。退一万步讲，如果你们的要求过高，导致缎子槽的路迟迟无法开工，那我们只能先修别的小组的路。"陆自远玩起了欲擒故纵，故意丢出个话尾子，想激发起大家的危机意识。

这招果然奏效。一听见路可能不修了，院子里立刻聒噪声一片，有埋怨他人目光短浅的，有商量报个合理价格的……

陆自远没等雷敏发言便示意她赶紧宣布散会离席，雷敏本想给乡亲们再做做思想工作，可见陆自远似乎是故意为之，不知道他的葫芦里卖的什么"药"，也就只好依从。

见陆自远和雷敏要走，大家急了，里三圈外三圈把他俩围了个严严实实。

"陆书记、雷队长，你们这就要走呀？修路的事都还没定下来呢。"胡俊才着急忙慌地一把将陆自远拽住。

陆自远贴着他的耳朵说："补偿款一分没有，我们留下来何用?"说完,他牵着雷敏,从人缝里钻了出去。

返回村委会的路上,雷敏不解地问:"今天这会是不是收场收得急了些?"

陆自远神秘莫测地冲着雷敏笑了笑,颇有心得地说:"人只有在绝望的时候才会更理智。会议选择这个时候收场,定然会让乡亲们在补偿一事上变得更加理性,毕竟路才是他们最想要的。只有当他们意识到路可能不修了,他们才会认真地审视自己的某些要求是否过分。"

雷敏想想这或许是个办法,有钱不赚王八蛋,同贫困群众谈觉悟,本身就有点一厢情愿。

当"群友"对利益得失认真权衡之后,陆桂枝创建的"缎子槽团结同心群"渐渐失去了影响力,群里的言论也从一开始的"补偿"一边倒,逐渐演变成"担心"占主流——缎子槽的绝大多数村民担心漫天要价一旦把政府惹恼了,公路择道或干脆不修了,受损的是大家。

陆桂枝并不为此担心,她从在镇政府工作的堂弟处了解到,像仙掌村这样的省级重点贫困村,如果公路问题不解决,不仅"出不了列",还会对全县、全省的脱贫计划造成严重的负面影响。揣着这些信息,她一点也不怀疑公路会"泡汤",于是和胡俊才商定坚决不松口,除非补偿足额到位。

近几天,村两委和驻村工作队把缎子槽的群众思想工作当成了重中之重的事情,几乎全员上马,家家到、户户落。陆桂枝和胡俊才不想当"出头鸟",微信群又"不给力",他俩就唆使余哑巴出面,给干部们施加压力。

余哑巴，本名余立轩，是村里的五保户，还是英烈家属，儿子在对越自卫反击战中牺牲，老婆思子心切十多年前过世。余立轩虽已 60 多岁，但耳聪目明，干起体力活来一点也不输年轻人，就是不会说话，只会"嗯嗯""哇哇"。村里人都称余立轩为余哑巴，反正他不懂得也不在意人家直揭其短。

平日里，陆桂枝对余立轩很是暖心，好吃好喝的从不少他一口。有此恩惠，余立轩对陆桂枝言听计从，呼之即来，挥之即去，家里、地里的重活没少帮忙。一来二去，陆桂枝自学成才掌握了与余立轩交流的哑语，两人沟通少有障碍。

村里人都说陆桂枝对余立轩好，是贪上了他每月两千多元的烈士抚恤金，具体何图，只有陆桂枝自己知道。

自几天前陆桂枝告诉余立轩村里要无偿占用他的责任田修公路后，余立轩每次只要一见到陆自远和雷敏，就哇哇直叫，不时还抢起拳头做攻击状。

明眼人都知道这是陆桂枝在背后作妖，可缎子槽的村民们谁都不说破，谁也不制止，余哑巴就是他们的"代言人"。

"陆书记，我是本地人，说句你不多心的话，这公路如果不妥善处理补偿的事，做再多的思想工作也是白做。就这个余哑巴也够我们喝一壶了。"当大家被余立轩碗口大的拳头撵得四处躲避时，姚宏一脸委屈地给陆自远泼来一瓢"冷水"。

陆自远苦涩地笑了笑，没有说话。他有什么好说的呢？一天天尽是磨破嘴皮却收效甚微的事。此时此刻，他的脑海里再次浮现出李青山、胡景焕、秦文、秦武等"台"上"坦"里的贫困户堵在村委会至"X433"县道连接线改扩建公路的挖掘机前，至死也要待村安置小区开建，并确认小区"有自己一份"后才准许公路动工的情形。

可安置小区哪是那么好建的呢？仙掌村到处是山，平地稀缺，唯有村委会所在的水田坝适合建小区，可却被张瘸子掐住了"七寸"。

张瘸子，本名张本卓，五十有二，老婆刘芳菊比他大两岁。20年前，张本卓在村里的小煤窑受伤成了瘸子，自此，两口子一唱一和成为村里的上访户，当年讨赔偿，往年争救济，近年要低保，届届村干部见之就头疼。听说村里要把易地扶贫搬迁安置小区建在自己的承包地上，两口子寻思一定得抓住机会捞一把。土地转让价被他们两口子叫得比县城还高。可易地扶贫搬迁资金不能用于购买安置住房宅基地，县财政又困难，到哪去给他们找这么多钱来？

比起胡俊才夫妇，张瘸子两口子更难对付。一天前，他俩甚至外出"走亲戚"去了，说土地补偿款足额打到他们账户，他们就回来。

雷敏越来越觉得这次回乡驻村完全是自找气受，她是打小看着乡亲们"寸步不让"成长起来的。她将此行为掩盖下的落后思想意识归结为仙掌村的"穷根"——越是贫穷的人，越在乎利益得失，越难有公益思想和大局意识，至少在仙掌村是这样。

越是这样的时候，雷敏越想念奶奶和杜鹏。她不敢想象，若没有他们，她如今在仙掌村是不是也和乡亲们一样，眼里只有自己的私利。

她的内心顿时涌起想去看看恩师的冲动，她觉得自己此次回乡本就该奔着恩师而来。这样的仙掌村多待一天都烦。

陆自远从大家一副灰心泄气的脸上读懂了每个人的心事，强

颜欢笑地安慰道："打了几个败仗，胆怯了吧。如果贫困户是这样轻易就能转变思想的，早就脱贫了，哪还用得上我们来帮扶？大家不要灰心，我还备有'组合拳'，很快有望扭转当前的工作局面。"

原来，陆自远已征得常务副县长邹凯同意，将部分从中央财政争取到的高标准农田改造资金倾斜到了缎子槽，让缎子槽在全面推行坡改梯的过程中，不仅可提升农田的品质，还能科学地预留出道路建设路线，并大大地减少公路修建对农田的破坏。与此同时，他计划组织一次募集行动，动员东方农业大学全体教职工、仙掌村热心群众、社会各界爱心人士为仙掌村筹集产业发展资金，补贴全村因修建公路山田被占或受损的农户及其他困难群体。产业发展资金不直接发放给农户，只用作农户发展产业的奖补，以免他们用于日常消费，起不到滚雪球的作用。资金额度参照山田占用或受损情况及家庭困难程度而定。

大家一听有这主意，个个精神抖擞，皆埋怨陆自远没有早早把这些巧方妙计告诉大家，否则，做起群众思想工作时底气也会更足。

陆自远说，邹常务说的钱还只是一句话，并未到镇财政的账户上，说早了怕到时候有变。再说，募集也只是个想法，到底能不能筹到钱，能筹到多少钱也是个未知数。要不是见大家个个像泄了气的皮球，"组合拳"一时半会儿还不会亮出来。

大家齐赞"组合拳"行，还另行补充了在全村范围内深入开展"四比"教育（一比公心。看谁最有大局观，心中装着全村的发展。二比公德。看谁最讲规矩、重文明、护公利。三比公益。看谁最乐于助人，大公无私。四比公认。看谁朋友最广、好评最多）等提升群众思想素质等建议，"组合拳"的内容更加丰富了。

借助多措并举，途经缎子槽的公路终于在 2016 年 11 月 18 日动工了。

受益于募集到的两百多万元产业发展资金，胡俊才家 7 亩耕地全部纳入坡改梯计划，因修建公路部分耕地被占用，由此获得了 23000 元的产业发展资金。虽然当下这钱只是个"指标"，但胡俊才相信陆自远所说的"届时用这些钱发展产业便会诞生出鸡生蛋、蛋孵鸡的奇迹"。

赵良材与缎子槽的 11 户贫困户也获得了数额不等的产业发展资金。同时，他和这些家庭的劳动力还被组织进村施工队，参加了统一的就业培训。现在，他在村项目建设工地务工，每劳动一天，有近 200 元的收入。

在易地扶贫搬迁及其他多项帮扶、安抚措施的作用下，五个"台"上及"坦"里等暂时得不到公路惠及的农户，相继放下了阻工念头，全村公路建设得以全面展开。既不是贫困户也无山田损失的郑秀兰虽然不甘心自家一分钱的产业发展资金都没有分得，但大家都不再阻工，她一个人也有心无力。再说，陆自远和雷敏已向她承诺：只要跟着他们干，保证能搬下山。

吴焕珍利用张本卓和曹振宇曾在一个煤窑挖煤、感情较深的有利因素，做起他家的包保引导人。她以老公的悲惨经历和所作所为劝告张本卓夫妇众善奉行、积德增福，增强大局意识，收到了较好的效果——在吴焕珍等村干部和驻村工作队的影响下，外加失地农民养老保险的政策保障，张本卓夫妇最终接受了公开的土地转让价。

村两委和驻村工作队将此行为作为"四比"典型大力宣传。

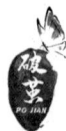

一时间，大家争相为脱贫攻坚让山让林、让田让地……建设的阻碍没了，工程推进速度可想而知。一时间，仙掌村到处机器轰鸣，四处人头攒动，脱贫攻坚战全面打响，各项工作得以按路线图推进。

第四章

　　贫困户曹振宇的女儿曹子倩两年之后就要到县城上高中，吴焕珍年轻力壮，心灵手巧，一家人商定申请进县城安置。

　　曹子倩听说要住到县城去，翘首期盼。吴焕珍早就梦想着到县城的工厂上班，如此一来，收入比自己在村里打零工做乡厨不仅高，而且稳定，休假的日子还可以在繁华的商超里转转。只有曹振宇既向往又犹豫——自己每天的吃喝拉撒都要靠老婆伺候，在本村，无论吴焕珍在哪家哪户主厨，只要她开口说要回家安顿下老公，之后再赶回来做事，没有人不答应的；这要是到了城里的大工厂上班，请一次两次假可以，可天天请假，动不动就往家里跑，怎么行呢？

　　吴焕珍安慰曹振宇："听说县城易地扶贫搬迁工业园就建在安置小区旁边，抽个上厕所的时间就可以跑回家一趟，耽误不了对你的照顾。再说，通过这些年的锻炼，你不是给腿上绑块木板、撑着拐杖就可以行走了吗？喝口水、上个厕所什么的，用不着别人伺候。"

　　提起木板，曹振宇情不自禁地从床柜边拾起它们抚摸起来，就像是在抚摸自己心爱的女儿。7年前，为了让自己能够站起来帮老婆做些力所能及的事，曹振宇自制了两块小木板，分别

绑在膝关节处，这样双腿就直立起来，再借助手臂和拐杖的帮助，实现了时隔多年的再次迈步。这一走，可让老婆轻松不少——热热剩菜剩饭，独立上厕所，还能喂喂猪……曹振宇让老婆买了个小铁皮桶，可以装两斤左右的猪食，当老婆下地劳作或外出做事后，他就像蚂蚁搬家一样，通过多趟运输管饱家里的猪仔。虽然每次总是累得筋疲力尽、满头大汗，还为此不知摔倒了多少回，但他内心无比欣慰，毕竟自己不再一无是处。小木板对他而言，是爱的表达、生的力争和责的担当。小木板就是他活着的意义。

为尽可能多地挖掘小木板的潜力，曹振宇最近站立的时间更多了，尝试做的事情也更多了——他要在全家去县城之前，确切地知道自己可以为家庭和老婆做些什么。

这天一大早，老婆和陆自远、雷敏去了村委会，洗衣机旁，换洗的衣服堆得像小山，曹振宇决定把它们洗了晾了，给老婆一个惊喜。

抖匀、支杆、挂晒，这对于正常人来说乃是轻松不过的事情，但对时时刻刻要分心保护不听使唤的下肢的曹振宇来说，难度就不一般了。这不，他刚把衣服用衣架支好，正要晾晒时，少了手臂和拐杖保护的两条腿便摇晃起来，很快就威胁到了整个身子，不得已一回身，衣服就从衣架上掉了下来，不得不放回洗衣机里重新清洗。

曹振宇如此尝试了五六次都失败了，他瘫坐在椅子上，上气不接下气。高高的晾衣绳就像一条高远的银河，令他可望而不可即。

这距离是残缺至健全的距离，远得让他倍感心酸、心寒、心悸。相反，记忆里健全至残缺的距离却是那样近，如同当初那个低矮的、潮湿的、顶板松弛的煤窑，自己不过是把原定的午饭时间推迟了3分钟，顶板的落石就砸在了腰板上，牛一样健壮的身体立刻就迷失了一半。

从残缺至死亡的距离还有多远？曹振宇问自己。这应该很近，至少可以很近。之前，自己一直没有走完这段距离，究其原因，在于情感的不舍——妻子是那样的善良、那样的美，女儿是那样的乖巧、那样的亲，自己怎忍狠心撇下她们？还在于人心的不足——自己希望被救治、被关心、被爱护。都说夫妻本是同林鸟，大难临头各自飞，他就想看看自己的老婆到底飞不飞。

结果是令人欣慰的、满意的、感动的，他觉得这就够了。该爱恋的爱恋了，该感受的感受了，该回报的回报了，还有什么可奢求的？人可以不满，但不能贪婪。曹振宇决定抄"小路"去迎接死亡，尽快走完他还没有走完的路。他不想因为哪怕半刻停留，继续拖累老婆，她应该放手去争取她原本可以更加亮丽和幸福的人生，至少可以在县城的新家重新来过。

曹振宇费尽了吃奶的力气也没有找到他希望找到的绳索、刀片等让他抄人生小路的工具。这时他才想起，自己当初受伤在家，疼痛难忍时曾尝试过轻生，老婆肯定把这些危险的东西藏起来了。

百密必有一疏，电饭煲的插线让曹振宇喜出望外。他回到晾晒衣服的地方，把插线往两根拐杖上一系，展开就成了一个套子。随着膝关节处的绑板被取掉，他瘫软的身体猛地一下就挂在了借助椅子和石墙支撑起的拐杖套上。

也许是因为他的下肢没有知觉，难以支撑身体本能的挣扎；

也许是他一心求死，根本就不愿意去做任何一丝反悔的努力；抑或是他的生命其实已无比虚弱，就差一个借口便可以消失……

曹振宇自一开始就静静地挂在那里，一动也不动，像一幅简易装裱、充满人生含义、风格洒脱的油画……

干完一天的工作，陆自远、雷敏、吴焕珍加快脚步向家赶去。他们共同担心着一个人的吃喝：一整天没顾得上的曹振宇，不知他吃了那些剩菜剩饭没有？

此时，星星已布满天空，皎洁的月光照耀在仙掌村弯弯曲曲的乡间小道上，如诗如画。

整栋房子里没有一点灯光。三个人径直向一楼曹振宇的病榻走去，床上没人。他们又赶到火炕屋，还是没有。再赶到厕所，仍旧不见人影……

"爸爸——妈——振宇在你们那里没？"吴焕珍冲着屋后住着的公公、婆婆声嘶力竭地呼喊。

"今天才怪呢，都这么多年了，振宇哪天到我们这里来过？"婆婆从大门里慌里慌张地走出来，边走边回话。

"振宇——振宇——"吴焕珍的呼叫声惊动了四邻，大家都跑过来问长问短。

"背时儿子，你怎在这儿呀！焕珍——焕珍——你快过来看，振宇他寻短见了。这个背时儿子……"大家循着老人的声音，在院子一角看到了挂在拐杖套上的曹振宇。他身旁放着一个塑料盆，盆里放着一件洗过的衣服，几个晾衣架散落在周围。

曹振宇面对着墙壁，留给人一幅月光下折断的背影。院墙陈旧剥落，墙面凹凸不平，反射光微弱，隐约可见他安详的面容。

看得出，他死得义无反顾，想必是觉得自己残缺的生命对老婆、对这个家已经没有多大意义，所以毅然放弃。

大家齐心协力地把他抬到堂屋的地面上，一个微微浮肿的身躯和一双被绑板捆得有些变形的腿，让人怜悯生悲，油然伤怀。

吴焕珍静静地靠在门框上，眼睛一眨不眨地看着躺在地上的曹振宇，没有抽泣，没有哽咽，没有号啕，径直让眼泪从两颊滚下，似断了线的珠子。

"你让我 14 年白苦了，曹振宇呀，你真狠心，你不是人！……"突然间，吴焕珍扑倒在曹振宇身上，声色凄厉。

婆婆也蜷下身去，不停地捶打着儿子的身体，嘴里不停地哭喊："儿呀，儿呀，苦命的儿呀！……"

一屋人心情无比沉重，有邻里也禁不住哭出声来。

方世泽等村干部及村中老者闻讯赶来，吩咐按习俗处理后事。

大家各司其事，几个小时后，灵堂搭起，亡人入棺。道士先生择日：后天可入土。

吴焕珍悲极伤身，公公婆婆年老多病，女儿在上学，这陪守亡灵之事便落到了一些热心肠的乡里乡亲及陆自远、雷敏等人身上。

熬到下半夜，村民都走了，只剩下陆自远、冯子贵和雷敏等少数几名干部坐在灵堂里。姚宏说家里有事提前离去。

吴焕珍不时出来为陆自远他们倒上一些茶水，再三劝他们去休息，说有自己守着就行，但陆自远等人坚持要留下来。

"住到一个家里就是一家人。"陆自远劝慰吴焕珍节哀顺变，"如此离去是他自己的决定，残存于世不是他所愿意的。这么多年，你为他付出得够多了，没有什么可自责的。"

至于曹振宇为何突然之间就这样走了，吴焕珍想不明白，村里人更是众说纷纭，有好事者甚至连夜编撰出口口相传的内幕，说是陆自远和吴焕珍好上了被曹振宇发现，他一气之下才寻了短见。故事还罗列了若干有鼻子有眼的证据，如年纪轻轻的吴焕珍守活寡 14 年不可能不想男人；陆自远不可能无缘无故推荐她当村干部；陆自远是离了婚的人，同吴焕珍是干柴遇烈火；要不是感情深，陆自远怎会替一个不沾亲带故的人守夜……

这些连夜编撰、连夜传播的内幕，很快传到了吴焕珍公公婆婆的耳里，传到了村里的干部、群众耳中，甚至让县、镇部分领导也知道了……询问信息和善意提醒的电话一个接一个地涌向雷敏，令她应接不暇。

第二天天还没亮，几乎只剩下吴焕珍和陆自远还蒙在鼓里。

"这不可能呀！"雷敏相信自己的眼睛和判断。通过这段时间的相处和了解，她对吴焕珍的品行由衷钦佩。再说，她和陆自远在一个学校工作了四五年，了解他是一个非常有原则、讲政治的人，绝不会在联系村做出有损个人和学校形象的事。

雷敏找到陆自远，详述了自己的所听所闻，并建议村两委在曹振宇的追送会上开展一次群众教育，让大家深刻认识吴焕珍的精神品质，认识吴焕珍和曹振宇的爱情真谛、婚姻态度，学楷模，做楷模。

无中生有的中伤让陆自远一开始很愤慨，但他转念一想，这就是农村，这就是社会，这也是扶贫。他夸赞雷敏的建议很可取、很及时，如果能以此教育群众，一来可以树立吴焕珍良好的形象，方便她今后开展工作，二来可以提升群众对爱情、婚姻、家庭的思想认识，营造更加和美的家庭氛围，助力脱贫攻坚。

死者为大。按习俗，村里有人去世，大夜这天，全村人都要去参加追送会，为亡人送行。

全村老老少少早早就赶了过来，这比平时发几包洗衣粉或快餐面动员大家来开个会管用多了。陆自远、雷敏要的就是这个效果，开展群众教育，群众越多越好。

吴焕珍和陆自远分明察觉到，每一位前来追送亡者的乡亲，投送给他们的目光充满了异样，有的还带有明显的嘲讽和鄙视，让他俩好生别扭。

追送会由雷敏主持，陆自远致悼词。他的身旁放着曹振宇自制的那对绑板和那件没有晾完的衣服，以及曹振宇遗落在地上的那几个衣架。

乡亲们、朋友们：

今天，我们在这里为曹振宇举行追送会，目的在于通过这样一个送别仪式，追忆亡者的生平事迹，认知亡者的思想情操，表达我们的缅怀之情。

在曹振宇身上，我们看到的是爱，看到的是责任和担当。这也是我们今天追送会的主题。

想当年，曹振宇冒着生命危险进小煤窑挖煤，为的是什么？为的是养活他的老婆、他的家。正因为当初他每日在窑洞累死累活，可回家后仍然争着、抢着帮老婆做家务；正因为他乐于把挣的每一分钱都交到老婆手上，宁可自己穿旧的、破的，也要让老婆穿新的、穿好的；正因为他从不对老婆发脾气，事事顺着老婆，时时

想着老婆，等等，老婆才会在他受伤之后，十四年如一日精心照顾他，不离不弃。

爱需要播种，更需要耕耘。曹振宇为爱情、为婚姻、为家庭，付出了原本健康的身体，付出了14年和残疾的顽强抗争，甚至是年轻的生命。

我身边的这对绑板，是曹振宇为了能站立行走、力所能及分担老婆的操劳亲手制作的。

这两天，乡亲们也许一直在疑惑曹振宇的死。我可以负责任地告诉大家，曹振宇是为爱而死的！他的心里自始至终装着老婆，装着这个家。

我们找到曹振宇的时候，他身边就放着这件洗完的衣服，一旁还散落着几根衣架，后来，我们发现洗衣机里还有一缸他洗完的衣服。看得出，他很想帮老婆做点什么，包括洗洗衣服。可身体实在不听使唤，他在多次努力后，仍然没能把任何一件衣服挂到晾绳上。他是在万般失望之余，看到了自己残缺的生命对老婆、对这个家已经没有了多大意义，反而是负担、是累赘，才决定放弃的。

生命没有固定的长短，只有存在的意义。对待生命，曹振宇是珍惜的，14年里，他一直在努力地延续。对待生命，曹振宇是热爱的，30多年里，他从来都希望它精彩。

种瓜得瓜，种豆得豆。让我们再看看他身边这位不磷不缁、心地善良、知恩图报的女人。

大家都知道，她嫁到曹家才一年多、女儿还只有3

个月大的时候，老公就半身瘫痪了。14 年里，她用瘦弱的身躯背着老公上厕所；为养活这个家，在零下十几度的冻库里做工，在木材加工厂做男人做的活儿……每天无论多忙、多累，总是分出时间照管老公的吃喝，给他擦洗身子，为他四处求医问药；无论在外遭受多大的委屈，回家总是心平气和，生怕影响老公的情绪；把刀、绳等危险的东西藏起来，生怕老公想不开寻短见，等等。这哪一点、哪一件不令我们心生敬意？

14 年里，她洁身自好，没有半点绯闻，可她是如此的年轻！大千世界，有多少人能做到她这样？

曹振宇夫妇，为我们诠释了爱情、婚姻、家庭的真谛，我们要用心去感悟，去铭记，去效仿。今天我们从事脱贫攻坚工作，只要还有一个不和谐的家庭，就算不上真正的脱贫，因为脱贫不仅是物质上的，也包括精神上的。

这两天，我们中的一些人一直在背地里传送曹振宇之死的所谓内幕。大家扪心自问，这样一位冰清如玉的女人，我们如此去诋毁她，不是在玷污和亵渎她吗？我们应该为仙掌村有这样的媳妇而骄傲和自豪，我们要像爱护自己的眼睛一样去爱护她，以她为楷模，做一个在爱情、婚姻、家庭面前宽厚包容、用心用情、勇于担当、坚守德行的人。

我确实离婚了，但我用党性担保，在过去的日子里，我对吴焕珍只有欣赏、只有敬佩、只有疼惜，没有半点越轨之举。我衷心希望并祝愿她今后的人生健康、

快乐、幸福，最好再有一段美满的婚姻，弥补她的人生缺憾。这也是曹振宇先生乐意看到的。让我们为她祈祷！

致辞完毕！

陆自远发自肺腑的悼词字字句句扎在灵堂里每个人的心上，让大家对这对患难夫妻平添敬重与悲怜，每个人内心抑制不住的情感刺激着泪腺，催驱着泪水夺眶而出，奔涌直下。

土家族人有"守七"的风俗，分"头七""二七""三七""四七""五七""六七""末七"，共计四十九天。"头七"也就是人去世后的第七日，家人通常最重视。据说死者魂魄会于"头七"返家，家人要在魂魄回来前，给死者的魂魄预备一顿饭，之后必须回避，最好的方法就是睡觉，睡不着也要躲入被窝；如果让死者魂魄看见家人，会令他（她）记挂，以至于影响他（她）投胎再世为人。

曹振宇的"头七"正值2016年农历小雪。吴焕珍提醒陆自远和雷敏早吃早睡。还不到晚上9点，他俩就分别躺在了床上。

褪去一天的忙碌，陆自远怅然思念起远在省城的父母和女儿，不觉想到了唐朝李咸用的诗：《小雪》。下床提笔，颜筋柳骨，跃然纸上：

小　雪

散漫阴风里，天涯不可收。

压松犹未得，扑石暂能留。

阁静萦吟思，途长拂旅愁。

崆峒山北面，早想玉成丘。

吴焕珍每天早上都会例行到陆自远和雷敏的房间看看，担心他们落下要换洗的衣服。雷敏人勤手快，除非因特殊情况晚上回得晚或早上走得急，否则不会留下脏衣服。陆自远就不一样了，一旦忙起来，换下来的衣服一堆几天不洗也是有可能的。每次总是吴焕珍帮他洗了。雷敏有意帮忙，但始终没有帮上。

在陆自远的书桌上，吴焕珍见到了那首行云流水、力透纸背的《小雪》。多美的字呀！还有那愁情绵绵的诗句。吴焕珍看着字、读着诗、想着人，不由自主怦然心跳，羞涩中，慌慌张张抓起陆自远搁置在杂物箱里的脏衣服，疾步走下楼去。

云雾镇的冬天从来就不曾迟到，刚过 2017 年元旦，大地就披上了一身银装。仙掌村以"台"基线为界，其上的高山区，白雪皑皑、粉妆玉砌；其下的二高山区，田野在雪花还不曾完全覆盖的空隙间，残留着些许苍黄，但树梢和屋檐上狭长而锋利的冰凌告诉人们，冬天真的来了。

考虑到冻害影响，村里所有室外建设工程相继停工，脱贫攻坚转入务虚层面——走村串户宣传党的惠民政策，访贫问苦加深干群鱼水情谊，有求必应化解调处家庭矛盾，见缝插针整理各类脱贫攻坚资料……

今天，陆自远和吴焕珍要去调处一个家庭矛盾，诱因是女方婚内出轨，据说和常庭武有关，调处十分棘手，却又不得不去。

陆自远原计划带上雷敏，可雷敏毕竟是个没有结过婚的人，在处理家庭纠纷方面实战经验不足，吴焕珍自然成为不二人选。

雷敏看得出陆自远很愿意与吴焕珍搭档做事。通过这段时间的相处和了解，陆自远对吴焕珍的好感不是一点点，只是考虑"影响"，处处谨小慎微。吴焕珍亦是如此。

传言出轨的女人叫杜春桃，住在一小组的沈家坦。公公去世早。她原本和老公沈建平常年在外打工，去年婆婆眼睛失明，老公安排她在家伺候，这便留了下来。杜春桃和沈建平生有一个儿子，正读高等职校，差一年毕业。

沈建平性格暴躁，平时爱喝口小酒，在广州打工快 20 年，每月收入不高，但还比较稳定，却爱拈花惹草，一个月工资经不三不四的女人——蚕食后往往所剩无几，要不是杜春桃省吃俭用，一家人的温饱恐怕都难以保证。村干部和村民代表考虑到她家有孩子上学，婆婆常年疾病缠身，老公又是那样一个人，就把她家评定成了贫困户。

"你估计会不会真有这事？如果真是这样，常庭武也就太缺德了。不知有多少家庭毁在他手上！"走在去杜春桃家的路上，陆自远率先挑起沉重的话题。

吴焕珍的脑海里不由自主浮现出那个差点让她失身的晚上，顿时怒火中烧："听说常庭武交代，本村有 7 个女同志和他有关系，他就是一头丧尽天良的花心狼！这样的人把牢底坐穿才好！都怪村里太穷，多数男人到外面挣钱去了，家里便没了把门的，这才让坏人有机可乘。"

吴焕珍一语中的，引起了陆自远对留守妇女的同情与关注，他表情凝重地说："留守女人的问题已经成为中国农村的共同问题，这方面上面要重视起来，我们更要重视起来。日后，我们要组织好在家的妇女姐妹，共同抵御类似的侵害。当然，发展是解决一切问题的钥匙。把村里发展好了，这些问题也就迎刃而解了。"

"留守妇女各有各的苦。外面的花花世界，把好些男人都养野了，有的几年不回来。女人也是人。留守妇女事实上已成为中国发展无意中的牺牲品。"吴焕珍直抒胸臆。接着，她建议道："咱俩现在分个工，一会儿，你负责去做沈建平的工作，我负责去做杜春桃的工作。棒子两边打，尽量保全他们的家庭。"

陆自远被吴焕珍的真知灼见怔住了，他越发感觉到眼前这个女人无论见解还是谈吐，与这闭塞的穷山沟似乎都不在一个切面上。也许是非同寻常的人生经历让她感悟了更多，懂得更多，因而也更可敬、可爱。

陆自远和吴焕珍见到沈建平时，沈建平正叉着腰，右手拿根皮带，左手握着酒瓶，两只眼睛喷射着怒火，俨然电视剧里一个审讯地下工作者的特务。

杜春桃瘫坐在地上，蜷着身子，蓬松的头发遮住了整张脸，两只手一上一下抓住胸口被撕得破碎的衣服，手背上有重叠着崭新的皮带印。

"看你还嘴硬！看你还嘴硬！那狗日的都招了，你还要替他瞒着老子呀？……"见有人进来，沈建平话音未落又扬起了皮带。

"老沈，老沈，打人可要不得，那是犯法的。"陆自远拽住沈建平的手就往里屋走。吴焕珍也把杜春桃扶起来坐到火炕的椅子上。

"春桃姐，我带你去洗洗，换身衣服。"吴焕珍挽起杜春桃来到洗手间，"男人都死要面子。把你伤得重不重呀？"

杜春桃一脸泪水，摇头。

"忠诚是婚姻的底线，也是我们女人的门面。爱情可以随心所欲、不顾一切，但婚姻必须讲规矩、有底线。不管常庭武有没有欺负你，相信你肯定也会认同，只要你不愿意他就很难得逞。我今天来不是责问你到底有没有那回事，我就送来两个建议：一是打死不承认，在这种事情上坦白，没有任何意义，相反会把人伤得更深。二是要尽全力保护这段婚姻，离婚的代价太大，孩子也会深受其害，往后的日子，一定得为婚姻负责，伤什么都可以，千万不能伤婚姻。"吴焕珍语重心长。

杜春桃抹干泪水，点头。

在另一间屋子里，陆自远的劝说也收到成效。"你老哥在外是出了名的花花公子。怎啦，只许州官放火，不准百姓点灯？再说，到底有没有那回事还不知道呢，也不能听信谣传，即便是常庭武亲口说的也不能信。聪明男人总是把自己的女人遮得严严实实的，怎会让她给自己抹黑？这件事只要你说没有就没有。天底下没有哪个女人愿意在老公面前自毁形象。你说她干净她就干净。即便过去不干净今后也会慢慢变干净。你倒好，众目睽睽下兴师问罪，不是给自己头上泼屎吗？不会有人说你了不起，只会有人说你没得用。老婆是用来宠的。谁宠她，她就是谁的老婆……"

沈建平听得很投入，似乎明白了这些话的含义，起码表面上是释怀了，"陆书记，你要在全村大会上给我老婆正名……下午就别走了，我们兄弟俩喝一杯。"

杜春桃自然是心领神会地做了一桌好菜。酒桌上，两个男人推杯换盏。两个女人不停给他们夹菜。

酒才过三巡，沈建平就有点扬了，都说爱喝酒的人不胜酒力，这话放到沈建平身上算是应验了。

"哥，你放心，老婆的事到此为止。以后我一定好好对她。那些没影儿的事坚决不提了。"沈建平左一声哥又一声哥，叫得巴皮巴肉，全然不顾自己可是快50岁的人，岁数比陆自远大一巴掌还有余。

在仙掌村，大家习惯称哥叫姐，不是故意装嫩，而是表达亲切和尊重。

问题是此时此刻场合有些微妙。沈建平这一声哥，让陆自远立马就敏感了，他瞅向吴焕珍，正好吴焕珍也在瞅他。

"我老吗？"他在心里问吴焕珍。

"老。"他在心里替吴焕珍回答。

"叫人哥，他有那么老吗？人家看上去也就30来岁。哪像你，未老先衰！"吴焕珍在心里咕哝，示意陆自远别喝了，撤。可这时，沈建平又把酒酌了过来。还是满满一杯，三两的杯子。

"哥，你这兄弟我交定了。你把酒喝好，我把老公做好。保证不再给你们找麻烦。"这酒劝得推都不能推，全卡在工作任务上。

沈建平一口干了，陆自远只得跟进。吴焕珍在一旁心疼得直皱眉头。

"慢点喝，我来。"陆自远一把抢过酒壶，细斟慢酌起来，直到沈建平趴在餐桌上睡熟了才放下。

"酒也喝好了。我们撤。"陆自远站起身，给杜春桃挥了挥手，刚要迈腿，椅子一绊，一个趔趄差点摔倒，吴焕珍眼疾手快一把扶住。

"要不晚上就在这里歇。你们看，都十点多了。"杜春桃看陆自远也醉了，试图挽留。

"也就半个小时的路程，还是回去。"吴焕珍嘱咐杜春桃注意保护自己，若老公再打她就给她打电话。说完，扶着陆自远消失在夜色中。

雪铺了一地，世界一片灰白。吴焕珍搀着陆自远，凭着记忆和依稀可辨的脚印，在手电筒的辅助下，深一脚浅一脚地向家走去。

陆自远踉跄得厉害，半个身子不时挂在吴焕珍肩上。俯首低头之间，他嗅到了一种味道——久别的女人的味道，带着泥土的气息、寂寞的芳香，沁人心脾。

吴焕珍也嗅到了一种味道，城市男人的味道。烟草味混着木质香。浑厚、绵醇。这种味道是如此强烈，强烈得让她已完全记不起老公的味道。

94天，陆自远出现在自己面前的第94天。她第一次触碰到他的身体，精致、坚实、温暖。她感觉自己正在被融化。就像地上的雪，悄无声息地。

苞谷酒的后劲儿吞没了陆自远强撑的清醒，他彻底醉了：醉得一路翻倒胃里的饭菜，苦胆都差点吐出来；醉得滑倒在雪地里，头就卡在吴焕珍隆起的双峰中；醉得撒尿不知道脱裤，把尿撒在了裤裆里；醉得一丝不挂，躺在木缸中，像一条被敲昏了头的鱼。

当晚，吴焕珍费尽九牛二虎之力才把陆自远搀扶回家。到家时雷敏早睡了。陆自远浑身脏兮兮的，不洗个澡如何能睡呢？可家里只有雷敏，且是个黄花闺女，吴焕珍不好意思找她帮忙，只好一个人把陆自远放到木缸里洗了澡。

陆自远清醒时已是第二天中午。清醒的标志是他发现内裤被人换了，枕头边放着干净的折叠得整齐的衣服。

他只能凭想象还原昨晚的温馨时刻：木缸腾着热气，如云似雾，笼罩在女人苹果红的脸蛋上……

"昨晚你喝得太多了。一点都不爱惜自己。"雷敏到县城开会去了，餐桌上只剩下陆自远和吴焕珍。吴焕珍一边给陆自远夹菜，一边叮嘱他以后面对这种工作酒要悠着点，要是把身体喝垮了，代价就大了。

"嗯，嗯。"陆自远本来想说点客套话，感谢她昨晚的照顾，可条件反射地想到了自己的内裤，羞愧涌上心头，脸红到了脖子上。

吴焕珍偷偷瞥了眼一身不自在的陆自远，心里像翻倒了甜面酱。

第五章

好不容易理顺了村里的基础设施建设工作，原本心情不错，但令陆自远万万没想到的是，雷敏居然透露给他一个堵心的消息：他没有通过所在学院副院长的提名，原因是有人说他在联系村与有夫之妇过从甚密，给学院和驻村工作队带来了严重的负面影响。雷敏分析，应该是陆自远的竞争对手从村民嘴中获知了一些捕风捉影的信息。

雷敏还告知他，校党委近期会派出常务副校长方杰等人到联系村视察工作。名义上是来看望慰问困难群众，了解脱贫攻坚工作推进情况，真实的意图是来给陆自远的问题定性。

雷敏向陆自远透露此消息时，还特意把他叫到一旁。吴焕珍觉察到他们交谈回来后，陆自远脸上的表情很怅然，显然是出了非同寻常的事，在她的印象中，陆自远遇事沉稳、淡定。非要避开她谈的事，一定与她有关。

她意识到肯定是那档子事，不免有些担心和惶恐。

三个人的这顿晚饭是他们同住一个屋檐下以来最安静的，几乎连咀嚼的声音都没有。陆自远、吴焕珍各怀心事。雷敏也不知道如何来当好这个"第三者"。

吃罢晚饭，陆自远、雷敏帮吴焕珍收拾完厨房，瞄了几眼电视节目，就各自洗漱后回到了自己的房间。

夜，滴滴答答一秒一秒地行走着。吴焕珍不时举目窥望墙壁上的闹钟。她在等待一个合适的时间，一个雷敏熟睡的时间。她想去陆自远的房间搞清楚到底发生了什么。

时间过得好慢好慢，慢得仿佛一直就停滞不前。

吴焕珍的脑海里不时浮现出陆自远怅然的神色，内心十分纠结。她判定此时雷敏大概已经睡熟了，这才走上楼去敲响陆自远的房门。声音很轻，轻得犹如几声轻吟的虫鸣。

但陆自远听得真真切切。他快速起身打开房门，仿佛一直就在等待这一刻。他搬了把椅子让吴焕珍坐下，自己则坐在了床沿上。

"天气冷，你睡着。不像我穿这么厚。"吴焕珍特意用手捏了捏棉衣的袖口，示意陆自远睡到被窝里去。

"我这睡衣是保暖的。"陆自远说着，把一件外套披在了身上。

"今天你有心事？是不是我影响到你了？"吴焕珍轻声探问。

陆自远生怕吴焕珍自责，赶紧安慰道："也没什么。你别想多了。"

"你是个藏得住事的人，这次肯定事情不小。不想对我说？"吴焕珍一心想弄个明白，继续追问。

"也就是我提名学院副院长没通过，说我作风有问题。我其实也不稀罕当官，只是生气那些心怀私利的人，根本不知道情况，给人乱扣帽子。"陆自远语气平缓，但眼神里还是露出一丝愤慨。

吴焕珍不知道该如何往下接话，她虽然不清楚副院长究竟是

多大的官，但她深切意识到自己影响到他了。她不知道怎么跟自己的心交代，更不知道怎么跟心爱的人交代。

好一阵子她才说："你还年轻，个人前途是大事。这个山沟沟，你也不会待一辈子。以后我们注意点。你给领导解释解释。"说完，起身离去。

陆自远本想一把拽住吴焕珍，让她留下来同自己说说话，通过这段时间的相处，他对眼前这位漂亮、贤惠、温柔的女人尽是好感，觉得自己心目中的妻子就是这样的女人。

可正要伸出去的手仅仅略略抬起就滞留在了腿胯上，特殊身份加上正在蔓延的流言蜚语提醒他得保持克制。

吴焕珍走得很慢，挪动的背影像信号卡塞的电视荧屏，一点一点消失在暗红色的木门外。

猴年除夕的前一周，常务副校长方杰一行如期而至。随行的有校党委宣传部部长孔智，4名学校脱贫攻坚课题研究组成员。临金县分管精准扶贫工作的副县长柳春旺陪同。不带司机共7人。

此行学校派来的人员不多，但带来的东西着实不少。有粮油、学习用品等，整整装了一皮卡车。

上午10点多，他们一行抵达村委会。云雾镇党委、政府主要领导和村委会、驻村工作队全体人员等夹道迎接。

看完建设现场，听完工作汇报已是中午12点多。因只安排了一天的行程，大家吃了包方便面便分头开展走访慰问和课题调研工作。

方杰和柳春旺一组，负责看望、慰问困难群众和困难家庭学生。侯亮、鲁天明陪同。陆自远、雷敏带路。

孔智由姚宏带路，采访村里的脱贫攻坚事迹。

课题组成员由吴焕珍、冯子贵带路，在村里开展脱贫攻坚问卷调查。

由于看望、慰问的贫困户较多，加之村组公路全都在建设中，车辆行进不便，慰问品全靠人力运输，使得方杰这组虽马不停蹄，可返回村委会时还是到了晚上九点多了。大家大半天时间就吃了包泡面，人人饿得前胸贴后背。

村里吃住不便，晚上的食宿被安排到了镇上。方杰特意叫上了陆自远。陆自远自知领导的用意。

领导的用意其实在刚才的进村入户中已有所流露：他不止一次从群众口中打听吴焕珍的情况，了解他们对驻村工作队同志的评价；还忙里偷闲，单独从雷敏嘴里了解了陆自远、吴焕珍感情发展的来龙去脉。

吃罢晚饭，大家各自回到由镇政府安排的宾馆。方杰带上陆自远径直去了住处，并为他张罗好茶水："自远，你们在仙掌村干得不错。今天，我们这行人都看在眼里。群众对你们的评价也很高。辛苦你们了！……"方杰说了一大堆他在村里的所见所感，对驻村工作全面点赞。

陆自远知道这是领导在给他此行的真正目的作铺垫，后面他要说的才是最重要的。在陆自远的印象中，方杰是一位原则性很强的领导。他铺垫做得越多，陆自远越感觉到问题严重，心里就越紧张。

"你们确定关系没有？"方杰话锋一转，问。

"现在还没有，只是在向这方面发展。"陆自远实话实说。

"近段时间，我一直从多方面了解小吴的情况。今天进村，又有了进一步的了解。小吴人不错，是个值得爱的女人。我今天要对你说的有两点。一是舆论的问题。我们的驻村干部同联系村的女同志谈恋爱，从正面说，是干群一家亲，反映我们的同志和村里的群众打成一片。可若被别有用心的人加以利用，便是我们的同志在玩弄农村妇女的感情。好事不出门，坏事传千里。舆论的走向往往是负面的东西容易占上风，这对你个人、对我们工作队、对学校都是一个巨大的风险。二是婚姻的问题。婚姻表面上是两个相爱的人的结合，但实际上结合在一起的还有他们各自身后的家庭、家族，乃至朋友圈等。你注定是要回到省城的，那她怎么办？你们俩的社会地位、家庭背景等悬殊太大，你的父母能接受吗？你的同事、朋友等会看得起她吗？小吴是一个经受不幸的女人，你希望她跟着你过得不开心吗？"

方杰的话说得轻，落得重，句句在理。陆自远用心聆听，咀嚼其意。

"时间很宝贵，我们还是别把这有限的时间消耗在如此无趣的话题上，我相信你是个理智的人……"方杰另挑话题，两个人便探讨起村里的精准扶贫工作，从产业谈到就业，从搬迁谈到后续发展……两个人想得多，交流得细，探讨很深入。方杰对陆自远的工作思路、措施等赞赏有加，有感学校挑对了人。

时间不觉到了零点。方杰要陆自远今晚就住在宾馆，镇政府在宾馆也为他预订了房间。

陆自远坚持要回村里。说村里事多，早点回去，第二天好早点工作。

这当然是托词，方杰听得出来。此时此刻，陆自远深知吴焕珍和雷敏在家里一定很担心。

临别前，方杰给陆自远吃了颗定心丸："你的问题，不存在作风问题。回去后，我会向校党委专题汇报。至于你和小吴的事，相信你们会处理好。"

从镇上到仙掌村，驱车也就30分钟左右的路程。夜已深，陆自远不好意思麻烦镇政府的司机，便顶着月光上路了。

山高生明月。陆自远仰望星空，仰望银河，回想着领导的规劝，心中油然升起对牛郎、织女的无限同情——银河从来就一直存在着，牛郎星、织女星，永远都是天各一方，迄今为止，真正蹚过对岸的，仅是人世间对他们的美好祝愿。

自己和吴焕珍也会成为银河边的苦命鸳鸯吗？他不敢想，却又不得不想。

话说吴焕珍和雷敏提前回到家中，一直焦急等待着陆自远返回。关系到他前途命运的事，她们怎能不担心？

零点过了还不见人影，雷敏猜测陆自远肯定留宿在镇上，便回房睡觉了，她提醒吴焕珍也早点休息。吴焕珍哪有半点睡意？是自己的出现影响到了这位前途一片光明的人。她担心他有事，更祈祷他没事。否则，自己要后悔一辈子。

待在屋子里傻等，让吴焕珍觉得心里实在堵得慌。她决定去路上迎迎。这大半夜的，他若回来，肯定只能步行。以自己对他的了解，他一定知道她在担心他，绝不会留宿镇上。这大半夜还不回来，不是问题严重领导不让他走，就是没啥事了他正走在回来的路上。无论哪种情况，她都希望尽早知道。

踏着夜色，揣着担心，吴焕珍一路快步。耳边，北风呼啸。远处，原驰蜡象。

换作平时，这山里的夜路，又是树林，又是坟地，吴焕珍真没胆子走。可现在为了急着见到陆自远，也就顾不上害怕。在她的潜意识里，只有尽快把这段路走完，才能尽早知道陆自远的情况。

自小在山里奔跑长大的腿，让她疾步如飞。

"焕珍——焕珍——是你吗？"陆自远发现百米外有个人影朝这边走来，身形很像吴焕珍，激动地呼唤。

吴焕珍几乎同时看见了陆自远："自远——自远——是我，是我！"

两人加快了脚步。

"这大半夜的，你怎么来了？多不安全呀。"走近吴焕珍，陆自远心疼地埋怨，一把抓住她的手，上下端详，生怕身上哪儿少了一块。

"我估计你一准儿走路回来。领导说了什么？批评你了吗？"吴焕珍关切地问。

看见眼前一脸担忧、满头大汗的吴焕珍，陆自远顿生爱怜，心中暗暗发誓：自己一定要娶了她，给她幸福。"领导说了，我这不是作风问题。你不用担心。"陆自远不能，也不准备把方杰对他说的话告诉吴焕珍。他不希望她背着沉重的思想包袱去走他俩未来的路。这个包袱，得由自己扛着，还必须扛好。

春节临近的仙掌村，才是真正的仙掌村。一粒粒在山外经受滋养的"种子"前前后后飘回来，生根发芽，开花结果。陡增的炊烟，顺着一个个山坡往上爬，拥抱在天空中，融化在云团里，传递着乡村的烟火气。

腊月二十九上午 11 点，吴焕珍和曹子倩把陆自远送上了东去的动车。动车启动的那一刻，陆自远感觉心被撕扯得剧痛，离得越远，痛得越烈。远在千里之外的父母和女儿，约定 4 个小时后在省城火车站出站口等他。他努力地从这个家，挣脱到那个家……

陆自远的父亲陆定山、母亲申红秀是南下干部。陆定山退休前在省政府办公厅工作，是享有盛名的笔杆子。申红秀是临川大学的教授，现在也退休赋闲在家。两口子在"文化大革命"那会儿曾一同被下放到西北幸安农场劳动。陆自远是他们的独子。陆自远头上原本还有个姐姐，因为当年农场条件实在艰苦，姐姐出生几个月后不幸染上肺炎，救治不及夭折了。

陆自远的女儿陆晓，12 岁，读小学六年级。

前妻张珊的母亲柳月娥和自己的母亲申红秀是闺蜜，曾在同一个农场劳动，后又在同一所大学任教。张珊的父亲张思度退休前是省交通厅副厅长。陆自远和张珊的婚姻，跟指腹为婚差不多。那一天，两个女人私下决定这一重大事件时，陆自远两岁零一个月，张珊差五天满月。

张珊打小就爱跟在未来婆婆申红秀的屁股后头。她在陆家待的时间不比自家少。大概是有愧于女儿的缘故，申红秀把更多的爱都倾洒在了张珊身上，俨然她就是自己亲生的。

令两家父母不解的是，这两个小祖宗自小就玩儿不到一块儿，还不时掐架，经常是张珊一把眼泪一把鼻涕向未来婆婆投诉，为此，陆自远没少挨打。陆自远后来认为，正是自己母亲无原则的溺爱助长了张珊的坏脾气，让她恃宠任性。

张珊大学毕业后在省城一家医院上班。陆自远是抗拒了好几

年才同张珊结婚的。婚礼上，亲朋好友无不称赞他俩是天造一对、地造一双。

他俩的婚姻就像银行的空挂账户，里面本就没存蓄多少爱情，却经常以争吵支取，很快便形成巨大的赤字，最终只得分崩离析。

他俩的离婚让四位老人绝望透顶。很长一段时间里，老人们都不愿意见到他们。

四位老人毕竟是有文化、有见识、有阅历的人，他们懂得婚姻这双鞋要孩子们穿着自己觉得舒适才行。不过，他们更希望经过一段时间的冷静，孩子们能迷途知返，破镜重圆。

张珊做老婆不上心、不称职，但做儿媳却不含糊。无论离婚没离婚，她对公公婆婆，比对自己的父母还好。嘘寒问暖、送东送西，样样事没落下。她是省城人民医院的护士长，护理技能一流。一有空，她就给公公婆婆捶背、按摩，十几年如一日，以至于两老三两天见不到她，就浑身不自在。

往这样的家庭里安插进一个新人，这难比登天！陆自远合着眼，想象吴焕珍未来要走向这个家庭的艰难之路，后脑勺一阵发凉。

"嗞"的一声，火车到站了。陆自远从纷乱的思绪中缓过神来，整理好仪容，抖擞起精神，快步向出站口走去。

远远地，他看见三个熟悉的、张望的身影。

"爸爸——爸爸——我们在这儿！"陆晓的眼睛尖，一下子就发现了人群中的陆自远，踮跳着双脚，拼命地招手，两条麻花辫迎风飞舞。

节日临近的火车站，人头攒动，摩肩接踵。陆自远用力挤出出站口，陆晓一个箭步扑过来，父女俩熊抱在一起。

陆定山头戴短檐圆顶鸭舌帽，鼻梁上架着一副远近两用折叠智能变焦双光老人镜，眼里含着慈祥、深邃的微笑。

申红秀颈间绕着酒红色加厚保暖围巾，身着豆绿绣花加长羽绒服，神采奕奕，喜笑颜开。

"儿子，快过来让妈妈看看。山里的生活很苦吧？"申红秀招了招手，陆自远靠了过去，陆晓紧随其后。

申红秀把儿子从上到下细细地打量了一番，扭身对身边的陆定山说："老头子，你看我们家自远还长肉了呢，精神头也很好，看来山里还蛮养人的。"

陆定山不答话，满眼含笑。

"爸爸，爸爸。放假了，你要带我到山里玩儿，捉野兔，看山花……"陆晓挽着陆自远，嚷嚷大家快上车，好早点回去买年货。

陆自远从陆定山手里接过车钥匙，驾车带着一家人直奔世纪国贸。世纪国贸是省城档次最高的商超。陆自远想给父母和女儿买些新衣服作为节日礼物。

陆定山和申红秀一再劝阻儿子别为他们花钱，说家里的衣服都快把衣柜胀破了。可陆自远说，一年是一年，尽孝不能含糊。

陆晓倒是乐开了花，只管挑自己喜欢的。她对节俭没啥意识，管它贵不贵，只要自己喜欢就行。

大包小包的衣服搁到收银台，一算账，两万多元。还没等陆自远掏出银行卡，申红秀已抢着输了自己银行卡的密码。

陆自远埋怨母亲辜负了儿子的一片心意。申红秀说尽孝有个念头就好。她嘱咐儿子要给张珊的爸爸妈妈准备些礼物，毕竟两

家人有几十年的交情，更何况两老永远是孩子的外公外婆。

陆自远给前岳丈、前岳母各买了一件羊毛呢外套。这次申红秀没有抢着付钱，说："儿子，你要自己付钱才显得有诚意。"

陆自远洞悉母亲的心思——无论自己再怎么不喜欢张珊，可她就认定这个儿媳。

一家人回到家，保姆早已做好一桌饭菜，全是陆自远最爱吃的。大家围桌而坐。

陆定山拿出珍藏版茅台，给儿子满满酌上一杯，自己倒了个大半杯，"来，咱们爷俩走一个。"说着，一饮而尽，看得出，他很开心。

"老头子，你这可是不遵医嘱了。"申红秀见陆定山起了兴致，赶紧刹车。陆定山有高血压，医生建议他少饮酒，最好不饮酒。

"儿子回来了老爸高兴，稍稍破破例。"陆自远一口清了杯中酒，又给父亲酌了小半杯，自己满上。

陆晓不住地给爸爸夹菜，说在外吃苦了，补补。有时，顺道也给爷爷、奶奶和保姆阿姨夹点。

陆自远也忙着给一桌子人夹菜。

餐桌上，情暖暖，爱浓浓。

晚饭后，陆自远向父母详细汇报了自己的驻村工作，得到了父母的称赞。父母告诫他，驻村扶贫是一生重要的财富，需倍加努力，善始善终。

陆自远很想但没敢向父母提起自己和吴焕珍的事，考虑到一见面就摊出如此重大的决定，父母肯定接受不了。再说，他们的内心还没有准备好迎接一个外人。

夜深了，陆晓吵着要跟陆自远睡觉，陆自远怎么劝阻她就是不听，只好依了她。

父女俩躺在床上，又咕咕哝哝说了好一阵子话，陆晓才甜甜地睡去，面朝内，头枕在陆自远的手臂上，半蜷着身子，像一尾去了壳的小龙虾。

"睡没？"这是分开十三个小时零三分后，陆自远发给吴焕珍的第一条微信。

手机很快传来"叮咚"的一声："躺在床上，你呢？"

"我也是。想你了。情人节快乐！连视频。"陆自远发完信息随即开启微信视频呼叫，吴焕珍很快出现在视频里——穿了件白色睡衣，披头散发，脸微红，似有惆怅之色。

陆自远刚要说话，吴焕珍做出一个闭嘴的手势，然后将手机镜头对准身边熟睡的女儿曹子倩。陆自远也把镜头移到相同位置，露出女儿陆晓的睡脸。

"哇，我们身边尽是小人哦。"吴焕珍关了视频，发来信息。

"呵呵！"陆自远回信道，"下火车就没闲着。可惜此刻没有你。"

"你走后我一直在想你。"吴焕珍说。

"我也是。"陆自远回。

……

一条条信息穿越时空，互诉衷肠，直抵两颗寂寥的心。

这一夜，他俩谁也说不清自己是什么时间睡过去的，是谁先睡过去的，只记得自己后来睡得很香，睡得很沉，甚至无梦。

陆、张两家都是独生子女家庭，自结成亲家后年年一起团

年。后来儿女们离婚了，两家人还是坚持年年同吃团圆饭，每年轮流做东。4位老人希望以此形式拴紧两家人的关系，以防两个孩子越离越远。

今年轮到张家做东，晚宴订在景泰酒楼，下午6点开席。

遵照约定的时间，陆自远备好礼物，驾车带上一家人直奔景泰酒楼而去。

临行前，在申红秀的督促和指导下，陆自远被动地把自己装扮了一番。梳了个四六分简约刘海发型，内着蓝白相间条格加绒衬衣，外穿雾霾蓝短款加厚羽绒服，下配直筒保暖商务休闲裤，脚穿轻奢软底白灰运动鞋。整个人看上去，清新俊逸，玉树临风。

张思度、柳月娥手里拿着准备送给外孙女陆晓的红包，在餐厅外迎候。张珊立在一旁。她今天打扮得很漂亮：头披鱼尾卷短发，耳着铂金托珍珠耳环，嘴涂淡红唇膏，面抹粉型香脂；身穿粗花鱼尾毛呢套装，内配黑色卷领羊毛衫。一眼看去，粉妆玉琢，美逾天人。

一到餐厅门口，陆晓便一头钻进外婆怀里，两个红包接踵而至。

"爸爸，妈妈，过年好！"陆自远给前岳丈、前岳母分别奉上礼物。

"你们看，这孩子去了乡下几个月身板结实了，精神头也更足了！"柳月娥恭维。

张思度带领众人入席。张珊牵着陆晓找座。陆晓故意换了个座位，让爸爸坐在妈妈身边。陆自远和张珊礼节性微笑，落座。

陆自远再看张珊，感觉她成熟了不少，眼睛里少了一丝傲气，多了几许沧桑。

"今天这顿饭，既是团圆饭，也是给自远的接风宴。来，大家举杯，共庆佳节。同时，也祝贺自远扶贫工作旗开得胜!"张思度示意开席，众人择其所爱。

席间，陆自远不时给张珊和陆晓夹菜，张珊也不推脱，打小她就享受这份待遇，不过，现在的感受有所不同——挣脱婚姻的桎梏，反而让她认识到婚姻的可贵。婚姻是家的围墙，爱的护院。一个人可以没有爱情，但不能没有婚姻。爱情没有义务，婚姻才有责任。婚姻不牢，犹如大树无根，既缺乏对人生的支撑，更缺少对幸福的庇护。自己和陆自远虽然没有所谓的爱情，但有感情，两小无猜的感情，亲人般的感情。这原本是婚姻坚实的基础，可是……

张珊意识到自己的婚姻之所以失败，是因为自己一直就没有走出那个唯我独宠的妹妹的角色，根本没有去想过，也没有努力去做过一个好妻子该想、该做的事。

在没有陆自远的日子里，张珊想起了他的好，读懂了女儿的心。为此，她多了忧伤，多了迷茫，更多了怀念，多了自责。

坐在一旁的陆自远也不光在喝酒、吃肉，张珊忧郁的表情、萎靡的情绪，以及女儿的故意让座等，让他对这段错位的婚姻平添了无限的伤怀。跌跌撞撞的婚姻以及曲终人散的结局，消磨了他的心智，摧毁了他的精神。曾几何时，他害怕走进那个家门，害怕睡到那张床上，害怕面对那张冷脸。

而如今，又多了几个害怕，害怕老人失望，害怕女儿伤心，也害怕张珊不振。

这种断而不断、断而难断的无奈让他深切体会到，婚姻不是

外衣，绝非脱了换了就了事了。婚姻是一个家庭的躯干骨，离婚导致的损伤是摧残性的，终身性的，即便"移植"，也不可能完全"修复"，哪怕是找到最好的"移植"材料，也会出现各种"排异"反应，至少孩子会"排异"。

但木已成舟，这是他和张珊当初的选择，义无反顾的选择。

吃罢团圆饭，陆家到张家聚会。四位老人凑成一个牌局，自娱自乐去了。张珊给陆自远沏了杯茶，两人来到阳台上，来到载满多肉的阳台。

大盆小盆的多肉，千姿百态，色泽鲜艳，形似花，却是叶。养眼，无香。

"这些多肉是你养的？"陆自远问。

张珊点了点头，反问道："嗯。好看吗？"

"看是好看，可就是似花不是花，有些张扬、虚伪，还没有半点芳香，损了阳台花草的本性。"陆自远意有所指地评价道。

"你认为阳台花草应该有哪些本性？"张珊一脸认真地问，她听出了陆自远的言外之意，希望更多地知道他还想流露些什么。

"首要是释放氧气，优化住房的空气。其次是花花绿绿，保养人的眼睛。最后是传递芬芳，沁人心脾。"陆自远概括。

"多肉植物在白天气孔关闭，不发生或极少发生气体交换。而在夜晚则会同时进行光合作用与呼吸作用，所释放的氧气远远多于二氧化碳。多肉把叶长成花，好养又持久，且不失花花绿绿的作用。但凡开花的花草，都有花期，多半也枯萎有时。一旦枯萎，便失去了阳台花草的作用。你是看重长久有绿呢，还是钟情昙花一现？"张珊话里有话。

"没想到你对多肉还深有研究。"陆自远避重就轻。

"我们一晃已分开两年多了，你有何打算？"张珊话奔主题。

"受了一身伤，还想好好养养。"陆自远简言化繁。

张珊不知道该如何接续当下的话题，凭她的直觉，陆自远好像有了新的恋情，对自己不在意也不关心。但她转念一想，那山沟里怎会有他喜欢的人呢？难不成他还真在伤痛里？

"婚姻失败，受伤的绝不止某一个人。希望我们尽快把伤疗好，过上有根的生活。"张珊说完，去了女儿房间。

陆自远独自坐在阳台上，不由自主地看了看手机，看了看与吴焕珍聊天的微信对话框——没有一条新信息。

这就是距离！令陆自远爱别离苦的距离。他期待新恋情尽快治愈旧伤口。

同样爱别离苦这段距离的还有吴焕珍。除夕，她回到了青峰镇的娘家。有妈妈和一帮妹妹置办年夜饭，她有了更多的时间看手机。她一次次打开手机，打开与陆自远聊天的微信对话框，没有一条新信息，从早上她睁开眼到现在春节晚会都已经开始了还是这样。

她没有埋怨陆自远为何连发条信息的时间都没有。她理解他既然没有发信息来就肯定忙着，或者有人避不开，不方便。她在他的那个家，还是个秘密。

她不想在自己的娘家，这也是个秘密。

她把她和他的事告诉了母亲和三个妹妹，只是没有告诉父亲，父亲是老封建，丈夫尸骨未寒就另有新欢，这是他决不允许的。

"还是没来信息呀？电话给我，让我收拾他！"小妹见大姐又在看手机，打趣道。

三个妹妹与吴焕珍感情深厚。当年，吴焕珍放弃复读，只为省出些钱来让三个妹妹多读些书。她始终认为，人有了文化，即便一辈子受穷，起码也比没文化的人出路多、内心敞亮。三个妹妹自然知晓大姐的良苦用心，读书时都极为用心。若不是曹振宇突遇横祸，无法继续资助她们的学业，她们至少能读完高中。好在大妹、二妹皆读完了初中，小妹还念了个大专。三个妹妹起初跟随村里的外出务工大军走南闯北，漂泊了好一段日子，后来逐渐安定下来，并先后成了家。小妹的老公是位温州的拆二代，在姐妹中目前家庭条件最佳。三个妹妹都为大姐的坎坷命运担忧抱屈，一心盼着她能好人有好报，拥有幸福的未来。如今得知省城来的大学教授对大姐一往情深，自是欣喜万分，都期望大姐能把握机会，改变自己的命运。小妹自幼顽皮，和大姐更是情谊深厚，此刻见大姐满心惦念着心上人，便拿她寻开心，以帮她舒缓烦闷的情绪。

"滚一边去。让老爸晓得了，你替我挨抽！"吴焕珍关掉手机显示屏，假装对信息和电话毫不在乎。

为确保第一时间不受干扰地收看、回复信息，吴焕珍没心思看春节晚会，一个人来到院子里踱步。

天空无星，月儿无影。透窗而出的灯光，勉强照亮了半个院子。

"方便接收视频吗？"吴焕珍一直摊开的同陆自远的微信对话框，跳出一行文字。是陆自远发来的信息，千真万确！每一个字就像一缕腾空而起的烟花，绽放在吴焕珍眼前，流光溢彩，艳丽夺目。

"方便。"陆自远的信息出现在微信对话框几乎只有一秒，吴焕珍的信息就回了过去。

不一会儿，视频那端有了陆自远，在大街上行走的陆自远。

为避开必要避开的人，陆自远以"出去走走"为由，这才见到了思念了一整天的人。

"这是哪里?"陆自远问。

"这是我娘家。"吴焕珍回。

"家里都有些什么人?"

"三个妹妹从外地打工回来了，各带了一家子。另外，还有爸爸、妈妈。"

"哈喽，姐夫你好!"

"哈喽，姐夫你好!"

"哈喽，姐夫你好!"

三个鬼灵精怪的丫头片子原来一直在悄悄布控。陆自远和吴焕珍的视频一上线，她们就把脑袋挤了进来，向她们从未谋面的"姐夫"打招呼。

"美女们，过节好，过节好!"陆自远惊叹几个"姨妹子"一个比一个漂亮。

三个妹妹对一表人才的"姐夫"印象颇佳，心想大姐算是苦尽甘来，生活有盼头了。

"焕珍，我就先挂了，晚上睡觉后方便了再联系。"还没等吴焕珍点头，陆自远就关掉了视频，微信对话框又恢复了原有的沉静。

"大姐，你眼光真好，恭喜你!"

"大姐，姐夫帅气，我喜欢!"

"大姐，加油!"

……

三个妹妹你一言我一语，不是祝福，就是夸赞。吴焕珍心里就像碰倒了蜜罐，甜得一塌糊涂，脸上泛着羞涩、幸福的笑容。

任凭陆自远把心事伪装得多么严实，还是让母亲申红秀看出些端倪。她怀疑儿子有了新恋情，于是，撺掇老公给儿子设个局，想搞搞旁敲侧击，探听探听虚实，顺便施加一些影响。

申红秀以前的同事有个高龄剩女，叫麦嘉，今年 37 岁，在省建设厅工作。她和老公商量，把麦嘉请到家里来，名义上是相亲，实则看看儿子的反应和打算。再说，万一儿子和张珊无法重新走到一块儿，麦嘉倒是个不错的选择。这两天，他俩看出儿子对张珊已越发疏远，心里不免焦虑。

麦嘉和陆自远早前见过几面。陆自远离婚后，麦嘉及其父母一直有这方面的意思。只是申红秀夫妇心里放不下张珊，便以各种理由搪塞。

"人过 40，过一天老一天。趁还年轻，必须尽快把家庭重新建立起来。妈给你相了个对象，今天到家里来串串门，人一会儿就到。这人你也认识，赶快去准备下。"申红秀把待在卧室里玩手机的陆自远叫到跟前，给他来了个先斩后奏。

"妈，你这也太独断了。这种事也不征求下我的意见！"陆自远前一分钟还在和吴焕珍在微信聊天互吐恩爱，哪知道母亲突然就给他来这么一出。

"不光是我的意思，也是你爸爸的决定。"申红秀搬出了"镇邪塔"。陆自远平素很敬重父亲，他老人家平时很少说话，但说一句顶一万句。

"快去准备。这相亲又不是订婚，不过是增进下了解而已。"

"到底是哪个呀？"

"麦嘉。"

"麦嘉？"陆自远忆起了麦嘉，忆起了那个爱拿着教科书般的标准挑男人的麦副省长的女儿。

麦嘉如约而至。

陆自远故作笑脸相迎。

"还是那么楚楚动人。兴许是缺乏爱情的滋润，脸上少了点血色，就像忘了浇水的芍药。"陆自远打量着麦嘉自言自语。

"还是那么干净、阳刚、帅气。是我要的菜。"麦嘉见到一别数年的陆自远，内心暗自欣喜。两人上一次见面，是在陆自远与张珊的婚礼上。麦嘉那天来去匆匆，似乎只是为了表达礼节性的祝贺。

申红秀挽着陆定山借口出去散步，还叫上了保姆，把空间和时间留给了陆自远、麦嘉。

陆自远和麦嘉侧邻而坐，天南海北闲扯一气后来到正题上。

麦嘉先开口："怎么了，还是想重回'围城'中？"

"人，总得有根。"陆自远突然想到张珊的话，顺水推舟。

"有家是好，但另一半必须宁缺毋滥。"麦嘉初衷不改，语气同曾经的交谈别无两样。

"实话实说，我是有孩子的人。你若走进这样的家，面对的挑战会很多。"陆自远试探。

"孩子不是跟着她妈妈的吗？"麦嘉显得有些惊讶。此前，申红秀给她做了相关的铺垫，告诉她陆晓由张珊带着。

"名义上由她妈妈带着，但实际与我们生活在一起的时间更

91

多。爷爷奶奶都爱她。"

"坦率地说，如何做好一个后妈，我真还没想过。想象得出会很辛苦，需要有个慢慢适应的过程。"麦嘉表明自己不想知难而退的态度，同时也急切想知道陆自远的想法，便一脸严肃地问道："你对爱情和婚姻是怎样看待的？"

"我不是搞社会研究的，对爱情、婚姻和家庭理解肤浅，只能结合自身的经历谈点心得体会，估计也没多少值得借鉴的地方，你权当自己是个听众。"陆自远打开话匣子，"我和张珊自小一块儿长大，两人只有兄妹之情。结婚后双方一直纠结于找不到爱与被爱的感觉，因此矛盾不断，以至于忽略了彼此应该在婚姻中扮演好的角色。直到离婚后我们才开始意识到，至少我已经意识到，爱情是婚姻的附属物，可以发挥其保鲜剂、调味品和加油站的作用，但婚姻有其自身不竭的动力源，那就是它的契约力。一个人，一旦走进婚姻，就应该坚守婚姻的契约义务，积极融入，勇于担当，尽心尽力。而不是一味去追求附属的爱情的完美，这是本末倒置、舍本逐末。婚姻是两个相爱的人的归宿，但爱情不应成为挣脱婚姻的借口……"

麦嘉点头赞同："听了你的一番高论，觉得你算是熟透了。相信你未来面对婚姻，心态会更健康。可我却对婚姻更加畏惧了，还没开始就似乎感受到了肩上重重的责任。"

"接下来，我们还继续聊这个吗？"陆自远看出麦嘉已有退缩之色，故意问道。

"爱情和婚姻对我们大龄剩女来说，本身就是一个沉重的话题。算了，你陪我到外面走走吧。呼吸呼吸新鲜空气，消散消散烦闷的心情。"麦嘉觉得还是一个人过日子省心，她没有勇气去面对陆自远复杂的家庭，但陆自远的确是少有的满足她择偶标准的人，所以她此刻的心情异常失落。

"这个主意好。"陆自远站起身，示意麦嘉带路。

冬日的中山公园，萧索、清冷。大部分树叶落到地上，与枯草融为一色，只剩下光秃秃的树丫。好在有几棵香樟、棕榈等，强撑起几抹青绿，保留了一点生气。

陆自远、麦嘉并行在鹅卵石铺就的路面上，舍近求远，捯饬起各自儿时的乐趣。现实太现实，他们苦于其恼，刻意逃避。那些天真的岁月真好！鸠车竹马，无忧无虑。

陆自远送走麦嘉回家，父母刚好也回来了。

"儿子，感觉怎样?"申红秀故作好奇地问。其实，她很清楚，麦嘉凡事挑剔，不是儿子喜欢的类型。

"今后，你们就别为这事操心了。相信到时我会给你们领个好儿媳到家里来。"陆自远有意打埋伏。他相信凭父母的理解力，一定会想到些什么，并早早有些心理准备。

"是不是有意中人了?"申红秀显然有些惊惶。

"没有……没有……"见母亲反应过度，陆自远一下子慌乱，支支吾吾，无所适从。

申红秀断定儿子有了新感情，但儿子不说，她也不好追问，示意老公出面敲敲边鼓。

"自远，你也是老大不小的人了。今天，我就说几句。"陆定山发话了，"婚姻不可儿戏。有什么样的婚姻就有什么样的人生。就拿张珊和麦嘉来举例。如果你未来选择张珊，这家就会比较太平，你也会按部就班地当个大学老师。如果选择麦嘉，两口子也许会因为孩子的事磕磕绊绊，但你可能因为得到她父亲的帮

助，成为仕途光明的人。当然，你最终选择谁，也许根本就不是她们中的任何一个，这个我们也管不了，即便我们不满意，也顶多就是闹闹情绪，日子终究是你们过。在此，我提三点希望：一是希望你在做决定前能充分考虑到陆晓的感受。她现在已是大小孩了，情感上很难接受一个后妈。二是要理性对待婚姻，不要把情呀爱的当成婚姻的全部，婚姻是过日子，不是谈恋爱。三是男人是需要事业的，有事业才能有地位、有爱情、有婚姻、有家庭。最好能让婚姻为事业助力，至少不能拖事业的后腿。"

陆定山最后干脆亮明态度："我和你妈妈，倾向你和张珊复合，这是我们凭阅历和综合考虑形成的建议。我看她现在也成熟了不少，对你还是有感情的。过去，你们关系处理得不好，双方都有问题。作为男人，应该更加包容与担当。你倒好，老婆一闹离婚，你配合积极，就像割掉个毒瘤似的，迫不及待，全然不考虑其代价。就连你们离婚了，我们几个老人还蒙在鼓里。实在太不像话！"

……

这一天，陆自远就这样度过了。晚上躺到床上，整个人觉得好累。他意识到，吴焕珍距离这个家，仿佛并没有因为两人的如胶似漆靠得更近，更触手可及。相反，一直就那么远。寒心地远。

他已经不敢给她发太多的火辣信息，担心把她烧得太旺了，会经受不住那一盆可能泼来的冰凉冷水。

晚上，他就发了一条信息：宝贝，今天很累，我先睡了。好梦有你！

信息的终端，吴焕珍患得患失。突然这样安静的夜，她已经不习惯。

短短的春节假期，陆自远度日如年。终于熬到正月初六，可以动身去仙掌村了，他多想搭乘一枚火箭，立刻就飞到吴焕珍跟前。

火箭票自然没有。火车票倒是守了几天用抢票软件抢到一张：11：05发车。现在正好有时间去给吴焕珍和曹子倩买点新衣服。爱美是女人的天性，母女俩老早就期待穿上省城商场的名牌衣服。

为了不让父母和女儿发现自己购物背后的秘密，他一口谢绝了他们的送行之意，说春节假期即将结束，返程上班的时候人多，以免挤伤了老人和孩子。

世纪国贸琳琅满目的女装迷住了陆自远的眼，他一次次把记忆里婀娜多姿的吴焕珍挪移到导购小姐推荐的漂亮服装下，独享她穿上这些服装的美。他甚至觉得，这些服装只有穿在吴焕珍身上才是最美的。

他给她挑了几身外套，几件打底衣服，还特意买了件中长款小香风毛绒睡袍。他觉得她那迷人的身形，躲在厚厚的睡衣里有点像一碗色香味美的土家腊肉被一层饭盖住了，得不到应有的展示，只有藏在睡袍里才能凸显她分明的轮廓。

哦，还必须挑几件内衣。给心爱的人买内衣，既显得彼此情深，又不乏浪漫。

好在有前妻的一些着装信息作参考，让陆自远在一家内衣专柜用较短时间就挑定了五款全棉刺绣蕾丝套装。可什么颜色好他吃不准，毕竟他是第一次给女人买这东西，就挑了墨绿色、浅绿色、黑色、酒红色、肤色五个颜色。内衣的大小他是有把握

的，记忆里好似有吴焕珍身体每一个部位的尺寸。

令他有些尴尬的是，每每想象吴焕珍穿着这些透而不露、性感撩人的内衣愈发娇艳妩媚的身影时，心就蹦跶蹦跶乱跳，耳根子就止不住地红，红得仿佛让导购小姐都看见了。

给曹子倩挑衣服，他游刃有余——打小就陪张珊到服装店、商场买衣服，什么年龄身高体型，穿什么衣服，他门儿清。在他的印象中，张珊买衣服就没自己做过主（离婚后和买内衣时除外），只要他说"正好"，她便买定。张珊买内衣从不带陆自远。小时候，陆自远老说她兜兜不好看，有一次还扯了她的兜兜，出尽了她的丑。

火车启动了。陆自远亢奋的心沿着铁轨疾驰。吴焕珍也早已等候在这段铁轨其中的一个站点，像是在焦急地等待着迎娶她的新郎。

出站口众目睽睽。一双双好奇的、多事的山里人的眼睛像传说中的化神散，悄无声息地就融化了陆自远和吴焕珍各自在思念里无数次设计好的相拥场面。

火车到站，两人相聚，浅浅一笑，转身赶往开往云雾镇的班车。再坐上到仙掌村的面包车。最后，下车步行，直指山坳里那个浅灰色水泥房顶的"家"。

要不是走在快到家的小路上天色已晚，已见不到一个人影，他俩设计好的拥抱场面，恐怕只能延迟到走进家门了。但这意义不同，氛围也不同。这本就是早该完成的事，所以他俩不约而同地停了下来。

一个深吻定格在了仙掌村一如平常的夜。让它多了温度，多了律动，更加真实地存在。时间是晚上 6：20，再过 10 分钟，那个冷清了七个晚上的家，便复活了。

接风宴异常丰盛。昨天晚上它们就躺在一口大锅里。有一碟一碟的，有一碗一碗的。有炖猪蹄，有炒腊肉，有清蒸鱼……

"这些菜，你昨晚就做好了，忙了大半个晚上吧。用不着搞这么多，吃碗面条就行。你别再炒菜了，吃不下。"陆自远边吃边心疼还在一旁的火炉上追加炒菜的吴焕珍。

"你千里归来，必须好吃好喝伺候。再说，做着这些可以让人静心，免得胡思乱想。"陆自远听得出吴焕珍说的是心里话，因为他也有这样的体会。这几天在家里，只要是不闲下来就感觉不到思念的痛。

"快上桌吃，吃了试试我买的衣服，看合不合身。"陆自远满脑子尽想象着吴焕珍穿着蕾丝内衣的迷人模样。

曹子倩还在姥姥家，雷敏说要晚一两天回来。这样的夜，似乎是有意为他俩设计，足以让陆自远和吴焕珍尽情释放连日来的相思之苦。

吴焕珍没有打开一件件华贵的外套，只拿出了内衣。这样的夜晚，试穿内衣才符合小别相逢的情调。她羞羞怯怯换穿着一件件内衣，每件她都觉得穿着很美。陆自远更是觉得在欣赏一幅幅闭月羞花、娇美夺艳的仙女水墨画。

这是他第一次如此细致、如此直率、如此痴醉地欣赏一个女人的美……这种美让他幸福地感觉到一切都无比的真实，包括不用遮掩、不用压抑的冲动。

这一夜，他们无比默契地沉浸在"爱在当下，善待当下"的幸福里，谁也没去触碰这些日子腾涌的思念背后冗长的心事。欢跳的、紧贴的心赶跑了厚重的情绪。温暖的体温在屋子里尽情地蔓延。

第六章

农历鸡年正月初七，春节假期后第一个工作日，正值二十四节气的立春。

立春，为二十四节气之首。立，乃"开始"之意；春，代表着温暖、生长。立春意味着一个新的节令轮回已开启。

脱贫攻坚时不我待，虽然仙掌村还闭藏在冰雪之中，但陆自远分明听到了春的呼唤。

晨雾散去，远处的山峦间太阳露出火红的脸庞，金色的光辉一不留神便洒满了仙掌村雪白的大地，折射交错间，四处金光灿灿。三五只春燕在低空中盘旋，啾唧的呢喃吐露着新春的憧憬。

披了一身晨露的陆自远"咚咚咚"叩响了邹智家苍老、黝黑的木门。急促的敲门声把邹智从睡梦中惊醒，他吃力地睁开眼，不胜其烦地自语道："哪个无德鬼大清早就来闹腾，这年还没过完呢。"

在仙掌村，村民习惯过完正月十五才算把"年"送走。"年"未送走之前，大家大多睡到自然醒。醒来之后，也多是走亲访友，人称"拜年"。

陆自远可等不到过了正月十五一切才走上正轨。一年之计在于春，仙掌村如期脱贫是全村、全镇、全县乃至全省、全国的大

98

事，现在全国一盘棋，仙掌村可不能掉链子。

年前，他给邹智布置了谋划产业的功课，今天他要去看看邹智把"功课"做得怎样了。

邹智懒洋洋地打开大门时，嘴里还连连打着哈欠，迷迷糊糊中突然辨明眼前站着陆自远和吴焕珍，大吃一惊："陆书记，你们……你们这就上班了？"

"我们未来的致富带头人，你可真是心大呀，春燕都在垒巢了，你还躲在被窝里。"陆自远跺着鞋面上的雪花，嘲谑道。

吴焕珍取下绕在脖子上的酱红色围脖，将其半折，捋成一束，用之拍打着缠在裤腿上的雪沫，不时抬头冲着邹智微笑。

邹智招呼二人来到火炕屋，然后麻利地往火炉里塞上几块干柴，用火引子点燃，烟囱的出口处顿时升起一缕青烟，萦萦绕绕，如云似雾。

"我还没洗脸，珍姐帮忙倒点茶水。我收拾下就回来。"邹智说完，一脸腼腆地跑向卫生间。

待邹智再次出现在陆自远和吴焕珍面前时，手里已端着水果和瓜子："我和老娘过年很随便，没准备啥小吃。要不是老妹前几天回来了一趟，恐怕连这点东西现在也还在人家超市里呢。"

"我们又不是来蹭你吃喝的，坐、坐、坐，有大事要商量呢。"陆自远示意邹智赶快坐下，随即拿出他那走到哪带到哪的褐皮笔记簿。

吴焕珍也把笔记簿从手提包里拿出，摊在回风炉的桌面上。

邹智知道陆自远是来看他"功课"来了，赶紧从怀兜里掏出准备已久的"仙掌村产业发展方案"。

邹智陈述，就目前而言，仙掌村几乎没有已经产生经济效益

的农业产业。考虑到贫困户脱贫没有多少时间可等，可优先发展蔬菜、药材、养殖等短期可见效的产业。同时，稳步布局茶叶、小水果和全域旅游等长效产业。仙掌村有种植蔬菜的传统，技术上不存在问题，关键是缺少市场支撑，老百姓不敢进行规模化种植。至于药材，高山区适合发展天麻，云雾镇就有技术、资金雄厚的企业，只需引过来即可；二高山区可以种植牡丹、蒲公英等药材，经考察，云雾镇的一些村已有尝试，效果还不错；养殖业，必须立足生态养殖才有出路，可以将一家一户的传统畜禽养殖向绿色养殖转变，仙掌村森林众多，树木繁茂，林下蜂蜜养殖也大有可为。在长效产业方面，目前比较看好茶叶，其他产业暂时还未考虑成熟⋯⋯

邹智滔滔不绝，知无不言、言无不尽。吴焕珍在一旁惊得目瞪口呆。她万万没想到，平日里寡言少语的邹智，脑子里竟装了这么多发展产业的东西。

陆自远庆幸自己果然没有看错人——邹智的"产业发展方案"与他的想法大多不谋而合。

"你这长短结合的思路，就是我们村今后发展产业的思路，大方向是正确的，随后，我们将邀请一些市场主体到村里考察，将此细化。"陆自远透露，他通过多方面考证，认为软枣猕猴桃可以作为村里的长效产业支柱之一来谋划，未来有望与茶叶、全域旅游组成仙掌村长效产业的"三驾马车"。他还补充，在短效产业方面，一定不能把已经形成种植规模的土豆忽视了，仙掌村的土豆产量高、口感好，当前只是缺乏好的销售渠道来体现、挖掘其经济价值。

吴焕珍为两个男人的真知灼见暗自叫好，预感照此蓝图发展下去，仙掌村离百业兴旺已不遥远。可一想到村里发展产业少了本村的能人大户定然不行，便赶紧提议："当下，我们何不借助广大外出务工人员节后暂未离乡的机会，动员一部分有资金、有头脑的人回乡发展，让他们带动全村人脱贫致富呢？"

陆自远见吴焕珍异常兴奋与投入，知道她迫切希望村里及早改变农业产业一穷二白的局面，慰勉道："不仅要动员一部分咱们村的人来带头发展产业，还要把外面的大企业请进来和我们一同发展。我已联系省内、县内部分农业龙头企业，近期他们将派人来仙掌村考察。当务之急是要把村里愿意回乡发展的人组织起来，让他们来对接我从外面请来的市场主体，敲定合作意向。"

邹智、吴焕珍一听说外面的大老板要来，顿时喜出望外，催促陆自远赶紧把姚宏、冯子贵他们召来，研究召开返乡创业动员会的事。

两天后，村委会广场人头攒动，返乡创业人员齐聚一堂。会议召开前，陆自远等带领返乡人员参观了年前动工建设的村组公路、集中安置小区、配套扶贫车间、电力基础设施等。虽然积雪遮盖住了若干建设场地，但参观人员还是看出些轮廓，不觉心潮澎湃——多少年来，他们期盼的家乡变化，现在正一步步走来。

雷敏春节回省城，抽空去看望了她的一位生病学生，赶回仙掌村时大家正在张罗返乡创业动员会的事，她顾不得休整，立马投入工作中。

这天的会议由雷敏主持。陆自远发表动员讲话。

乡亲们、朋友们：

通过一个上午的参观，相信大家已经感受到仙掌村

101

正在迎接她全面发展的春天！

你们看，基础设施的问题、公共服务的问题、产业发展的问题等，没有哪个方面我们没有关注到、兼顾到。过去，我们修条道路、建个水池、兴个产业等，常常苦于缺乏资金。如今，有各级财政和我们帮扶单位的支持，仙掌村脱贫攻坚不差钱！只要是"保基本"需要的，我们要多少，上面就会给多少。

现在我们差的是人！差带领乡亲们脱贫致富的人。差有头脑、有资金、有技术、有资源，心系家乡发展的人。

你们不少人通过在外打拼，已成长为我们需要的人。家乡在崛起，舞台更宽广，我们期待着你们返乡大干一场！

我们为大家准备了创业对接清单，以及对应的优惠政策。接下来，请大家和我们的工作人员对接，把你们的想法和需求留给我们。

我们随后会加强联系，并提供优质的服务，直到你们回乡创业成功！

谢谢大家！

陆自远热情洋溢、鼓舞人心的发言博得会场一片掌声，大家对眼前这位大学里派来的副教授交口称赞，加上之前在建设现场的所见所闻，人人壮志满怀，蠢蠢欲动。

动员会开得非常成功，意向返乡创业者十分踊跃。通过梳理，几个计划发展的主导产业均找到了意向性返乡创业对象，干部们喜上眉梢：返乡青年田大川热心发展土豆；"菜贩子"庞宏义一心想把仙掌村的时鲜蔬菜发展起来；建筑工杜文华仰仗堂叔杜兴武是云雾镇的"药材大王"，想挑头在村里发展药材；"包工头"杜清平对林下养蜂颇感兴趣；"茶贩子"李奇水早就有意在仙掌村发展茶叶；邹智自告奋勇领头发展仙掌村的小水果。

产业对接联谊会随即召开，省内、县内农业龙头企业和经济合作组织的头头脑脑应邀而来，仙掌村意向性返乡创业对象按产业类别与客人配对，宾主共计 18 人。

仙掌村连个酒楼或农家乐都没有，吃饭、住宿是个大问题。陆自远建议分散接待，这样既方便客人深入了解村里的情况，也有利于与潜在合作对象加深感情。

联谊会的集中聚餐就安排在吴焕珍家里。接待的费用，陆自远、雷敏慷慨解囊，姚宏也执意凑了份子。吴焕珍自告奋勇担任主厨，还叫上了村里的几个姐妹帮忙。

院子里，五张大方桌拼成一排，既是餐桌也是会议桌。大家以产业为媒围坐一起。

陆自远开宗明义点明这是一个简陋而有情趣、更充满意义的聚会。

联谊会的第一个环节是有缘相识。由嘉宾与返乡创业人士自由认识，交换联系方式。院子里，大家相谈甚欢，不大一会儿便称兄道弟起来。

第二个环节是需求碰撞。由嘉宾介绍各自企业的情况，分析所从事产业的前景以及来本村发展的初步构想及需求。返乡创业人士阐述各自的创业计划。院子里，大家坦诚相告，努力凝聚共识，增进合作意愿。

第三个环节是饮酒拼歌。餐桌上摆满了土家族名菜。这些菜并非山珍海味，而是用农家自产的鱼、肉、鸡、鸭等材料制成，又称"十大碗"。

"十大碗"配料精细，营养丰富，口味纯正。它不仅在色、香、味上有独到之处，且每碗素菜垫底，荤菜盖面，一菜两味、油而不腻。

能吃一顿纯正的"十大碗"，这是土家族最高规格的礼遇。

喝的是土家族摔碗酒。一饮一摔，边饮边摔。

据说，"摔碗酒"的风俗最早起源于周朝。在东周末期，当时巴国发生内乱，一个叫巴蔓子的将军去向楚国借兵，许诺以三座城池为代价，如果不给愿以人头献上，请求楚国出兵帮助巴国平息内乱。内乱平息后，楚国来索要巴蔓子许诺的三座城池，劫后余生的巴王以臣子无权许诺割让城池为由，拒绝向楚国割让三座城池。可是，生性耿直的巴蔓子觉得，如果一个人不履行承诺就是不守诚信，而割让城池又是对国家的不忠。于是，巴蔓子痛饮一碗酒，将碗摔碎，然后拔剑自刎，将自己的人头交给楚王，兑现了自己的承诺。

后人为了纪念这位耿直守信的巴蔓子将军，每到开宴之时，也学着他摔碎酒碗，以示致敬。于是，便有了这代代相传、豪情万丈的"土家族摔碗酒"习俗。

陆自远发表了热情洋溢的祝酒词。

女士们、先生们、朋友们：

在这草长莺飞、春风送暖的时刻，我们聚集在中国农村的一隅，共谋产业兴村的大事，其意义非凡、影响深远：它既是经济行为，也是政治担当，更是民生壮举。

脱贫攻坚事关中华民族伟大复兴的中国梦。是民族复兴的伟大使命将我们聚拢在一起，让我们有幸成为中国决战贫困、齐迈小康伟大史诗的一部分。

今天邀请来的嘉宾，是省内、县内知名企业家，是东方农业大学长期以来的合作伙伴，也是我个人的朋友。在此，对你们的到来，表示热烈的欢迎！你们是纵横市场的精英，更是饱含政治觉悟、富有民生情怀的正义化身……是我们产业兴村的强大靠山。

今天邀请来的有志返乡创业代表，是仙掌村外出闯荡的成功人士。你们富裕不忘家乡，富裕不忘乡亲，是可敬可爱的人！你们是贫困户的依靠，是仙掌村的希望。

农业产业的发展，从来都不是仅凭一腔热情、一腔热血就可以做好的。它需要强大的技术、充足的资金、稳定的市场和抗风险的韧性。今天，我们组织这样一次联谊会，就是为了让仙掌村的产业腾飞之路，自一开始就尽可能靠近或拥有这些要素。

扶贫产业，核心要务是发展，初衷是带领广大贫困户长期、持续、稳定增收。二者相辅相成。没有发展就不可能有效带动，没有带动就难以推动长久的发展。

与贫困户建立牢固的利益联结机制，是发展扶贫产业的基本要求。希望在接下来的产业发展中，我们能够牢牢地牵住贫困群众的手，带领他们行稳致远。

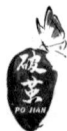

在此，请大家共同举杯，预祝牵手成功，合作愉快，心想事成！

致辞完毕，谢谢。

"干杯！"陆自远话音刚落，端起一碗苞谷酒一饮而尽，然后"啪"的一声摔碗示敬。大家纷纷效仿。

吴焕珍等厨房姐妹摇身一变成了酒桌上的当歌舞者。与客人对饮对唱，亦唱亦舞。一碗饮罢，一曲响起。姐妹们嘹亮的歌声、婉转的歌喉，博得客人阵阵掌声。

大家各自献唱，不求音准律正，只求抒怀开心。

一轮酒起，一轮歌罢。虽是饮酒，实则拼歌。虽是拼歌，实则取兴。小小的院落洋溢着大家真诚的欢笑，缔结起彼此深厚的情谊。

第四个环节是领客交友。返乡创业人士将各自的潜在合作嘉宾带至自家，详商合作事宜。

令人欣喜的是，在接下来的两天时间里，嘉宾们通过深入考察走访，相继在仙掌村设立了产业基地，并与返乡创业合作伙伴签订了合作协议，有的还共同组建了股份公司。

仙掌村，产业发展大幕徐徐拉开！

与村、乡干部和市场主体满腔热情形成鲜明对比的是仙掌村133户建档立卡贫困户，仅有少数人对发展产业抱有兴趣，其他人不是观望就是冷言冷语。

缎子槽的"炮仗嘴"张玉山，经陆桂枝"点拨"，对前去游说发展药材的杜文华劈头盖脸就是一顿奚落："你个搞建筑的钢筋工，对种药材屁都不懂，跟着你混那是蚂蚁搬泰山——自不量力。"

神龙见首不见尾的赵良材对种植药材没有半点热情，倒是对杜文华口袋里的"华子"（中华烟）情有独钟，每次杜文华动员他发展药材种植，他的头点得像鸡啄米，就是不行动，"华子"抽了不少，种植合同却迟迟未签。

时值三月，正是天麻菌基下地的关键时期（菌基即天麻特需的共生微生物。天麻种植，通常于第一年农历三月至七月将菌基下地，次年农历正月至三月下种，农历九月尾十月初收获）。可眼下，纳入天麻发展范围的高山区，除了仙草堂药材专业合作社流转的 10 亩地种上了菌基之外，没有一个村民响应，急得杜文华像热锅上的蚂蚁。远在外地打工的妻子赵岚大骂："口袋里有了几个钱就不安分，无事找心操！"

杜文华只好搬来堂叔杜兴武，让他来给村民做工作。药材大王就是药材大王，人一走进仙掌村药材发展动员会现场，财大气粗的气势一下子就征服了大多数此前对发展天麻种植犹犹豫豫的村民。

杜兴武绘声绘色地讲述了自己从一个靠挖野生天麻为生的穷小子，一步步成长为年销售额过亿元的"药材大王"的艰辛经历，还当场让秘书打开一皮箱钱，见人五百，说是公司来仙掌村发展的见面礼。

杜兴武在云雾镇是个响当当的人物，硬是凭借多年的潜心钻研，掌握了野生天麻的繁育技术。至 2016 年，公司二代野生天麻的年销售额已突破三千万元，他创立的云武地道药材有限公司是临金县头号农业龙头企业。云武公司计划在仙掌村一期发展大

田天麻 300 亩、山林药材 600 亩。

仙掌村有 3800 多亩适合发展药材的山林，杜兴武和杜文华计划在林中种植牡丹和蒲公英等。

一小组至四小组靠近云雾镇集镇的十几个"坪"里的村民，动员会上当场就与仙草堂药材专业合作社签订了种植保底收购合同。49 户村民，户均拿出近两亩地种植天麻——这些"坪"里的村民，依靠邻近集镇的地理优势，家庭经济比较宽裕，每户投入一两万元发展天麻并不吃力。高山区其他村民也多量体裁衣，相继加入种植天麻的队伍中。但凡家里真实困难的，也因分得了一定的产业发展资金，有了种植天麻的本钱。

雷敏动员郑秀兰也种植两亩天麻，说到了第二年年底就是好几万元的收入，必将为日后搬迁助力不少。

郑秀兰打听到下地的天麻菌基，因天气原因，如长期干旱，营养就会丧失，从而影响来年天麻的生长，并不是百分之百保险，担心投入一两万元打了水漂。可又不甘心就此失去赚钱的机会，缠着陆自远和雷敏给她打包票，说万一因天气等原因失收了，他们两人至少要补偿她投入的本钱。

雷敏本来就对郑秀兰没什么好感，听她这样一说，肺都要气炸——"你是谁呀？是我的亲，是我的戚吗？凭什么让我给你担保？想得美！"这话她没有说出口，话在喉咙里拼命地蹦跶，终究还是被理智和不得不顾的邻里情面压了回去。

陆自远想到郑秀兰一家若要搬出冯家台，光靠冯子贵和冯世槐的微薄收入是远远不够的，必须把她家的产业扶持起来，也就答应担保。

陆自远都担保了，雷敏也就没有理由推辞，哪怕她心里一百个不愿意。

就这样，郑秀兰搜干了家里的积蓄，种了两亩天麻。

二小组秦家坦的秦文、秦武两兄弟，申请搬迁到村集镇安置小区，两人仗着有低保过日子，对村里发展产业的号召懒得搭理。

两兄弟的命运实在令人唏嘘，早年在外打工跑销售，因为业务不景气偶尔卖血求生，双双染上艾滋病，不得已返乡，自此窝在家里混吃等死。父母留给他俩的土地，本是秦家坦最肥沃的地块，可两兄弟灰心丧气，硬是让它们长出一人多高的杂草。杜文华本想流转过来种天麻，可两兄弟就是不干，扭曲的心态让他俩更乐意把田荒着，就是不想任何人拿它们讨到好处。

在仙掌村，艾滋病本就令人望而却步，再加上兄弟俩拒人千里、仇视一切的态度，让村支两委和驻村工作队的绝大部分同志谈之色变。

可陆自远不想放弃他俩。

陆自远到兄弟俩家的次数多了，且每次来，又是握手、又是喝茶、又是问候，渐渐让兄弟俩冰冷的心有了一丝温暖。

秦文、秦武也是读了初中的人，明白陆自远绝不是奔着他家的几亩薄地而来——"他是奔着让我俩过上更有尊严的日子来的。"有了这层理解，秦文、秦武对陆自远渐渐多了信任，多了好感。

陆自远决定乘势而上，说服吴焕珍准备酒席，邀请村支两委和驻村工作队的干部作陪，借此鼓动大家更加懂得关心、关爱、帮助艾滋病人。

这天傍晚，陆自远和吴焕珍分工协作，很快就备好了酒菜。

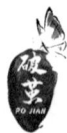

秦文、秦武和村支两委、驻村工作队的全体同事如约而至。

"这段时间，村里的大小事情把大家忙坏了，今天，我和吴委员借助招待秦家兄弟的机会，也犒劳犒劳大伙儿。来，让我们共同举杯，为我们难得的忙里偷闲小喝一口！"陆自远为大家斟上酒，为今日的聚会开宗明义。

大家起身举杯，跟随陆自远喝了一小口。

吴焕珍依次斟满。

"大家吃菜。"陆自远给秦家兄弟的饭碗分别夹了一坨猪蹄肉，自己也夹了一块，津津有味地吃起来。

他用的不是公筷！难道不怕被传染？方世泽等人在心里嘀咕道。

陆自远似乎看出了大家的心思，故意频繁地给秦家兄弟夹菜，每次夹菜的筷子还都是紧紧贴在兄弟俩的饭碗里，好像根本没把那可怕的疾病当回事。

吴焕珍早从陆自远嘴里得知艾滋病毒不会通过接触、眼泪、汗液或唾液传染，所以她并不担心。雷敏也懂得这些常识，该吃的吃，该喝的喝。姚宏、冯子贵虽说对艾滋病有所了解，但仍旧小心翼翼，但凡陆自远筷子到过的地方，他们都避而远之。方世泽更是不敢动筷子，不停地喝酒。

"今天在座的没有外人，我也就不绕圈子了。说心里话，秦家兄弟不幸染上疾病，他们的痛苦是我们这些健康人远远体会不到的。别说他们的疾病非性生活、血液和母婴这些渠道不可能传播，就是个容易传播的疾病，我们也不能放任他们不管。兄弟俩至今拒人于千里之外，我们是有责任的。我希望从今天起，我们的干部能真正走近他们，关心他们，帮助他们！"陆自远提议大家起身，每个人都给秦家兄弟一个拥抱，以此向兄弟俩致歉。

干部们应声响应。雷敏冲在最前面，其次是吴焕珍……

秦文、秦武哪见过如此暖心的场面，激动得热泪盈眶。

相拥之后，大家又分别给秦家兄弟夹了些菜。

"陆书记，我们活得没个人样，都是我们自己的问题。只要你们不嫌弃，不放弃，我们愿意积极投身到家乡的脱贫攻坚中来。"秦文揩去满脸泪水，语气坚定地说。

秦武在一旁激动得嘴唇直发抖，不知道说些什么好。

陆自远示意大家坐下，然后对秦家兄弟语重心长地说："这过日子可得算细账。别说你们现在还没有搬进安置小区，就是搬去了，能挣到的钱一分也不能丢。眼下，村里的产业布局才刚刚开始，往后，挣钱的门路多着呢。就说这种天麻，上有技术指导，下有价格兜底，多好的事。你们兄弟俩的地，据说是很得食的宝贝呀，你们父母在世时没少和人家寸土必争，现在，你们可别把它们荒废了。"

秦文、秦武连连点头。

"陆书记，产业补助资金，我们家分得了两万多块，我们兄弟俩平时还省了些钱，种3亩天麻没有问题。明天，我俩就去翻地！"秦武一脸认真地表态。

"3亩天麻，我们把它种成仙掌村的样板！"秦文拍着胸口，掷地有声。

见五十几岁的两兄弟豪情四起，陆自远很开心，同事们也很激动，大家又把酒满上，一饮而尽。

张本太、赵菊英两口子种了快一辈子的田，认定只有踏踏实

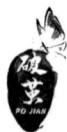

实种地才能保证不饿肚子，村里搞什么产业发展，简直就是瞎胡闹。

帮扶责任人姚宏脚板都跑出了茧子，也没说动他俩发展经济作物。

雷敏详细测算了他家当年收入情况——不过是5亩土豆的种植收入，按合作社最高价格收购，顶多也就卖得三千余元，将生猪、粮食折算成收入，勉强够脱贫标准。可一旦搬进安置小区，这些种养收入锐减，立马就得返贫了。

"无论如何也得让他家把经济作物发展起来，否则，不仅搬不富，还可能搬穷。"雷敏叫上姚宏，决定再去做一次深入的思想工作。

这天中午，两人备了酒水、洗衣粉等礼物直奔张本太家。

一阵寒暄之后，雷敏迂回、曲折地来到主题："这地方多大的一面坡呀，如今就剩下4户人家了，真不知你们是怎么挺到现在的。"

赵菊英长叹一口气抱怨道："当初鬼迷心窍嫁到这鬼地方，遭的孽有卖的呀。要不是看在本太人老实，对我好，我早就撒腿跑了。你看这一面坡，陡得竹篮都放不稳，这辈子不可能通公路。女儿嫁出去20多年，就回来看望过我们四五次，外孙都长成大人了也没来过，说怕滚到河沟里去了。"

"往后搬到村集镇就好了。女儿、女婿准经常回来，外孙也能见到了。"雷敏一步步引入正题。

赵菊英连连点头："谁说不是呢。你们可不知道，本太三天两头就往村安置小区的建设工地上跑，说是要去看看自家未来的房子。估计是盼着女儿一家子回来。"

雷敏眼见把对方的情绪调动起来了，赶紧进入正题："你们想过没有，有朝一日你们搬进了小区，交通等条件是好了，可你们的猪没地方养了，吃个菜也不可能跑回家来摘。这一年下来，花钱的地方必定多，可钱从哪儿来呢？"

张本太、赵菊英种了一辈子的田，从来只关心收成的问题，钱多钱少没啥概念。女儿也就读了个小学，长大后去了外面打工，最后在福建安了家，没花什么钱。老父、老母，直到几年前先后病死，也仅吃了几服中药，钱花得少。打实里说，他们根本也没有让两老上医院的钱。

雷敏如此一提醒，倒让张本太、赵菊英突然间意识到家里的钱实在太少，脸上顿时升起了愁容。

雷敏见状，赶紧进劝道："倘若我是你们，我肯定会一边在基地或厂里上班，一边把自己的耕地、林地利用起来挣钱。试想：如果地里种有几亩土豆和蔬菜、栽上几亩茶叶，再发展一些天麻或其他什么药材，一年的收入准会多出好几万。那住在小区才安心呢。"

"你说也是哈。这账真是越算越让人动心，就是不知道这些产业到时候能不能发展起来哟。"赵菊英眼里泛着憧憬。

"只要你们听招呼，铁心跟着干，发展的事包在我们身上。"雷敏郑重承诺。

"本太，你如果想见女儿明早就抽时间到村里学技术去。人家能搞起来，我们也一定能。我看雷队长、姚助理都是为我们好，我们可不能再让人家白跑路。"赵菊英一个劲儿地吩咐张本太要听干部们的安排，张本太一个劲儿地点头。

雷敏、姚宏见两口子终于开了窍，这才如释重负，起身

113

告辞。

胡景焕的父母起早贪黑，一心想脱贫致富。与一身干劲的父母相比，他就像个局外人——每天睡到自然醒，连中晚饭也懒得帮父母做。

"你整天像条懒蛇，杵在世上有意思吗……"胡德海冲着院子里躺在躺椅上正对着天空发呆的胡景焕诅咒道。

初夏的月亮挂在空中，用它那深邃神秘的眼眸，冷静地注视着大地。泥土味混着花草香，弥漫在布满星空的夜幕里。

胡景焕对着牛郎星、织女星足足看了一个多小时，两颗被银河阻隔的苦命星让他感慨万千。自从与柳思茵分手至今，他一直盼望着奇迹出现——回心转意的柳思茵突然出现在他面前，就像牛郎星、织女星历尽千辛万苦，有朝一日相拥在鹊桥之上。

"死老头子，我们上辈子欠他的，就该伺候他。你同他置什么气？快来给我帮忙洗几把菜。"厨房里，段诗桃正架火炒菜，传出哐当哐当的声音。

就在胡家人正要上桌吃饭的时候，陆自远、雷敏、吴焕珍不请自来。

一连几天不见胡景焕的人影，他们想来一探究竟。

"胡叔，都这么晚了还没吃饭呀？"雷敏见桌子上摆着热腾腾的饭菜，随口问道。

"白天忙着种天麻回来晚了点，加上人老了手脚不麻利就拖到了这时候。"段诗桃张罗着准备从餐桌上撤走钵钵碗碗，陆自远赶紧阻止："我们到院子里坐坐，你们先吃饭。"

胡景焕一言不发地为大家倒好茶水，随即坐到餐桌边狼吞虎咽地吃起来。胡德海、段诗桃估计也是饿了，出来打了声招呼后也赶紧进屋吃饭去了。

陆自远、雷敏、吴焕珍在院子里随处坐着，不约而同地沉迷于眼前的夜景。弯弯的月亮从山峦边一步步向3人头上的天空走来，皎洁的月光给大地披上了一层银装。一部分月光从胡德海家半瓦半青石片的屋顶倾斜下来，与从残墙破壁里透射而出的灯光混合在一起，如同一首消瘦骨感的田园诗。

胡家人用超快的速度吃完了晚饭，各带了一把椅子来到长了些青草的院坝里。

"胡叔、段婶，在冯家台，你们发展产业的激情一点也不输人，我们可都是看在眼里的。照这样发展下去，一家人的好日子不远了。"陆自远鼓舞道。

没想到胡德海轻咳了一声，泼来一盆"冷水"："让你们操了心。我和你段婶都是半截埋在黄土里的人，能不能赶上好日子难说呀。再说，这发展归发展，还得靠老天爷保佑，但愿天气别出什么岔子才好啊！"

段诗桃性情温良，平素对家里的事一贯不持主见，往往是胡德海说怎么样就怎么样。这下，她坐在一旁默不作声，一脸微笑地看着众人。

"景焕老弟，你是家里的顶梁柱，这些日子种植天麻怎么没见你的人影，是对这个产业不看好吗?"见胡景焕始终耷拉个头，陆自远故意与他搭讪。

胡景焕抬起头，一副心灰意冷的表情："我一个残疾人，啥顶梁柱不顶梁柱的嘛。"

"你脑瓜子活泛，听说曾经也是吃得苦的人。不能因为折了一条小腿就自暴自弃。我们可都看好你的!"陆自远安慰道。

胡景焕无意与干部们费口舌便不再吭声。他内心已经拿定了主意——自己就这样有一天过一天，反正父母身体还好，自己也有低保罩着，饿不死。

"陆书记，你们就别在他身上费工夫了，他就是个活死人!"胡德海愤慨道。

胡景焕一听父亲骂他"活死人"，心里止不住冒出一股气来，索性站起身，招呼不打就进屋去了，留下大家在院子里倍感尴尬。

陆自远意识到如此人人马马来做胡景焕的思想工作本身就是失策，非得找个合适的时机、合适的人与他面对面沟通方才可能有所成效不可，便招呼众人离去，临走时叮嘱胡德海别同胡景焕置气，有话好好说，要相信胡景焕终有一天会醒悟过来。

返回住地的途中，陆自远让众人划拳，谁输了谁负责担任胡景焕的劝教包保人，确保帮他甩掉思想包袱，积极投身到家庭的脱贫致富中来。吴焕珍有意当了"输家"，她坚信凭借自己的真诚和努力，可以把胡景焕的内生动力激发出来。

在村施工队做了刚刚一个月临工的赵良材悄无声息地"失踪了"，有人说他领了工资去了邻村的一户寡妇家，有人说他身上揣了几个钱到城里鬼混去了，还有人说他吃不了工地的苦出去找别的挣钱门路了……

身为赵良材的帮扶责任人，陆自远见不到他的人，更没看见合作社上报他的天麻和软枣猕猴桃种植数量，又气又急。这天晚饭后，陆自远安排的"探子"张玉山告知赵良材穿着一身新衣服刚从外面回来了，陆自远急忙赶了过去。

陆自远顶着暮色出现在赵良材家时，胡俊才、陆桂枝两口子正与赵良材围坐在火炉边谈论什么事情。

听见陆自远同他们打招呼，3个人急忙起身，神色慌乱。

"怎么这表情？不是在搞啥地下工作吧。"陆自远开玩笑道。

陆桂枝机智圆滑，赶紧解释说："良材兄弟想到外面去闯闯，我们正给他出主意呢。"

陆自远端详赵良材，果然一身新装，俨然换了一个人：立领灰色夹克搭配黑色休闲裤，看上去神清气爽。

"手里拿的啥呀？不会是书面出行计划吧。"陆自远见赵良材有意将手里那张写得密密麻麻的纸转移到身后，好奇地逗趣道。

"不不不，啥……啥出行计划嘛，没……没影的事。"赵良材吞吞吐吐。

"不过就是份土地流转协议嘛，又不是什么见不得人的东西。给陆书记看看呗。你都准备出去打工了，也得给陆书记说说呀。"陆桂枝在一旁装模作样。

陆自远这才搞清楚，原来3个人刚才是在修改土地流转协议，怪不得自己走进屋来他们一点反应也没有。

陆自远从赵良材手里接过协议，大致浏览了一遍，眼睛停在一处关键的数据上：每亩每年一百元。

"你是要把土地流转给俊才兄？"陆自远问。

赵良材点了点头。

"想好了去哪里、干什么了吗？"陆自远故意追问。

赵良材摇了摇头。

赵良材过去20多年一直在外打工，从来没有人见他挣到钱回来，如今年纪大了，陆自远更不相信他出去能闯出个名堂。他倒是更愿意相信张玉山的话——"赵良材平日里懒散惯了，吃不

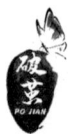

了工地的苦，八成是想跑出去躲清闲去了。"

现在这家伙真是准备躲清闲去了！陆自远通过一纸协议还猜想到了赵良材计划外出的另一个原因：胡俊才、陆桂枝两口子想便宜流转到他的责任田搞产业发展，有意劝他外出务工。赵良材耳朵软，经不住忽悠。

"我是你的帮扶责任人，你有啥决定应该先让我知道，听听我的意见。"陆自远把协议还给赵良材，示意大家都坐下来说话。

陆桂枝眼看"计谋"败露，找了个理由离开了。胡俊才也想走，被陆自远拦了下来。

"良材兄，你在外打工年限不短了，也就混了个'肚儿圆'。如今已是四五十岁的人了，出门在外更不好找门路。现在村里搞建设、搞产业发展，正是你摆脱贫困的时候，怎就不想着好好干呢？你看村里好多六七十岁的老人整天不是忙于工地，就是劲头十足地发展产业，你总比他们身强力壮吧？"陆自远语重心长地说。

"我……我……"赵良材自知理亏，无言以对。

"俊才兄，你们两口子要把发展产业的劲头给良材兄分点嘛，不能看着他一直穷下去呀。听合作社说，你家天麻发展了3亩，软枣猕猴桃也计划种植5亩，没假吧。"陆自远故意拿胡俊才家的产业发展情况刺激赵良材，希望他看清楚他们两口子的小心思。

"种是种了几亩，还得天照应呢。"胡俊才轻描淡写。

赵良材一听说胡俊才家种了3亩天麻、正计划种植5亩软枣猕猴桃，顿时明白了两口子天天撺掇他出去打工的用意，原来是想打他的土地的主意，心里立刻火星子直涌，正要发作，被陆自远一句话压了下来："左邻右舍的，谁都希望谁好。良材兄，你在村里的工地上务工，工资也不少，若把产业也重视起来，保证能过上宽裕日子。明天我就带人来，帮你把软枣猕猴桃的苗子栽了。工地上，我会天天打电话核实的，你可别三天打鱼两天晒网呀。"

陆自远说完起身便走。出门前，给胡俊才和赵良材挥了挥手。

胡俊才自知无趣，也起身离去。

赵良材没等两人走远便三下两下撕了手中的协议。"呲呲"的声音，陆自远和胡俊才听得真真切切。

杜兴武、杜文华叔侄俩在高山区大力发展天麻种植时，李奇水在全村也打响了茶叶阵地战，好在他大多利用一家一户的荒坡荒岭和边角地种植茶叶，受到的阻力不大，很快就完成了五百亩茶叶幼苗移栽计划。

陆自远等一众干部本以为村民们发展产业正在兴头上，软枣猕猴桃也会如期完成 800 亩移栽任务。谁知干部们磨破了嘴皮子，3 天时间仅签下了 100 亩不到的种植合同。

陆自远分析，村民们对发展软枣猕猴桃不积极，主要原因在于对这个产业不了解。干部们也是门外汉，自然推动不力。

陆自远决定找沈杰搬救兵。

沈杰是陆自远的高中同学，现为省百强企业绿畦生态农业开发有限公司的董事长。两人关系要好得如同一个人，平日里无话不说，无事不谈。

沈杰坚定支持陆自远在仙掌村发展软枣猕猴桃种植。前段时

间，村里组织产业对接联谊会，不巧沈杰去了国外考察，只好委派副总钱和硕前来实地调研。钱和硕回去之后，告知仙掌村的生态环境和独特气候非常适宜发展软枣猕猴桃，建议公司在仙掌村设立分公司，建设大型生产、加工基地。

沈杰欣然应允，能帮公司又帮同学，且可带富一方，这还有什么可犹豫的呢？

当陆自远请求他尽快派一名得力干将到仙掌村指导软枣猕猴桃发展时，他二话没说就答应了，决定派出公司技术服务部主任周茜茜坐镇仙掌村，担任分公司经理，指导果苗移栽等工作。

周茜茜毕业于东方农业大学，曾是陆自远的学生，虽说是学生，也就比他小8岁，当初在校园里还曾明目张胆地追求过他。

陆自远恳请沈杰换个男同志来，说仙掌村条件艰苦，女同志恐怕难以胜任。沈杰说，这不光是他一个人的意思，周茜茜本人也是一再争取。陆自远担心周茜茜吃不了苦，仅是一方面，另一方面是担心她在表达感情上不管不顾，惊扰了吴焕珍。

既是学生，又是招商引资企业的高管，陆自远不好怠慢，决定亲自到镇上的汽车站迎接。邹智随行——他现在是仙掌村农旺软枣猕猴桃专业合作社经理，自然也是绿畦公司的合作伙伴。

镇长鲁天明特意派了辆丰田SUV全程接送，说坐面包车接送太寒酸，有失郑重。

村两委和驻村工作队的同志在村委会院头恭候。

令大家意外的是，来的竟是一位沉鱼落雁的美女，身材高挑、曲线优美、五官端正、皮肤白皙，涂着淡淡的口红，戴着一对简约百搭彩贝休闲耳钉，穿一身孔雀蓝时尚清纯纯棉休闲运动套装。

"我给大家介绍下，这位美女名叫周茜茜，是省绿畦生态农业开发有限公司派到我们村协助发展软枣猕猴桃的，以后大家就叫她周总，欢迎周总！"陆自远待大家鼓掌完毕，凑近周茜茜身边难为情地说：

"我们村接待条件差，一没宾馆，二没旅社。按惯例，你得住在合作伙伴邹总家里，可是……"陆自远寻思邹智虽有老母在家，可他毕竟单身，让周茜茜一个黄花大闺女住过去实有不妥，可一时又给她找不到个好的安身之所，因而面露难色。

"你们驻村工作队住哪里？"周茜茜问。

"我们住吴委员家。"陆自远手指一旁的吴焕珍。

"我跟你们住。"周茜茜不假思索地说。她确实也不用多想，这次来仙掌村，除了帮公司建基地，另一件重要的事情就是把心中的"白马王子"追到手——今生已错过了一次，再不能错过第二次！

陆自远听见周茜茜想住到吴焕珍家里去，顿时不安起来。吴焕珍更是不乐意，虽然她并不知道周茜茜和陆自远的这层关系，可仍觉得家里添双陌生眼睛会严重压缩她和陆自远的自由空间，但又不好意思直接拒绝，便默不作声。

"反正你家已成了驻村工作队的家，就让她住你那里。"姚宏见吴焕珍迟迟不表态，提议道。

吴焕珍自知推辞不得，也就挤出一丝微笑："就是条件差了点。"

"我是来搞发展的，又不是来旅游的，没那么多讲究。我俩谁大？我32，单身。"周茜茜快人快语。

"我大些，快36了。"吴焕珍礼节性地自我介绍道。

"哦，那你是我姐。给姐添麻烦了。"周茜茜鞠躬致意。

吴焕珍见周茜茜性格倒也蛮直率的，心头的不快顿时消退了许多。

"住宿的事暂时就这样定了。我们现在入户，细致摸清群众发展软枣猕猴桃的思想状况。"陆自远吩咐道。

周茜茜要随陆自远入户，陆自远让邹智同她一组，自己则叫上吴焕珍。

一路上，陆自远见吴焕珍闷闷不乐，猜想她定是还对刚才的住宿安排耿耿于怀，关心地问："不高兴？"随即自责道："都怪我先前没时间把这件事考虑周全。当务之急是尽快给她找个理想的住处。"

"住都住上了还折腾啥呢？慢慢也就习惯了。"吴焕珍似是释怀，实则无奈。

"她住她的，我们住我们的，井水不犯河水。"陆自远劝慰道。

吴焕珍心想，扶贫事大，人家是来帮村里搞发展的，自己这般儿女情长实在太不应该了。想到这里，内心禁不住自责起来。

软枣猕猴桃在高山区，计划与天麻套种，在二高山区，计划与土豆套种。

在干部们看来，无论是种植天麻，还是种植软枣猕猴桃，经济价值都远在土豆之上，这还有什么可犹豫的呢？可若干农户却不这样想。

胡景焕本身就懒得种地，巴不得把家里责任田全拿来发展天麻和软枣猕猴桃，可父母死活不许种植软枣猕猴桃——"天麻，至少我们见过它长什么样。软枣猕猴桃，我们听都没听过。别看你们现在把这东西的经济价值说得天花乱坠，可真到了不值钱的时候，我们纵使饿肚子也不能把你们杀的吃了。此前种天麻，我们想着还可以套种玉米、黄豆呀什么的也就答应了，可现在你们却来鼓动我们将天麻和软枣猕猴桃套种，若这两样东西都失收，那我们的肚子不是要唱'空城计'吗？……"胡德海滔滔不绝，固执己见，周茜茜、邹智话都插不上一句。

见胡德海终于住了嘴，邹智这才凑近一步说："胡叔，你和我父母一样，都快种一辈子田了，种出名堂来了吗？还不是仅仅糊走了个口食。此前种天麻不是很积极的吗？一口气种了两亩，怎么现在到了移栽软枣猕猴桃的时候就偃旗息鼓了呢？这水果可是个好东西呀，一亩地赚的钱，能买回您一家一两年的粮食。我们是有保底价的，技术上也有我们的专家负责，你和大婶、景焕兄跟着干就行了，怎就不听劝呢？再说，即便您把目前种植天麻的田全拿来套栽软枣猕猴桃，也才占了不到您家责任田的四分之一。影响不到您吃饭的问题。"

胡德海见邹智没完没了，心里更是抵触，借口有事起身离开了。段诗桃也跟着离去。胡德海提醒段诗桃：天麻"背后"站的是"药材大王"杜兴武，他是云雾镇的人，产业倘若失败了，可以上门去找他，凭他的实力，随便拿个几万元出来赔偿不过是九牛一毛。可软枣猕猴桃"背后"是邹智，一个家境贫寒的毛头小子，倘若产业失败了，能奈他如何？

周茜茜见邹智讲得口干舌燥，最后还是无功而返，安慰道："百闻不如一见。看来不让老百姓加深对软枣猕猴桃的了解，这工作就难以开展下去。"

邹智点头赞同。

经过走访，大家把群众对软枣猕猴桃不怎么热心的症结找到

了：一是村民们普遍对软枣猕猴桃不了解，担心发展不起来，不愿意牺牲大田现有的种植作物。二是不少农户顾虑需要搭架，前期投入较高。

"从这件事上，我明白了一个道理：再好的产品，也得先让老百姓认可。牵着他们跑，我们会很累。"陆自远在当日的走访碰头会上反思道。

"开个果品会，让村民们全方位了解这一产业。"周茜茜提议。

"我和陆书记去一趟县城，争取解决一部分搭架费用。不足部分，再商讨其他解决办法。"雷敏主动请缨。

……

大家各自亮出了自己的主意，也分别挑选好了肩上的担子，每个人都表现出了十足的主人翁精神，碰头会随即结束。

返回住地的路上，天色已晚。四个人走着走着就两两分开了，周茜茜和雷敏走前面，羊肠小路上，周茜茜深一脚浅一脚，搞得雷敏好生紧张，不得不随时上前搀扶。陆自远和吴焕珍走后面，靠得很近，却很少说话，热恋中的他们，对突然之间多出的打扰，多少还有些不适应。

周茜茜被安排在陆自远原来住的房间。打这时候起，她知道了老师已是这个家的半个主人。她有些疑惑，有些费解，亦有些不甘。

仙掌村的果品会选择在一个有着特殊意义的日子举行。这天是 2017 年 4 月 20 日，农历谷雨，村委会至"X433"县道连接线改扩建工程竣工通车。

这是云雾镇第一条柏油村级公路，前抵云雾集镇，尾达仙掌村委会，全长5.3公里，路面宽6米，双车道。

果品会分两大议程进行，议程一：通车典礼；议程二：品果。

镇长鲁天明带领一班镇政府干部前来祝贺。

早上九点，全村老幼齐聚村委会。随着鲁天明一声"通车典礼正式开始"，公路上方徐徐升起三条悬挂在氢气球下的大红标语：路畅产业兴，脱贫感党恩；干群齐携手，小康在前头；有苦才有甜，幸福在眼前。

五颜六色的气球随即飞向天空，早已整齐列队在公路两旁的锣鼓手同时擂响土家锣鼓，八支唢呐引颈齐鸣。群众跟着乐队，和着鼓乐的节奏，跳起欢快的摆手舞，沿公路行进。

仙掌村里，顿时鼓声震天，群众手舞足蹈，山欢水笑。

村两委在距村委会一公里左右靠近一户农家处，搭建了一个简易舞台。品果会在这里举行。

鲁天明就"连接线"改扩建工程竣工致辞。

乡亲们、同志们：

今天是农历谷雨，春播繁忙之际。仙掌村也迎来了精准扶贫以来基础设施建设的第一个重大成果：村委会至"X433"县道连接线改扩建工程竣工通车。

我们从砂石路一步跨越到柏油路，体现了党和政府以及帮扶单位对我们这个重点贫困村的关心和重视，更体现了党和政府以及帮扶单位带领我们决战贫困、摆脱贫困、走向富裕的意志和决心。

祖祖辈辈以来，我们吃够了环境恶劣的苦，吃够了发展滞后的苦。值得庆幸的是，现在这一切都在改变，都在飞速地改变。让我们为期盼已久的改变鼓掌！

现场掌声雷动。

改变背后，是各级政府的巨大投入，是帮扶单位的鼎力支持，是社会各界的倾力相助……更是我们干群的勠力同心！

后面，我们还将迎来更多的改变。但是，请大家要记住，改变的最大动力来自我们的内因。任何时候，只有我们自己积极寻求改变，并抓住一切有利机会，我们才会最终实现心中的梦想。

全面建成小康社会，实现中华民族伟大复兴，是我们的民族梦，是每一个中国人的伟大理想。当前，我们最紧迫的任务是与全国人民一道，在中国共产党的坚强领导下，如期全面建成小康社会。

仙掌村美好的明天在等着我们去奋斗！

谢谢！

镇领导的讲话，点燃了现场每一个人的情绪，大家沉浸在幸福的憧憬中。

活动进入品果环节。绿畦公司发来的存果有限，两盘用于展示，其他果子被分别切成两瓣，堆放在另外的几个盘子里。

品果前，舞台宽大的投影仪播放着绿畦公司的宣传片。看着片子里价格不菲、供不应求的软枣猕猴桃为企业和果农带来了可观的经济收益，大家羡慕不已，恨不得立刻就拥有一个硕果累累的软枣猕猴桃果园。

群众排队，依次经过舞台，近距离观赏盘子里的软枣猕猴桃，有的人还情不自禁伸出手指，如小心抚摸婴儿一般，轻抚这些光滑细腻的小精灵。

"这小东西，形如枣，实为猕猴桃，表皮光滑，内含丰富营养。洗干净就可以吃，酸酸甜甜，汁水十足……"周茜茜在喇叭里介绍。

终于可以品果了。工作人员将切好的果子，依次发到群众手中。

"好不好吃？"

"好吃！"

"还想不想吃？"

"想！"

"想吃就大力发展软枣猕猴桃，并把它们管好护好。"

……

陆自远用话筒向群众喊话，群众踊跃响应。现场欢笑声、探讨声、赞叹声不绝于耳。

"乡亲们，请安静。"

现场渐渐安静下来。

"乡亲们，你们今天可把我们的周总吃心疼了。虽然你们每个人就吃了半边果子，但大家合起伙来吃了不少，一共吃了 27 斤。目前，这个小家伙的市场价是 115 元一斤。你们一下子吃掉了公司 3105 元。"陆自远伸出三根手指，在半空中晃动。

现场一片欢腾。

"下面我来说几句。"陆自远接着刚刚的话头。

今天的品果会,不仅仅是品尝软枣猕猴桃这个果。村委会至"X433"县道连接线改扩建工程竣工,也是果,是我们村基础设施建设的重大成果。不知大家用心品尝了没有?

刚才,镇长热情洋溢的讲话,如果大家听进去了,听明白了,也就品尝到了这项建设成果的滋味。

过不了多久,我们的组级公路就将全面通车,全是清一色的水泥路面。我敢断言,很快仙掌村就将结束家庭小轿车为零的历史,进入车水马龙的时代!

现场一片欢呼。

在这里,我要提醒大家,一定要爱惜我们的公路。别到了全村大搞旅游开发的时候,我们的路成了坑洼路、积水路、裂纹路……我建议村委会尽快组建公路公益养护分队,分段分人看护好我们村现在以及今后的每一条公路。

公路的这个"果"我就不多扯了,现在说另一个果——软枣猕猴桃。

这段时间以来,我们的移栽工作很不顺利,但我相信参加完今天的活动,你们会急迫地去发展软枣猕猴桃种植业,有朝一日,它才会成为我们的"生钱果""发财果"。

不过我要在此提醒大家,我们有的农户,恨不得今天栽上它,明天就能卖钱。这是不好的。我们的亲儿子、亲闺女，有生下来第二天就能养我们老的吗？不能！我们要给足他们成长、读书、工作的时间，当有一天我们老了，他们才有能力照管我们。

软枣猕猴桃第五年才能进入盛果期。在此之前，我希望大家严格遵照绿畦分公司和农旺合作社的技术要求，扎实做好田间管理等工作。

待软枣猕猴桃进入盛果期后，每年，我们都将组织品果会。到那时，我们就可以敞开肚皮吃，想吃多少就吃多少。我们还要邀请四面八方的客人来吃，吃得他们只想买我们的果子。一袋袋地买，一筐筐地买，一车车地买……希望那一天到来的时候，我们每一个农户都赚得盆满钵满！

今天的活动到此结束。再见！

现场再次欢呼雀跃。

受果品会推动，加之县政府和东方农业大学、绿畦公司共同提供了全部的搭架费用，村民种植软枣猕猴桃的热情空前高涨，800亩种植合同超额签订——实际签订870亩。

第七章

为了让农户快速掌握软枣猕猴桃移栽技术，农旺合作社在每个村民小组进行种植演练，周茜茜现场指导。陆自远还临时组建了一支以年轻人为主的技术服务分队，奔赴各家各户开展技术援助。

邹智、周茜茜总担心有农户忽视种植规范，整天马不停蹄地逐户查看、指导。

稍有空闲时，周茜茜便从邹智嘴里打听吴焕珍的情况。她很好奇当初把自己都不放在眼里的陆老师，怎就和吴焕珍这个农村女人好上了。

邹智比周茜茜大3岁，因为是同龄人，两人交流起来比较顺畅。邹智性情直爽，深谙农村生活的困苦，常常语不惊人，却能触动周茜茜的心灵。周茜茜觉得他和自己的脾气合得来，也愿意和他交谈。

"吴焕珍在我们村就是一面旗帜，一面展现柔美、善良与担当的旗帜。每一个想安家或已安家的男人，都爱拿她作为自己选择和审视另一半的参照物。首先，她长得确实很美，是村里当之无愧的村花。当然，是在你来之前。"邹智逗趣，接着介绍，"哪个男人不爱美？哪个男人不想娶一位像吴焕珍一样漂亮的老婆？"

"关键是她的德行。她嫁过来没多久老公就半身瘫痪了。如此漂亮的一个女人，走出去肯定人见人抢，但她十几年如一日克服万难守着老公，守着这个家。多少人能做到她这样？全村包括周边几个村，想打她主意的男人多了去了，可没有一个男人得逞。她是村里公认的最干净的女人。这个评价不是随便可以得来的。我的父亲去世早，我从我母亲、妹妹身上体会到吴焕珍为家庭所做的这一切是多么不容易……"

邹智一股脑儿道出自己对吴焕珍的了解和评价，评价之高令周茜茜颇感惊讶，也让她对吴焕珍平添了不少的同情和好感。

"看来，你也是吴焕珍的粉丝。"周茜茜浅笑。

"算是吧。哎！"邹智叹息。

"怎么？得不到佳人很伤感？"周茜茜逗趣。

"陆书记更适合她。"邹智实话实说。

"你为何这样认为？"周茜茜好奇地问。

"如果就爱情而言，他们之间产生火花，那是必然。一个风流倜傥、才能出众，一个美貌超群、温婉贤淑。这样的两个人在一起不相爱，那爱情就不可理喻了。"邹智有感而发。

周茜茜没有接话，她陷入了沉思。爱情需要彼此的吸引，更需要机缘。当初，自己一往情深，却让张珊近水楼台；如今，自己痴心不改，却又被吴焕珍捷足先登。这就是机缘。机缘一直就不站在自己这边，这令她万般无奈。

"去你家里看看吧。都来好些天了，也该去看看伯母。"周茜茜提议。

翻过一山又一岭，邹智的家终于近在眼前。夜色悄然而至，斑驳陆离的土坯房孤单地矗立在山坳里，虚弱的灯光从深邃

的里屋照射至前院，洒满一地的苍黄。

"妈，我回来了。"邹智推开虚掩的侧门，向睡在里屋的母亲田凤打招呼。

"看不出来你一个大男人还蛮会收拾的。"周茜茜迈进门，看见屋子里收拾得挺干净的，惊叹道。

"带的女朋友吧？那就好！那就好！把你的事办了，我就可以闭眼了。"大抵是听到外面有女孩子说话的声音，田凤自说自话。

这可让周茜茜顿时陷入了尴尬，张着嘴，一脸惊愕。

邹智更是难为情，慌忙解释道："妈，你莫瞎说。周总是省城绿畦公司派来我们村搞发展的。"

说话间，两人来到里屋。

"伯母好！"周茜茜靠近床前问候。

"哎哟！哪家的姑娘呀，像朵花儿……"田凤被周茜茜的美貌惊呆了，不由得连连夸赞，心想，这要是自己的儿媳该多好呀。她伸出骨瘦如柴的手，往床边指了指，示意周茜茜在一旁的椅子上坐下，临了，语重心长地说道："智儿，人老实，心好。"

周茜茜点了点头，随即环视四周——房间打理得很整洁，陈设有序，连老人的头发也梳理得有模有型。

"他还是个孝子！"周茜茜暗自赞叹。

"你在这陪我妈待会儿，我去弄东西吃。"邹智转身离去。周茜茜见状也托词告退。

"你就坐火炉边看电视。饭一会儿就好。"邹智往回风炉里添了几块柴，炉面很快热乎起来。他打开电视机，也不知道周茜茜爱看什么，就随意调了个综艺台。

周茜茜还真就喜欢看这个台，她拿出包里精致的保温杯，边喝茶边看节目，一会儿就陷进去了。

邹智在厨房里麻利地又炒又煮，把自认为拜得客的食料全搬了出来。周茜茜几次要去帮忙都被邹智按坐在椅子上，说今天你就踏踏实实做回大小姐。

约莫一个小时，一桌香喷喷的饭菜就端到了周茜茜的面前。腊鸭、腊鱼、腊肉……几乎都是荤菜，素菜就有个清炒土豆片。

"好吃！好吃！"周茜茜赞不绝口。她已经好久没有吃到这样可口的饭菜了，以前，不是吃公司食堂，就是叫外卖，早就吃腻了。

"好吃你就多吃点。"邹智拿了双公筷，不时给周茜茜夹菜。自己动筷前，给母亲这样那样装了一碗，送到里屋。

吃罢晚饭，外面一团漆黑，邹智安排周茜茜住妹妹的房间，说屋子里啥都有，将就着用。

为了不让陆自远担心，邹智专门给陆自远打了个电话，陈述了周茜茜留宿的原因。

随后，两人围绕产业发展的事谈到了大半夜，周茜茜这才上床睡觉。

房间虽旧，但屋内的陈设和墙饰充满了青春女人的气息，被子的颜色也很温馨，别致的小台灯上还挂了一对精致的自绣挂件……

周茜茜把眼前的房间和自己在省城的房间精细地做了一番比较，多了不少的感慨——同样独守空房的两个女人，心境好像全然不同。这一间，穿越贫困与现实，充满了对幸福生活的信心和向往。那一间，沉溺于奢华与富有，却落满了厌世嫉俗、郁郁寡

欢的灰尘。她决定，搬进这间屋子来住。她希望像这间屋子过去的女主人一样，更加阳光地生活。

周茜茜昨晚睡得很香，一觉醒来已是早晨八点半了。手机闹铃原本提前一个小时就应该叫的，不知是不是没电了，还是根本就没把她叫醒。周茜茜仔细一看，原来今天是周六，闹铃休假了。她起身下床，感觉小腿钻心地胀痛，差点摔倒，扶着床沿来回走了几步，疼痛舒缓了些。

来到火炕屋，早餐已搁在回风炉上：稀饭、煮土豆、荷包蛋、腊猪耳朵，还有几碟咸菜。

邹智正在院子里劈柴禾。周茜茜喊他进屋来一块儿吃。

"准备给你煮碗面条的，估摸你不能及时睡醒，担心泡成了糊糊就弄了这些，不知是否合你口味？"邹智洗了手，来到火炉边。

周茜茜咬了块土豆，说道："够丰盛了，快吃。还有好些家没跑到呢。"

两人呼呼啦啦吃着。邹智担心喝粥的声音太大，有失斯文，有意将嘴唇压在碗口。可周茜茜就爱听这声音。这就是家的声音。她很怀念小时候一家三口坐在餐桌前吃饭的情形。可惜父母是外交官，自打她出生就很少同她吃住在一起。她是姨父姨母带大的。爸爸吃东西很随性，妈妈经常埋怨他吃相难看。可周茜茜特爱看着爸爸胃口大开有滋有味吃东西的样子。

周茜茜特别想看看邹智的吃相里有无与爸爸的某些相同之处——邹智有些拘谨，吃相并没有完全展现出来，但食物穿透口腔的声音同爸爸有些相似。她心里暖暖的，眼里涌起浅浅的泪花。

这天傍晚，周茜茜在邹智的陪同下来到吴焕珍家拿走了自己的物品。陆自远和吴焕珍把他俩送了一程又一程。分手时，周茜茜让吴焕珍借一步说话。

"姐，你是个了不起的女人，我打心眼里敬佩你，实在不忍心伤害你。同样是女人，你所遭受的苦我不一定能体会，你能做到我也不一定能做到，但有一点我决心努力，那就是做好一个祝福者，见证你们幸福的爱情之旅。老师真的很不错，我很喜欢他，一直都这样喜欢他。可惜缺了缘分……"周茜茜说到伤心处，泪花闪烁。

就在昨夜，陆自远给吴焕珍蜻蜓点水式地介绍了周茜茜追求他的事。吴焕珍很佩服周茜茜的勇气和执着，甚至觉得她比自己更有资本做陆自远的老婆。眼下，见周茜茜就这么退出了，替她感到惋惜，却又无从开口，只是很配合地任她把头靠在自己的肩上，希望她能感受到自己内心的歉疚和安慰。

夜色从灰暗的云块中慢慢弥漫开来，像一张网，撒向大地。

这天的晚饭，周茜茜强烈要求做助手，理由是：共同劳动的晚餐，吃起来才更香。

邹智安排周茜茜给灶台添柴火。不知什么时候，周茜茜竟给自己糊了一脸的柴灰。邹智拿来镜子让周茜茜照看，她看着自己的一副鬼样，差点笑昏厥过去。

吃罢晚饭，周茜茜洗完澡出来，邹智给她端来一盆热水，说泡泡脚腿就不疼了——白天走访农户的时候，周茜茜告诉邹智自己小腿胀痛。邹智记住了，晚上，想了这个土办法。

周茜茜一边泡脚，一边揉着自己的小腿，弓着腰，显得很别扭。邹智情急之下，忘了男女有别，蹲下身，给她揉捏起来。

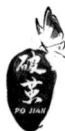

周茜茜瞥了邹智一眼，邹智看不见，只有邹智茂盛的头发和宽厚的脊背看见了，自然没有反应。

这是除了爸爸之外，第一双充分接触自己身体的异性的手，强而有力，还夹杂着坚硬的结茧，手心烫烫的，释放出一股暖流，融入自己的全身。

此刻，邹智的心思全在眼前的这双腿上。这是一双他从未触摸过的年轻女人的腿，浑圆、白皙、光滑、柔嫩，美妙绝伦。每一次揉捏，令人春心荡漾，灼热的血液向全身迸发。

"水都凉了，我的邹总。"周茜茜的提醒让邹智忽地缓过神来，这才发现刚才遐想太过投入，以至于盆里的水都快凉了，连忙站起身，脸红到了脖颈上。

周茜茜看着邹智一副无地自容的样子，"噗呲"笑了。邹智递过毛巾，让周茜茜擦拭。随后，端起洗脚水在卫生间倒掉，回头叮嘱："每晚都泡一次，小腿就不疼了。"

周茜茜躺在床上，觉得小腿确实舒服了许多，随即回想起刚才邹智脸红到脖子的样子，内心涌起一丝温暖和甜蜜。

邹智在床上也没闲着。那双洁白的、柔滑的腿仿佛还在眼前……

总的来说，截至目前，仙掌村的农业产业布局虽一路磕磕碰碰，眼下也算基本成形了。可一个问题也随之暴露出来：发展的几个农业产业，能在当年见效的太少，仅有几百亩蔬菜和药材预计年底会取得一定的经济收益，落到每户贫困户，也就户均几百元而已。为此，村两委和驻村工作队的同志们心急如焚。

周茜茜想到了农村电商："把仙掌村的土豆、腊肉等特产放到网上卖，准能带动农户快速增收。"

云雾镇有中国南方马铃薯研究中心最大的种育基地。这里出产的土豆又称高山云土豆，营养丰富，入口甜糯，唇齿留香，在平江州享有盛名，每逢土豆开挖季节，云雾人就会把家乡的土豆寄送给在外工作的亲朋好友。其中，尤以仙掌村的土豆品质最好，只可惜交通不便，藏在山中无人知。

仙掌村的腊肉也是当地一绝——本地黑猪用粮食和青草喂养，肉质细嫩，制成的腊肉芳香爽口。

大家一致认为这是个好办法。经过进一步探讨并征求县领导、校领导等多方建议，最终形成了"仙掌村集体经济发展方案"。"方案"决定成立仙掌村惠民集体经营公司，开展自主经营、股份合作与承包经营等业务。县财政和东方农业大学共同出资 50 万元，作为其注册资金。

集体经营公司现阶段工作任务有四：一是将未承包到户的"四荒"地（荒山、荒沟、荒丘、荒滩）流转过来，用于发展现代农业项目；二是探索利用闲置的各类房产设施、农村闲散土地或集体建设用地等，以自主开发、合资合作等方式发展物流、仓储、生产、加工等产业；三是利用政府政策资金、各类帮扶资金等，入股或参股农业龙头企业、专业合作社等新型农业经营主体，发展、壮大集体经济；四是承接村级建设项目，组织劳务输出，发展电子商务，推动乡村旅游等。

集体经营公司下设电商运营中心，专门销售仙掌村特色农副产品。绿畦分公司负责电商运营中心所售农副产品的加工、包装、储藏等。

邹智被村民代表选举为惠民公司经理，全权负责公司运营与

管理。周茜茜被聘为惠民公司顾问，协助邹智开展各项工作。

为打响电商第一炮，邹智和周茜茜负责依托淘宝网等网站搭建销售平台，并培养相关经营人员。

东方农业大学闻讯赠送了 10 台电脑以及配套桌椅。网销培训时间定于每周一、三、五的晚上。周茜茜自告奋勇当起"夜校"老师。

村两委人员无论年龄多大，都要求听课。村民有意愿听课的，来者不拒。

邹智是周茜茜重点培养的宝贝拍摄人员，周茜茜要求他刻苦钻研摄影知识，还送了他一台价值两万多元的相机。

周茜茜告诉邹智，网销产品重在一张图，图片的质量好坏关系到买家对宝贝的第一印象，因此必须拥有较高的摄影技能。

为了让邹智尽快掌握拍摄技术，周茜茜一有空就当起了模特，让邹智不断变换角度和光线揣摩拍摄技巧。

邹智学得很投入，更投入的是晚上独自欣赏相机里的美人照片，照片里的周茜茜，他想看就看，百看不厌。

一开始，邹智根本不敢拍摄凸显周茜茜某些敏感部位的照片，担心晚上两人讨论照片质量时被周茜茜责骂下流。其实，他真是觉得这些东西如果拍下来定会很美很美。

周茜茜对那些死板的照片很不满意，说："艺术，先要动心动情，才能动人。要拍就拍下自己觉得美的东西，不要有顾虑。摄影的本质就是发现美、记录美、展现美。"

邹智后来就啥都敢拍了。只要自认为好看的内容就拍下来。有些照片周茜茜虽面含羞涩却也爱不释手。

邹智渐渐学会用照片去表达自己的心语。周茜茜也默契领悟。

邹智还是每晚坚持给周茜茜泡脚揉腿。周茜茜也给他泡，给他揉。

两个人的身体在一次次的接触中，发生着由量到质的改变，先是触电式的惊慌，而后是羽毛般的温暖，再然后便催生出旺盛的荷尔蒙。

这一晚，周茜茜和邹智上完"夜校"回来，两人一路说说笑笑，周茜茜一不小心把脚崴了，疼得额头直冒汗。邹智慌了神，给她揉了好一阵子才让她勉强可以站立起来。

剩下的路，邹智顺利地找到了一个贴近她的理由——背着她。周茜茜也乐意让邹智背着。

周茜茜并不重，90多斤。邹智平时背肥料能背300多斤，按理说，背3个周茜茜都不是问题。可周茜茜的身子刚一贴到邹智背上，邹智的小腿就止不住地颤抖，仿佛背了一座大山，踉踉跄跄。

好一阵子他才缓过劲儿来，于是开始用心感受背上周茜茜的身体细节，照片上的某些东西，此刻仿佛立刻融化了，正一点点浸进他的身体。

周茜茜一开始还刻意挺着胸，以减少和邹智的身体接触。不知不觉，强挺的身子就折了下来，贴贴实实地粘在了邹智的背上，像被磁铁吸住了一样。周茜茜分不清这折的原因里是内因大于外因，还是外因大于内因，反正是折了，就索性把头靠在他厚实的肩膀上，努力成为他身体的一部分。

走进家门，邹智把周茜茜从背上放下来，他刚转过身，周茜茜突然身子一歪，邹智一把将她扶住，周茜茜借势将他搂住……

邹智很想一口把周茜茜吞下，可理智让他最终抑制住了自己的冲动。

周茜茜原以为很快就会有一张血盆大嘴吞没自己的小嘴，并做好了被吞没的准备，但什么事也没有发生。她知道，这便是山里人的自卑和淳朴，且是那么厚重，那么深沉。

2017年6月6日8时，仙掌村惠民特产店在淘宝网上线，五款产品进入试运营：腊五花肉、腊猪蹄、腊香肠、土鸡、土鸡蛋。

网店全方位展示了仙掌村优美的自然环境，还打出了精准扶贫的响亮口号，县长翟世友自告奋勇当起了网店代言人。

试运营产品储量有限，不是销售重点，重点是还有一个月即可上市的高山云土豆。为此，网店在显眼位置对高山云土豆进行了大篇幅预购宣传。

今年以来，村两委和驻村工作队为确保村民有较为可观的产业收入，将土豆放在了重中之重的位置，全村保留优质土豆种植面积4000亩，白云土豆专业合作社负责全程技术指导和协议收购。

网店一经上线，陆自远、雷敏等迅速将店址在微信朋友圈转发，很快，临金县全体党员干部、东方农业大学全体教职工参与转发，不到半天时间，淘宝网仙掌村惠民特产店访问量突破10万。原计划销售两周的产品，一天时间便销售一空，成交额52万元。云土豆也收到预售订单2336份。这可把大家乐坏了，也急坏了。产品生产线、包装线连夜加班，村委会动员十多名村民协助快递公司包装货物。

"这网店的销售也太疯狂了！"陆自远感谢周茜茜的电商建

议，要求大家务必让网店的产品和服务给顾客留下完美的第一印象。

周茜茜解释，新店销售一下子就火了起来的关键是转发的人多，加之每个顾客都有份扶贫情怀。未来，必须坚持走产品品质至上之路，从一开始就留住每一个购买过仙掌村农特产品的人，这样，网店才有长久生命力。

陆自远提议，借此网店开门红之际，组织村民、市场主体等召开一次电商喜报分享会，把大家的思想意识统一到高质量发展战略上来。周茜茜等人欣然赞同。

入夏的仙掌村，天空艳阳高照，碧绿如洗。村委会广场上人群黑压压一片。陆自远发表了激情洋溢的讲话。

乡亲们、同志们、朋友们：

今天，我们在这里召开电商喜报分享会，庆贺我们的淘宝网店首日销售成交额突破 50 万元大关，云土豆的预售订单也收到 2336 份。

我粗略地计算了一下，仅一天时间，村集体至少有了两万元的分红利润。两万元是个什么概念？是县委组织部给我们村下达的村集体经济半年的目标任务，也相当于给我们全村 760 名在籍人口人均挣了 26 元钱。照此下去，理论上我们每个人一月就可增收近 1000 元。

这还只是我们的试运营产品，因为数量有限，有的一天就卖断货了。再过一个月，待我们的主打产品高山云土豆批量上市了，每天的销售额定会更加令人惊喜。特别是当我们的其他主打农产品，如软枣猕猴桃、茶

叶、药材等今后逐步上市后，这笔收入将更为可观。

说到这里，大家也许开始盼着村委会啥时候分钱了。划归村集体的经营利润所得，受益人肯定是大家，这是毋庸置疑的，但钱不可能就这样简单地一分了之，到时候，我们会出台科学的分配方案来分好这笔钱。

大家希不希望能分到更多的钱？

会场齐声回答：希望！

如何才能分到更多的钱呢？让消费者爱上我们的产品是关键。我们应该把什么样的产品送到消费者手中？是让他们吃一次就后悔且再也不想买的产品，还是吃了一次就迷恋上了再也放不下的产品？当然是后者。

产品的质量关系到我们每个乡亲和市场主体的切身利益，因此必须引起大家的高度重视。各市场主体要严格把控产品质量标准，乡亲们要切实按照市场主体的要求从事生产。我们要从一开始就建立起完善的产品生产可追溯体系，让消费者看得放心，吃得放心。

质量是产品的核心竞争力。今后，我们村集体经济的分配方案中会把产品生产环节的质量考评作为奖补标准设定的重要参考，对生产上高标准、严要求的农户进行重奖，对为了一己私利弄虚作假、以次充好等行为进行重罚。如何罚？那就是减少或不让其参与村集体经济效益分配。

村集体经济不是慈善款，必须分配给需要帮助的人和对村经济有贡献的人。

仙掌村惠民特产店，旗开得胜，未来会不会成为我们的摇钱树就看大家的了！让我们共同努力，从高质量生产、高品质服务的点点滴滴做起！

发言完毕，谢谢。

会场掌声雷动，经久不息。

会议结束后，村两委还邀请与会代表参观了电商运营中心。

……

村两委和驻村工作队大部分成员，昨晚忙于网店销售和货物包装，一夜未合眼。早上，又一同参加了分享会，这下个个眼里布满了血丝，两张眼皮子不停地打架。

"现在是中午11点，大家立马回去补觉6小时，下午5点到村委会集合，看看有什么事情需要商量处理。"陆自远吩咐。

网店销售的事一刻也离不开人，邹智自告奋勇带领白班人员值守。周茜茜说自己就在办公室沙发上躺会儿，睡三四个小时后接替邹智，让他也休息下。

感情需要空间来创造，更需要厮守来促进。陆自远看见周茜茜、邹智现在已习惯彼此关心，凑到周茜茜耳边笑了笑说："革命友谊比山高，比海深，恭喜恭喜！"

周茜茜做了个鬼脸，有些羞涩却也坦然。透过这个表情陆自远看到了精准扶贫的另一个收获：城市人来到乡村，一边改变着这里，一边也被这里改变。如同周茜茜，曾经对农村来的男同学不屑一顾，如今却满是体贴地出现在一个农村青年身边。

临阵换帅乃兵家大忌，但临金县还是把此前分管易地扶贫搬迁工作的常务副县长邹凯放走了。确切地说，是被平江州政府挖走了。易地扶贫搬迁是摸着石头过河的大工程，州政府需要得力的人坐镇州发改委，指导全州开展这项工作。

州委要人，县委不好不放。

新上任的常务副县长杜涛，一年前在商漆县任县政府办公室主任，后升任临金县副县长。邹凯走后，他天降大任挑起了临金县易地扶贫搬迁的重担。

此前，他对这块工作了解不多，提议召开一个易地扶贫搬迁风险研判会，避免自己分管的工作步入误区。

县政府通知各乡（镇）党委书记、乡（镇）长、易迁工作分管领导、乡（镇）易迁办主任、县易地扶贫搬迁工作领导小组县直成员单位负责人参加会议。分管精准扶贫工作的副县长柳春旺建议邀请陆自远以专家身份列席，杜涛采纳。

当日上午，陆自远起身赶往县城。临行时，吴焕珍想随行，说想去看看县城集中安置小区——未来的家。陆自远乐允。

两人乘班车到达县城后，陆自远让吴焕珍先行到县政府指定的金龙宾馆住下来，会后一起去看"家"。

县政府三楼会议室，参会人员按桌签就座。会议由柳春旺主持。

杜涛坐主位。他年龄四十开外，留着碎平头，圆脸红唇，印堂光亮，透射着旺盛的精力。

县发改局和县扶贫办的负责人紧挨杜涛、柳春旺分坐左右。这两个单位是易地扶贫搬迁"双牵头"单位，负责人的身份自然"显要"一些，成了领导的"左膀右臂"。

各乡镇和县直有关部门依据会议议程相继发言。

大概是对易地扶贫搬迁全面工作研究不够，大家汇报的风险点大多集中在工程建设进度方面，反复强调倘若进度跟不上，将影响如期入住、限期脱贫。杜涛听得有些乏味，提醒同样的问题不必赘述。

"下面，请省政府精准扶贫专家组成员、东方农业大学副教授、云雾镇仙掌村驻村第一书记陆自远同志发言。"柳春旺示意大家鼓掌欢迎。

陆自远捋了捋衣角，扶了扶眼镜，走到发言席，向领导席、会场一一鞠躬致敬。

尊敬的杜县长、柳县长，尊敬的乡镇、县直单位的领导，同事们、朋友们：

很荣幸列席此次会议。

这是一个十分及时、十分必要的会议。易地扶贫搬迁工作已经扬鞭策马，现在正是一个急需查找风险点、审思风险点的时候。我们只有看到了风险、规避了风险，才能确保不出现风险。

刚才，各乡镇和县直有关部门的领导阐述了易地扶贫搬迁工作的若干风险点。我赞同他们的意见。在此，还想作一些粗浅的补充，不妥之处敬请领导和同志们批评指正。

梳理、查找易地扶贫搬迁风险点，首先得弄清楚易地扶贫搬迁的初衷。这个初衷就是把生活在"一方水土养不好一方人"地区的农村贫困群众搬到生产、生活条

件更好的地方，辅以后续帮扶，使之稳定脱贫、逐步致富。

从目的和手段的角度来思考，搬不搬得出不是主要风险点，留不留得住才是关键。搞建设，我们有的是经验，只要人力、物力充沛，搞好建设过程管理，建好安置区，完善各项配套设施，都不是问题。可如果我们眼里只有建设，忽视了其他同样重要甚至更为重要的东西，那今后补救起来就会非常麻烦，非常头痛。

我以为有这几个风险点，应引起大家的足够重视。

一是对象不精准的问题。据我了解，我县上报的拟搬迁对象有 7 万人之多。占了 13 万多贫困人口的一半以上。规模大，争取到的专项资金就大，这对于自身财力十分有限的临金县无疑是雪中送炭。但我们想过没有，把一些本不需要搬的人搬了，届时，如果我们的后续扶持跟不上，他们原本可以靠自己的土地自给自足的，现在搬到了天远地远的安置小区，张口、伸手就需要钱，而口袋里又没钱，怎么办？是不是最终要靠政府兜底？政府是不是就得因此背上本不该背上的包袱？

对象是易地扶贫搬迁的第一颗纽扣，必须一开始就扣好。

仙掌村是个穷山恶水的地方，有建档立卡户 133 户427 人，可我们纳入易地扶贫搬迁的只有 27 户 76 人。按理说，我们完全可以图简单、图省事，把全村的贫困户全搬了，就因为我们反复思量后续的发展问题，没有这样做，而是在加大力度改善他们居住地的生产、生活条件。我们有理由相信，随着通路、通水等工程的实施，以及就业、产业措施的落地，这些农户将会很快富裕起来。

二是弱劳动力就业被忽视的问题。总体来看，我们拟搬迁家庭，青壮年劳动力较多，现在，他们可以在外面打工挣钱，养活一家人。可当他们老了，外面的工厂不要他们了，他们回到小区如何养活自己？你们肯定会说，他们不是有后人吗？让后人赡养呀。可我们在座的干部，有几个把老人真正赡养好了的？更何况他们是收入不稳定的农民。我们应该自一开始就紧紧盯住弱劳动力、半劳动力就业的问题，由此，集中财力、物力配套易地扶贫搬迁工业园、小微产业园或扶贫车间。没有强大的弱劳动力、半劳动力就业吸纳能力，我们的小区到时候就会滋生"等靠要"的老人！

三是重建设轻发展的问题。少数村、乡（镇）的干部在开展易地扶贫搬迁工作时，建设的问题思考得多，发展的问题思考得少。产业、就业项目未与安置小区同步规划、同步实施。有的村，以为建个扶贫车间就一了百了，把发展的问题简单化，给后续工作埋下了隐患。

四是乱开空头支票的问题。我了解到一些村，为了凑足搬迁任务数，把安置小区描绘得天花乱坠，说搬了就啥都有了，任何时候都有政府保障，如同当上国家干部。此云种种，不胜枚举。果真能一搬就啥都有了吗？基础设施、公共服务设施的改善，显然可以办到。但稳

定增收的路径，却不是一蹴而就的。把群众搬到了安置小区，他们用电、用水的费用要增加，有的还要负担物业费，猪仔没地方喂了吃肉要花钱，菜没地方种了吃菜要花钱，等等。如果我们不能把他们稳定增收的事情办好，他们不仅不会啥都有，甚至连基本的生活保障都可能出问题。我们可不能忽悠他们。我们今天忽悠他们让他们搬了，明天他们就会找上门来让我们解决困难。

易地扶贫搬迁，必须一个步子一个步子走稳，一个脚印一个脚印走实。要时时刻刻想到搬迁群众的长久生计问题，像习近平总书记说的那样，下好"绣花功夫"，把该想的问题想在前，把该做的事情做到位。

因为时间仓促，我对此也缺乏深入思考，平时也只是偶尔与其他村交流些情况。以上肤浅之见若有不妥之处，还望领导和同志们海涵。

发言完毕。谢谢！

陆自远结束发言退下，会场上立刻响起热烈的掌声。其他的掌声都停了，杜涛还在鼓掌。大家又再次鼓起掌来。掌声充满认同，充满警醒，充满感谢。

杜涛随后作总结发言。他高度肯定了陆自远的真知灼见，号召大家要认真思考有关问题，及时纠正工作中的不足，补齐发展环节上的短板。同时强调，要搞好工程建设质量安全管理，严防出现问题工程、腐败工程、事故工程。

散会后，多个乡镇党委书记、乡镇长邀请陆自远到他们乡镇指导工作，有的还盛情邀约晚上找个地方喝一口。

陆自远受宠若惊，表示指导谈不上，有时间可以去参观参观。至于晚饭的事，有约在先，下次再聚。

走出会场，他打了辆的士直奔金龙酒店，叫上吴焕珍，来到县城集中安置小区。

小区位于新城区中心地段，一栋栋楼房被包裹在安防网里，仅能看见个轮廓，若干台塔吊忙碌不停。小区旁的几个建设工地也是一片繁忙，一打听，是在建设便民服务中心和易地扶贫搬迁工业园。

"位置确实不错。你看，这离老城区坐车也就五分钟左右的路程。几所学校也在附近……"陆自远环视四周，指引吴焕珍了解未来之家周边的环境。

吴焕珍很兴奋。时过境迁，当她时隔 12 年再次来到县城，再也不用感伤自己仅是个为老公求医问药的匆匆过客。如今的高楼更多了，在未来的某一幢高楼里，竟会有自己的家！

第二天早上，手机闹铃叫了三遍才把金龙酒店里的陆自远和吴焕珍叫醒。不知是宾馆的床太舒服，还是身体太累，昨晚他们睡得实在太沉、太香。

"坏了！今天村里开会，书记、镇长也会来。"陆自远忽地清醒过来，催促吴焕珍赶快起床赶班车。吴焕珍伸过来一只手，示意拽她起来，鼻子里"嗯嗯嗯"地，百媚千娇。

他俩紧赶、急赶，赶到村委会已是上午 10 点多。陆自远抢先一步跨进村党支部办公室，定眼一看，书记侯亮、镇长鲁天明已在办公室落座，正接过姚宏递过来的茶水。

其实，两位领导一个多小时前就来了，见陆自远不在，便到村里的建设工地转了转。

见陆自远、吴焕珍赶到，侯亮示意赶紧开会："陆书记，你昨天可给我们云雾镇和仙掌村长了脸。你的发言让我们茅塞顿开，也受益匪浅。仙掌村的易迁工作日后必定是全镇乃至全县的样板。下面，我们就村集中安置小区安置房建设方案展开讨论，大家畅所欲言。"

鲁天明抛砖引玉："村集中安置小区三通一平基础工程昨天完工了，安置房建设即将开始。目前有两个建设方案，一个是县易迁办下发的一户一宅建设参考方案，一个是驻村工作队提出的建设方案。今天会议的任务是二选一，把最终的实施方案定下来。我的意见是：县易迁办下发的一户一宅建设参考方案，严格遵循了国家相关政策要求，将安置房的面积控制在了人均 25 平方米，设计图纸也充分考虑到了搬迁户今后加建加层的需求，建议采用这套方案。"

姚宏、方世泽同意鲁天明的意见。

侯亮让陆自远谈谈驻村工作队的意见。

陆自远阐述道："虽说是两个建设方案，但二者并没有大的冲突。驻村工作队提出的建设方案，只是在县易迁办下发的建议方案基础上增加了附属用房的建设内容，并为安置房设计了坡屋顶。村集中安置小区与乡集镇及县城的集中安置小区不同，这里安置的老年人居多，需要尽可能考虑到他们搬迁后适应新环境的能力及生活开支承受情况等。附属用房一来可以作为储物间，方便存放农具等物品；二来可以用作烤火房或厨房等。农村老年人习惯烤柴火，仙掌村冬天时间长，若一搬进来就让他们烧煤、用电取暖，生活成本会明显增加，他们一时也难以适应。此外，把厨房或烤火房放到附属用房里，可以让安置住房最大限度发挥居住的作用，为今后可能出现的添人进口未雨绸缪。"

"增建附属用房毫无疑问会增加安置房实际建筑面积，政策上能通过吗?"鲁天明插话询问。

"安置住房和附属用房是两个概念。政策上是允许的，只是附属用房的建筑面积不宜过大，不能变相建成住房。"陆自远解释。

陆自远继续阐述："至于给安置房加装坡屋顶，完全是考虑到本地气候对水泥房顶的影响。平顶房房顶防渗漏的问题目前仍是世界性技术难题。如果再加上冰冻因素影响，施工方实在难以确保房顶今后不会出现渗漏情况。类似问题已在省内其他县市有所反映。也许有人会认为，这些一户一宅的房子，今后都是要加层的，现在加装坡屋顶，不仅会加大投入，今后还得拆卸，属吃力不讨好之举。可问题是如果有易迁户迟迟没有经济实力加层，而房子又长期渗漏怎么办?就算可以修修补补，暂时堵住渗漏，可三五年之后房子的质保期过了，维修费用从哪儿来?我们考虑问题应更切合实际一些。"

鲁天明算账："附属用房和坡屋顶合起来，一户至少要新增两到三万元的建设费用。放大到全镇，可不是个小数目。"

陆自远进一步阐述："我们仔细测算过建设成本，按第二套方案建设，人均预算费用仍有结余。费用的问题我们肯定要考虑，但这不应该是重点。我们需要重点考虑的是搬迁群众的现实需求和切身利益。如果我们勉勉强强把他们搬进来了，这些问题不解决，如何稳住他们?到时候如果出现大量的信访事件，只会倒逼我们补救。"

侯亮最后发言，他声情并茂地说道："如果昨天我没有到县

里开会，没有听到陆自远书记一番很有见地的发言，今天我肯定支持第一套方案，毕竟这是县里统一的方案。现在，我更倾向于第二套方案。为什么？因为第二套方案为搬迁户考虑得更周全。易地扶贫搬迁不是一搬就一了百了的事情，把搬迁群众稳住，让他们逐步致富才是关键。只要不违背政策，我们多花两三万元，让搬迁户更安心了，获得感、幸福感更强了，这就值得。云雾镇、仙掌村的易地扶贫搬迁必须取胜于精细，每一项工作都要经得住历史和人民的检验！"

大家热烈鼓掌。

第二套方案的主要构想是：安置房建成一户一宅，按人均面积25平方米、单户总面积不超过125平方米设计，平顶加装倒"V"字形木制坡屋顶，盖树脂瓦。安置房与附属用房呈"T"字形布局。附属用房按两间，每间20平方米设计，无平顶，直接建成倒"V"字形木质坡屋顶，盖树脂瓦。

仙掌村是临金县最先为小区增建附属用房的。后来，这项举措被全县众多村集中安置小区采纳。

第八章

与村易地扶贫搬迁安置小区同步建设的小微产业园是安置小区重要的就业配套。一期设计厂房 4 栋，按轻钢单层设计建造，每栋建筑面积 3000 平方米。其中的两栋计划租赁给绿畦分公司和电商运营中心用作加工、仓储和办公用房。另外两栋计划招引劳动密集型企业开设工厂，带动搬迁群众就业。

陆自远从吴焕珍嘴里得知青峰镇有个做布鞋的崔四海，把生产线延伸到留守妇女家庭，自己赚了钱还带动了一方发展，他想去看看，寻思能否把这个产业引到仙掌村来，解决全村弱劳动力尤其是易地扶贫搬迁弱劳动力就业的问题，可一直抽不开身。

这天正值吴焕珍母亲的生日，吴焕珍很想带陆自远回去，可又觉得唐突——两人虽在热恋中，可未来究竟能不能走到一起还是个未知数，现在就带他去见自己的父母，合适吗？再说，他是否愿意？

"下午我要回娘家一趟，有点事。"吃午饭时，吴焕珍对陆自远说起自己的出行计划。

"家里出了什么事？"陆自远关切地问。他思忖，村里现在工作忙得不可开交，吴焕珍选择这个时候回去，肯定是娘家那边出现了什么情况。

"没……没有。就想回去看看老人。"吴焕珍本想告诉陆自远今天是她妈妈的生日，但担心他现在根本就不愿意掺和自己的家事，也就不想言明。

"我们之间还用藏着、掖着？"吴焕珍越是说得吞吞吐吐，陆自远越是担心，于是逼问道。

见陆自远把话都说到这份上了，吴焕珍也就不好隐瞒："老妈过生日。"

"好事呀。我……我……"陆自远本想说自己正要去拜见两位老人家，忽地意识到如此仓促去见人家父母是不是显得轻浮了点，毕竟两个人还没有走到谈婚论嫁的这一步，只好把涌到嘴边的话咽了回去。

"去不去嘛。"吴焕珍见陆自远有些犹豫，想知道他到底是啥想法，但又不想让陆自远瞧出自己太急切，便娇嗔地问道。

"去，去！老人家过生日怎能不去？迟早是要去的。再说，我早就想去拜会崔四海，今天正好两全其美。"陆自远打定主意，无论他俩的婚姻之路前途如何坎坷，必须得往前趟，今天就当正式启程。

"说心里话，我可不敢想太长远的事。你们家门前必定立着一座大山，专门挡我的。今天你去我们家，权当是拜见崔四海路过，不能有压力。"吴焕珍很清楚自己步入陆家的艰难，但爱已至此，她也只能鼓起飞蛾扑火的勇气，但她不知道陆自远是否也有这勇气。

"我铁心娶你就行，没有过不去的火焰山！乖，快收拾东西。我来请假。"陆自远一边安慰一边吩咐。

"你就说去招商。如今大家都很忙，可别让人家觉得我们光顾着谈恋爱了。"吴焕珍提醒。

陆自远会意地点头。

青峰镇和云雾镇虽然接壤，但从吴焕珍的婆家到她的娘家得乘车再换车：先从仙掌村坐车到云雾镇集镇，再换车去青峰镇的干溪村。唯一不同的是，这边要走段小路。那边就在公路边。

班车在青峰镇干溪村一处地方停下，吴焕珍示意陆自远目的地到了，两人下车。

"妈——妈——"公路坎下，一对中年男女坐在院子里，吴焕珍冲着他们直招手、呼喊。

"你不说那边忙吗，怎有空回来的？"母亲彭大春一脸惊喜地迎了过来，父亲吴志武也连忙站起身迎接自己的宝贝闺女。

"妈，这是陆书记。"吴焕珍侧身引见。

"阿姨好！"陆自远上前一步问候。

"好，好，好！回来也不预先说一声，啥准备也没有。"彭大春见陆自远长得一表人才，心中甚喜，转身去屋里端果盘。

"叔叔好！"陆自远来到吴志武身前躬身问好。吴焕珍紧随其后："老爸，这是驻我们村的陆书记。"

"你好！请坐。"吴志武正要去找茶水，吴焕珍示意让她来："您腿脚不好，有事吩咐我。"

吴志武挖了大半辈子煤，一双腿在泥坑里泡成了关节炎，骨节都变形了，走起路来摇摇晃晃。

陆自远打量起眼前粉饰一新的四层小洋楼：小洋楼立在农村一角，与周围的平房形成鲜明的对比。白色的外墙犹如一张纯净的画布，洒满阳光，显得格外华丽。上面的窗户排成整齐的一排，像一排排眼睛，透露出房子的生机与鲜活的表情……

155

"几个孩子在外打工了砌的，每年装修一点点，去年底才完工。"吴志武见陆自远一直盯着房子看，介绍道。

"房子不错，挺好看的。"陆自远中肯地评价道。

"四层房子，每个女儿一层。焕珍今后就和我们住第一层。"彭大春端着果盘走了过来，顺口冒出句用意深远的话，似乎是在告诉陆自远：我们这女儿，你若喜欢就带走，你不喜欢我们可宝贝着，今后就随我们住一屋了。

"她是我的人，自然会跟我去。不用你们操心了。"陆自远在心里喃喃道。

果盘里有香蕉、苹果、椪柑等。陆自远给吴志武递了个椪柑，给彭大春扯了根香蕉，自己拿了个椪柑。这时，吴焕珍走了过来，陆自远接过茶水，给她也递了个椪柑。

陆自远一边吃着水果，一边窥视着三个人的长相：怪不得吴焕珍长相出众，原来全是吸收了父母的精华，你看那圆脸、水滴鼻，跟吴志武的如出一辙，那杏眼、白皙皮肤，与彭大春无异。

"焕珍，你一会儿带陆书记在周边转转，我去村上的超市买点菜回来。"彭大春吩咐。

"菜您就别买了，随便弄点吃的就行。我们正好要出去办点事，忙完再回来。"陆自远说完起身，吴焕珍也跟随离座。

崔四海，干溪村人。12岁时父亲病逝，自此独闯江湖。前些年回村办了个手工布鞋专业合作社，生意越做越大，产品都出口了。

陆自远和吴焕珍见到崔四海时，他正在秦家大屋场和几个妇女谈天说地，每个妇女手上还拿了只布鞋正在扣底。

"崔总好，好久不见，你这是春风得意呀。"吴焕珍走近众人，打趣道。

"哟，吴大美女，这又回娘家来了。不会是来找我的吧？"崔四海耍起嘴皮子。

"真就是来找你的。给你介绍下，这是东方农业大学的陆教授，我们村的第一书记，找你商量点事儿。"吴焕珍引荐完陆自远，便去和其他几个人打招呼。

"幸会，幸会！"

"幸会，幸会！"

陆自远紧紧握住崔四海宽大、厚实、戴着一颗大黄金戒指的手，只见眼前的这个男人身材不高，却很精神，面容充满着磅礴之气，眼里透射着自信与精明。

"这里离你的公司远不远？要不到公司看看。"陆自远提议。

"没几步路，我们现在就过去。陆书记、焕珍妹子，请！"崔四海伸出手臂，摆出一副盛情邀请的姿势。

合作社就设在崔四海家，光展厅就足足有200平方米。四处展放着手工布鞋、古装布鞋、胶底布鞋等，品类繁多，琳琅满目。

"看你这架势，搞得真不错呀。"陆自远由衷夸赞。

"不瞒陆书记，我去年毛收入七位数。今年还能再涨点。"崔四海一脸得意。

来到二楼包装车间，一摞摞纸箱，一眼望不到头，堆了一人多高，上面贴有发往南京、上海、北京、台北、洛杉矶等多个城市的标签。

"你这都销往五湖四海了呀！……"陆自远连连惊叹。

"呵呵，算不上大企业，也就能混口饭吃。"崔四海故作

谦逊。

陆自远想听干货，他让崔四海着重介绍介绍产品的联农带农情况。

崔四海如数家珍："我这产品，属劳动密集型产品，既离不开车间生产，部分工序还要依靠众多家庭来完成……"

经崔四海的一番介绍，陆自远越发觉得这就是自己要找的企业——能真正带动贫困弱劳动力、半劳动力家门口就业的企业。

"我给你标准化厂房两栋，全村的妇女同志随你选，来仙掌村发展怎么样？"陆自远盛情相邀。

崔四海觉得陆自远是个干实事的人，欣然应邀，承诺将尽快抽时间去仙掌村看看。

陆自远同他约定了考察的大致时间，双方许诺：不见不散。

迎接陆自远的晚餐异常丰盛。举筷前，陆自远给彭大春递上红包，送上生日祝福。

彭大春再三推辞，直到吴焕珍示意收下，她才把红包放进口袋。

就在这时，彭大春的手机响了，原来是老二、老三、老四凑在一起给妈妈视频祝寿，见旁边坐着"姐夫"，一个个送来飞吻。彭大春直骂："一群野鸭子，没个体统。"

正式开饭了，陆自远和吴志武很快在酒杯里找到共同语言，两人且斟且酌，谈笑风生。

彭大春和吴焕珍争相给陆自远夹菜。陆自远也给她们回夹。

融洽的就餐气氛，让他们很快就沉浸在一家人的暖意融融中。

陆自远原以为两位老人会不时问起一些他一时难以回答的问

题。可他们一句都没有问，甚至连他父母是做什么的都没有提起。也许在他们看来，这些都不重要，重要的是他来了。

"以前，家家嫌承包地多了顾不过来，现在户户把边角地都派上了用场，承包山林也养上了土鸡、蜂蜜，种上了药材等作物。仙掌村农业产业发展正四面开花。"在全县的农村产业发展研讨会上，陆自远如此描述。

他介绍："仙掌村没有发展试试看的农业产业，也没有可有可无的农业产业。每一个农业产业都纳入了农户脱贫致富路径体系，因此，广大干部和市场主体无不为实现该产业既定的效益目标而努力，打一场志在必胜的攻坚战……"

副县长柳春旺号召全县各乡镇学习推广仙掌村农业产业发展思路。他总结仙掌村的农业产业体现了三个注重：

注重有主有次，长短结合。既有论证充分的长效产业，也有精挑细选的短效产业。长效产业一主一副，短效产业两主多副。主次分明，结构科学。

注重市场主体，重视市场因素。所有农业产业，都有市场主体领军，生产有保证，销售有支撑。

注重脱贫标准，紧扣发展实效。短效产业可确保贫困户当年脱贫，长效产业一心为了贫困户逐步致富。

柳春旺指出："精准扶贫，难在产业。精准脱贫，贵在产业。仙掌村的农业产业从无到有，再次证明了一个道理：事在人为。"他要求至今还在为发展农业产业一筹莫展的贫困村，派人到仙掌村去取经，认认真真取经。

研讨会后，仙掌村果真来了一批又一批的取经者。有的是其

他村的干部，有的是邻近乡镇书记和乡镇长率领的团队，有的是农业产业从业人员……

来的都是客。陆自远整天忙于接待应酬、经验介绍、陪同参观，搞得身心疲惫。好在要说的东西只有这么多，他让冯子贵全面总结后专门负责经验讲解等工作，自己这才从这项繁琐的事务中抽出身来。

来的人多了，食宿成了问题。陆自远挑了些食宿条件较好的农家抱团服务。没想到这一来二去，还形成了小小的产业：6户农户成为固定接待机构，8位贫困劳动力从中就业。村里的农家乐渐渐有了雏形。

青峰镇手工布鞋专业合作社总经理崔四海如约来到仙掌村考察，准备入驻易地扶贫搬迁小微产业园。这是陆自远最期盼的事。

这天中午，开了辆宝马X3的崔四海把车停在村委会广场，周围人眼前一亮，就像浅蓝色的夜空升起一缕光彩夺目的烟花。

这是村主干道提档升级后开进村来的第一辆光鲜亮丽的小车，车辙辘上半点泥巴都没有。如果换在过去，这个阴雨天，从村里这条唯一的、坑洼多得犹如天上星星的公路驶来，这价值几十万的小车恐怕早就变成了泥巴丸子。

崔四海来仙掌村考察的具体时间他没有告诉陆自远，他想把考察工作做得细致点，先在村里转转后再联系他，毕竟自己差不多有十多年没来这个村子了，还是当初帮人娶亲时来过的，印象中，仙掌村就一个字：穷。

崔四海最关心村里是否有足够的女劳动力——女人做手工有

160

独特优势，于是便这家看看，那家瞧瞧，见到女人就凑上去说长道短。村里一些"细心"的人以为来了采花大盗，电话打到了陆自远那里。

陆自远自然不相信有什么采花大盗，再说要"采花"也不敢在白天明目张胆。听村民描述，来者戴着个大黄金戒指，两个耳垂肥得像两个韭菜合子，陆自远便知道来人是崔四海了。按照先前的约定，他就该这几天来。

"崔总——崔总——你这是啥偏好，怎么专往有女人的家里钻？"在沈建平家的院头，陆自远看见了正在吃橙子的崔四海，打趣道。

"看你说哪儿去了，我不过是想招几位女工而已。"崔四海急忙解释。

杜春桃见陆自远来了，连忙添上杯茶水，递了个橙子。

"老沈最近没回来？"陆自远问。

杜春桃面带抱怨，回道："他哪年不是这样，一出去就忘了家。"

陆自远担心大大咧咧的崔四海给杜春桃带来流言蜚语，叫上他赶往小微产业园，"村里在家的女同志，我一会儿给你全叫过来，你就别晃头晃脑地在这家那家看了。"

小微产业园建设工地一片繁忙。工人们正在盖顶，再过3个月就可投入使用。

"没配套职工食宿用房？"崔四海见地面上就矗立了四栋厂房，疑惑地问。

"对面就是安置小区，还用考虑食宿吗？"陆自远甚是不解。

"简单想来是不需要，但从实践经验出发，食宿用房一定要

161

有，容量上可以比独立厂区小点。"崔四海介绍，厂里的技术工需要相对年轻点的，附近可能找不到这么多人，需要从别处带来或从村里的好些地方挑，如果不能提供食宿，他们上下班就得天天跑，会很辛苦，一部分人也会因此难以留住。

陆自远仔细一想，觉得这确实是个问题。可食宿用房非三两个钱可以建好，必须得找镇上、县里和学校共同解决。不过，他相信这只要是必不可少的配套，各方都会支持。

"食宿用房的问题，我力争一个星期内落实。好在我们当初征地的时候对用地有所预留，现在只差建房的费用。"陆自远让崔四海安心签约，后勤保障的事，包在他身上。

为打消崔四海在生产人手方面的顾虑，陆自远把全村的妇女同志叫到了村委会。按照崔四海给出的条件，他把七十几岁、眼睛好使、身体没啥大毛病的老太太也给请了过来。崔四海数了数，有149人。他寻思，只要有一半的人进厂，这生产就可以搞起来。

"妇女同志们，今天我给大家介绍一个人，他可是来给大家送钱的，大家欢迎我们的崔总！"陆自远卖关子，广场上百多双眼睛立刻投向他身边这位派头十足、身形矮胖的中年男人。

崔四海起身向大家招手，广场上顿时扬起老的、嫩的、黑的、白的挥手的手掌。

崔四海向大家介绍起自己的企业，列举了一大堆留守妇女务工致富的故事，听得大家个个心头直痒，跃跃欲试。

广场上响应声一片：

"崔总，我们跟你干！"

"崔总，你把鞋子拿来，我们今天晚上就开工。"

……

与广大妇女同志们见完面，崔四海钻进了他的"宝马"。一群中年妇女围上来，一双双期待的眼睛，让崔四海充满成就感。马达响起，花花绿绿的衣裳依依不舍地四散而去，汽车尾气在地面上吹起两团小小的尘雾，裹挟着女人们升腾起的梦想，消散在广场上。

村里的组级路虽未全部通车，循环路也正开足马力建设，但可以行车的地方却是渐渐多了。为解放每天疲于奔命的双腿，提高工作效率，周茜茜决定买辆车。一开始，她向公司申请，公司说要不调台旧车先用着。她知道，公司的车除几位领导的座驾有六七成新外，其他的车长期高负荷运转，大多已未老先衰，调到村里来，不一定能堪大用。

"算了，干脆自己花钱买辆得了，反正于公于私都需要这个交通工具。"周茜茜把打定的主意告诉了邹智，邹智做梦都想有辆车开，可过去村里的道路不行，再说自己也不会开车，更舍不得把打工赚来的那点积蓄拿去买车了。

"我先把车提回来，挤晚上时间送你到镇上的驾校代培点搞强化训练。我都从网上把师傅联系好了。你一个大男人，总不能天天让我给你当司机吧。"周茜茜其实就想给邹智买辆车，但她又不好说明，担心伤了邹智的自尊心，便玩起了文字游戏："这车钱暂时是我出的，终究得你出，等你的合作社赚钱了还我。"

"我……我……"邹智还没想好如何回话，就被周茜茜打断了：

"就别我我我了，这买车既是为了工作，更是为了发展。"周

茜茜说罢就给陆自远去了个电话，想征求他买车的建议。

陆自远是个汽车通，周茜茜也是个汽车迷，两人随即便纵论起哪几款车适合乡村路况。周茜茜倾向丰田霸道，说这款车底盘高又经久耐用，已经咨询了4S店，有现货。

陆自远说，就是贵了点，没个四五十万元，提不回来。

周茜茜说，四五十万元就四五十万元，就当给村里买了辆"门面车"，平日接接领导、送送客人，太寒酸了有失仙掌村的体面。

陆自远说，先考虑考虑，也不急于一时，反正村里的道路还未完全建好。

周茜茜说，你明天就陪我到县城看车。

陆自远突然想起父母要陪女儿在两天后来仙掌村度假，便让周茜茜推迟两天去提车，顺道好把家人接上来。

周茜茜挂了电话，陆自远心里又开始七上八下。自昨天接到妈妈的电话，他和吴焕珍内心就没平静过。吴焕珍打心眼里怕见到陆自远的父母，预感两老会一百个反对。陆自远同样不希望父母前来，担心他俩坚决反对，到时候伤了吴焕珍的心。可理智告诉他：纸包不住火，父母早知道，才能早沟通、早说服。

这天一早，陆自远和周茜茜便匆匆赶往县城，他们必须抢在中午11：15前把车提了赶到火车站，否则就会耽误陆自远接家人。

好在早就决定了买什么车，他们径直去了丰田4S店。几经讨价还价，花了57万元把车提走：丰田霸道4000GXR，白色。

陆自远驾驶着新车，带上周茜茜，揣着一腔或喜或悲的心情直奔火车站。

三个熟悉的身影，不，是四个熟悉的身影随着人流涌向出站口——张珊也在其中。她怎么来了？陆自远大感意外，紧张得满脸涨红。

"爸爸——爸爸——"陆晓看见了站在出站口的陆自远，蹦跳着，不停地挥手。

张珊的目光也投射过来，含着浅浅的微笑。

父母随后也看见了他，微笑示意。

"叔叔、阿姨好！"周茜茜迎着从检票口走过来的陆定山、申红秀打招呼。

四双眼睛齐刷刷地聚向惊艳脱俗的周茜茜，满是愕然。

"我给你们介绍下，这是绿畦公司派到我们村发展软枣猕猴桃的。我今天帮她提了个车，这不，就一并过来了。"陆自远引见。

陆定山、申红秀、张珊露出一丝礼貌性的微笑，随后便与陆晓一样陷入一脸的质疑——这个女人真如陆自远描述的只是来村里帮忙搞发展的吗？他们之间就没点什么？……

丰田霸道向仙掌村疾驰而去。一路上，大家很少言语。要不是陆晓偶尔对路边的山景啧啧称赞，真难让人相信这车上坐着久别重逢的一家人。

午餐安排在仙掌村桃源农家乐。汽车在桃源农家乐院子里停下。

姚宏、邹智、冯子贵等上前迎接。吴焕珍叫上村里的两个姐妹在家准备晚饭。陆自远料定，父亲肯定会提议晚饭在他住的地方吃。

陆自远一一向父母介绍了前来相迎的同事。

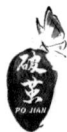

饭桌上，眼看周茜茜与邹智形同一家人后，陆定山、申红秀、张珊，包括陆晓这才消了"误会"，敞开了笑脸。

吃罢午饭后，陆定山让陆自远带着一家人到村里看看。此刻，车上终于没了"外人"。一家人有说有笑，走走停停，时赞满眼风景秀美，时赞建设场景壮观，时赞产业布局科学……还不时拍照留念。所到之处，陆自远——详细介绍，恰似个导游。陆定山对村里的脱贫攻坚工作大加赞赏，肯定儿子是有功之臣。

在村里兜上一圈，花去了好几个小时。

"现在就差到你吃住的地方看了。我们这次来，一来是陪晓晓度假，二来是要体验下你的生活。你在哪里吃住，我们就在哪里吃住。"陆定山当众吩咐。

"我住的地方不通公路。"陆自远一心想让父亲改变主意。

"没事。我和你妈妈腿脚都好，走点路权当锻炼身体。"陆定山不为所动。

陆自远把车停在了村委会，然后致电周茜茜，让她赶往吴焕珍家，陪陪张珊。周茜茜心领神会。

有了先前"排异"的一幕，此刻，陆自远更是忧心忡忡：他不停地为自己和吴焕珍的事情祈祷，希望大家相安无事。

正当陆定山带着一家子跨进吴焕珍家大门时，火炕屋里已备好一桌子的小吃和水果。周茜茜和吴焕珍迎过来伺候茶水。大家都带着水杯，吴焕珍——倒上。四个人中，只有陆定山喝茶，吴焕珍给她换上了云雾镇的新茶。

周茜茜向客人介绍起吴焕珍，还特意强调她贤惠、能干，是村委会的委员。

陆定山、申红秀、张珊定眼一看，全都不约而同地在心底惊叹山高出美人。

陆晓缠着妈妈要到屋外去玩，周茜茜趁机跟随，留下陆自远给父母讲述他在村里的扶贫轶事。

闲庭信步间，周茜茜向张珊介绍起吴焕珍的遭遇，以及自己和陆自远的师生关系……两个人敞开心扉聊得很投机，聊去聊来，便聊到了爱情、婚姻、家庭。周茜茜告诉张珊，离开喧闹的城市，在这宁静的山野里有了更多审视自己的空间和时间，这才觉得过去活得太挑剔，太浮华，也太孤独。张珊也感慨自己在经历了婚姻失败之后，看到了自己身上的诸多不足，有了一颗宽怀、包容之心。周茜茜还告诉张珊，老师和吴焕珍两人很恩爱，自己原本想抢回心爱之人，但实在不忍心为了一己之私去伤害一个经历万般不幸委实可怜、可敬的女人……

晚餐是陆定山、申红秀向往已久的农家菜，就连鱼也是从天神溪捕来的洋鱼。

"怪不得自远还长肉了呢。这山里的生活真不错！"申红秀夸赞道。

"饭菜的口味也很好！"陆定山边品尝边附和。

"吴委员可是村里的大厨。做饭的手艺十村八里都闻名。"周茜茜介绍。

"也就弄得熟。叔叔、阿姨、珊姐，我就尽个地主之谊，先敬你们一杯，欢迎你们到仙掌村来玩儿，我干了，你们随意。"吴焕珍说完，一杯酒下喉。

"土家族人豪爽！我们也干了。不喝酒的喝饮料。"陆定山提议。

大家一饮而尽。

可口的饭菜、香醇的苞谷酒，陆定山、申红秀、陆晓各取其爱，吃喝得很是爽性，只有张珊一副饶有心事的样子。吴焕珍不时用公筷给她夹些腊猪蹄、土鸡肉等，叮嘱她多吃点。

陆定山喜好一口酒，陆自远、吴焕珍、周茜茜悠着悠着，还是把他喝得有点飘飘然了。

"你老爸也不年轻了，今天的酒到此为止。"申红秀极力劝阻，大家这才走下席来。

就在大家准备洗漱休息时，陆自远这才想起家里没有淋浴。好在此前为减少给木缸消毒的繁琐，买了较多的一次性浴袋。

"这个房子是要拆除的，所以没有安装淋浴设备，只有木缸。不过，有一次性浴袋。"陆自远给家人交代。

"我和你妈是吃过苦的人，有方便洗的地方就行。珊珊和晓晓克服点。"陆定山吩咐。

"我们没事。"张珊说道。

好在雷敏去了县城开会，房间刚好够住。陆自远安排陆晓和张珊住一间，爸爸妈妈住一间，周茜茜和吴焕珍住一间，自己住一间。

张珊说自己和吴焕珍住一间，让晓晓跟茜茜阿姨住。晓晓一开始有些不乐意，被周茜茜哄了几下，同意了。

吴焕珍给大家烧了一轮又一轮的热水，伺候好大家入睡后，这才来到她此前和陆自远住的房间。此时已是深夜十点多。

张珊还在看书。

"还没睡？"吴焕珍关切地问。

"嗯。习惯了。"张珊回道。

"女人熬夜可不好。"吴焕珍提醒。

"每天能保证七八个小时的睡眠就好。"张珊浅笑道。

……

待吴焕珍上床后，张珊示意是否把灯关了。吴焕珍点头。

两个人躺在被窝里隔着有半尺宽的样子，一声不吭，匀称的呼吸声回荡在屋子里。

"他对你还好？"张珊率先挑起自己关心的话题，她提出要和吴焕珍睡一屋，就是想和她说说这方面的事情。

"嗯。"吴焕珍当然心知肚明，但不知道她要和自己说些什么，只好问一句答一句。

"和他谈论过今后的事？"

"谈得少。"

"是还没发展到谈论这方面的地步？"

"倒也不是。只是觉得这个话题太沉重，有些心力不支。"

"总是要面对的呀。逃避也不是办法。"

"相爱的两个人无不希望步入婚姻的殿堂，一辈子相濡以沫、白头到老。可这远不是只要两个人有感情就可以实现的。"

"你是怎么看待（婚姻）的？"

"婚姻固守的是一种相对平衡的存在，如道德的存在、责任的存在、情感的存在、事业的存在、人员的存在等。两个人的学识、地位、家境、事业、爱好、夫妻生活，以及与家庭其他成员的关系，等等，只要某一方面缺失平衡，都会影响到婚姻的和谐。"

"没想到你对婚姻竟有如此深刻的见解。"

"来自对生活的体会，更多是从网络小说中搬来的。"

"你觉得你和他如果步入婚姻会幸福不？"

"如果你和他都认真对待婚姻，你和他，比我和他更幸福。"

"你们感情这样好，婚姻怎会不幸福呢？"

"如果婚姻只需要感情，且只有我们两人，我们肯定是很幸福的。可事实上婚姻光有感情是远远不够的。就拿晓晓来说，只要她不接纳我，我们的婚姻就会出现很多问题。"

"你心地善良，相信晓晓终有一天会接纳你的。"

"珊姐，我其实非常渴望有段幸福的婚姻，另一半就是他。可我越是渴望，就越是担心和害怕，甚至是煎熬。所以，我一直故意回避这个问题。你今天到村里来，代表你还爱着他，你不想放弃这个家。"

"你的这些想法和心事，他知道吗？"

"他不知道，但他一定理解，肯定也在时时刻刻想着降低这些东西对我的影响。"

"你一开始没想过这些吗？"

"想过，但我更在乎眼前。一个人连眼前的幸福都抓不住，又何谈长远呢？我想告诫每一位尚在婚姻里的人，一定要尽全力营造并守护好自己的婚姻。一段婚姻结束，意味着另一种伤害开始。你们离婚了，伤害了自己，伤害了孩子，伤害了父母，甚至也包括我。我的老公去世了，我也成了伤害别人的人。"

"你放心，我会尽力去说服他的父母，让他们对你有一个全面的了解和认识。你做他们的儿媳，他们会很幸福的。睡吧，夜已经很深了。"

"嗯。"

两个女人侧过身，相视而卧。四只手叠在一起。

宝贝女儿要游山玩水，陆自远再忙，也得挤出时间作陪。张珊执意请吴焕珍当向导，说几个人中只有她是本地人，熟悉游玩路线。

陆自远让吴焕珍挑条便于行走的线路，省得两位老人吃不消。

一路上，张珊故意让吴焕珍照顾陆晓，希望她俩增进感情，为日后相处奠定基础。自己则和陆自远一人负责看护申红秀，一人负责看护陆定山。

目的地是仙掌村的绣球山。绣球山位于"无名指"上，属村里个头较小的山，因形如绣球而得名。从山下到山上约三公里。山上有块较大的草地，村里人经常前去放牛放羊，一来二往，便走出了一条羊肠小道。

树木葱郁，阳光斜照。道道光芒透射进树林，处处色彩斑斓。清新的空气混合着草木的清香，沁人心脾。

"哇，好美呀！"陆晓跑在最前面，一会儿躲在树荫下，一会儿钻到花草中，开心极了。

唯一有些不悦的时刻便是吴焕珍担心她滑倒、偶尔拽着她手的时候。每次她很快便挣脱开了。每每此时，吴焕珍的脸上就有些木然，不由得回想起牵着女儿曹子倩的手乐呵呵行走在这条小路的情形——难怪俗话说"田要深耕，儿要亲生"，别人的孩子到底是别人的孩子，心里只有她的亲妈。

张珊时不时给婆婆说点吴焕珍的事情。婆婆听到动情处，禁不住流露出怜悯与感叹之情。作为女人，她们对吴焕珍一路走来的不易体会深切。

申红秀仿佛觉察出吴焕珍和儿子之间已经有了些什么，每次

吴焕珍看陆自远的眼神，都饱含着一种特别的亲切。她联想起儿子春节回省城后的反常举动，愈发坚定了这种猜测。昨天，她还以为儿子喜欢的是周茜茜。后来，她通过仔细观察，将周茜茜排除了，进而断定是吴焕珍。她觉得周茜茜各方面条件倒不错，人长得美，性格也好，还是外交官家庭。

如果真的是吴焕珍，这可怎么得了？申红秀内心升起一丝焦虑。

"珊珊，你就不担心自远和这个吴委员有了感情？"申红秀忽地问张珊。

张珊先是一惊，感觉婆婆已经看出些什么来了，为控制婆婆的情绪，故意说："没看出什么呀。难道您看出什么了？"

看见婆婆的脸色有些不快，张珊赶紧宽慰道："做公公婆婆的，哪个不盼望有个孝顺儿媳妇。像吴委员这样心地善良的女人，放到哪个家里都是做公公婆婆的福气。"

申红秀听着觉得是这个理。可转念一想，这两个人的工作、社会地位、家庭背景等，悬殊也太大了，贤惠固然好，但这不等于娶了个保姆吗？"不行，不行！两个人综合条件差距太大，再好也好不长久。"她在心里嘀咕，"我看这小子怎么给我们两个老家伙交代！"申红秀差点把内心的想法说出声，觉得如此露骨的话从自己嘴里说出来不合适，就换了句含蓄点的愤懑。

张珊见婆婆情绪有些过头，赶紧劝告："妈，后人的事，你们老的不要干涉多了。自远也是40多岁的人了，他怎么选择肯定有他的道理。"

"你这死丫头就会说别人的好话。你们如果好好的，我哪会操这心？"申红秀小声斥责。

"不管怎样，你们的姑娘——我，永远都是你们的小棉袄，永远都会在你们身边，你们又没少个啥，生啥气呢?"张珊安慰。此时，她的内心岂能平静? 婚姻的失败令她就像得了一场大病，久久无法从根子上愈合。如果一切可以重来，她一定会把婚姻看得重于一切。

大家终于走上了山顶，好大一片草地! 几头牛羊点缀其间，如绿毯上的绣花。

吴焕珍掏出方便袋放在草地上，吩咐大家坐下休息会儿。陆自远打开旅行包，给大家分发矿泉水。

陆晓躲进草丛里，嚷嚷着让陆自远给她拍照。拍了几张后，又嚷嚷要张珊也过来拍。三个人相互拍了几张照片后，陆晓又嚷嚷让吴焕珍给他们三个人拍几张。

陆自远本想阻止，可吴焕珍却表现得很乐意，接过陆晓的手机就开始专心取景，还不断提示三人贴近点，表情开心点，一连拍了多张。

吴焕珍把两位老人也召唤过来，拍了几张全家福。

陆自远铺上桌布，把准备好的午餐全拿出来：面包、饮料、啤酒、卤菜……丰盛无比。

大家边吃边喝、边赏边评这一地的风景，好不开心。

原计划玩到傍晚返回，但姚宏突然来了电话，说仙草堂药材专业合作社的杜文华、天神溪茶叶有限公司的李奇水有事找他商量。陆自远就独自赶回了村委会。

其他人玩到傍晚才返回。

当吴焕珍打来电话询问陆自远是否赶回家吃晚饭时，陆自远他们正谈得火热。陆自远让吴焕珍代表他把老爷子的酒陪好，说

周茜茜一会儿过来，自己完事后便赶回去。

待陆自远和杜文华、李奇水谈完事赶回家时，一家人已上床睡觉了。不过，几个房间的灯都还亮着，看样子才上床不久。吴焕珍和张珊在屋子里嘀嘀咕咕，似乎相谈甚欢，陆自远不便打扰，也就匆匆洗漱完回到自己房间。

话说雷敏在县城开完会后得知陆自远的家人来了，挤占了自己的房间，决定索性在县城住一晚。

在会议安排的酒店吃过晚饭，雷敏漫无目的地闲逛，不知不觉间来到了县一中的大门口。一别十几年，当她再次站在母校面前，觉得校舍仿佛也苍老了，白墙红瓦的院墙着了一层岁月的尘埃，唯一不变的是那一间间灯光明亮的教室，在暮色中散发着朝气和喧闹。

涂刷着古铜色油漆的大铁门紧闭着，透过校门铁栏杆的间隙，可以瞧见绿色塑胶地面的一角，一群教师正挥汗如雨打着篮球，场地周边坐满了啦啦队。着装整齐、面相陌生的保安用一双警惕一切的眼光审视着雷敏，令她不敢更加凑近校门。但她还是幸运地看见了那个健壮的身影，她日思梦想的身影——杜鹏热爱篮球运动，篮球技能出众，是学校教师队的核心队员，一手三分球投得出神入化。多少往昔岁月，雷敏就是杜鹏的铁杆啦啦队员。眼见恩师略显迟钝且依旧精准地投篮，雷敏的心跳得厉害，紧捏的拳头止不住地在空中挥舞。

"你找谁?"此前一直缄默不语的保安见状终于发话了。话音把雷敏从兴奋与忘我中拧了回来。

"我……我……"雷敏支支吾吾，万般留恋地转身，消失在茫茫的大街上。此刻，她真想不管不顾地走进校门，与恩师相依相拥，诉说千百个日夜的思念。可心和脚却习惯背道而驰，她心里思念得越烈，脚下就距恩师越远。以至于偌大的县一中，就剩下一晕灯光还照耀在雷敏眼之所及的夜空上。

吃过早餐，陆定山执意带着一家子启程回省城，说脱贫攻坚战场非闲杂人久留之地，免得影响大家工作。陆晓极不情愿回去，张珊劝说爸爸工作忙，没时间陪她，待放寒假了再来堆雪人、赏雪景，陆晓这才勉强点头。

申红秀把陆自远叫到一边耳提面命："珊珊把你和小吴的情况基本上都给我说了。我昨晚也和你爸爸进行了深谈。我们一致认为，小吴很善良、很能干，也很贤惠，是个不错的女人，但我们对你们结合在一起并不看好。至少，小吴适应起来会很困难，毕竟省城不是仙掌村，她要面对的挑战很多。我们很感谢她对你的照顾，也认可你们的感情。可两个人的感情在婚姻家庭中所占的份额终归有限，其他方面差距太大，反过来也会吞噬感情。弱势的一方，往往会降低对婚姻的认可度，质疑自己的存在感，以至于影响到婚姻生活的质量。"

申红秀不好单独把吴焕珍叫到一边谈心，担心引起陆晓的不快，就趁大家一同前往村委会赶车的时候靠近吴焕珍说："孩子，谢谢你对自远的照顾。我们做父母的，不会对你们的事情强加干涉，但你们自己得理智，凡事有个周全的考虑。"

吴焕珍明白"理智""周全"蕴含的言外之意，觉得这些话出自父母之口无可厚非，也就连连含笑点头。陆家人这次前来，让她感受到了一个知识分子家庭的底蕴：两位老人心慈面软、善解人意、雍容大雅；张珊坦诚大度，自始至终对自己不带

一丝敌意，处处尊重、理解，关心备至；晓晓对她虽有一些抵触，但这是对父母感情的一种本能保护，更多的时候，对她还是表现出了尊重与克制。十一二岁的孩子，早已不是啥也不懂的小屁孩了，从她观望自己和陆自远的表情中看得出，她已经读懂了他们间的某些信息。

陆自远坚持要开车送一家人到火车站，陆定山不允，说村里的工作要紧，坚持坐客运车去县城："有张珊在，坐车换车不成问题。"

陆晓上车前，给爸爸来了个熊抱："你把扶贫的事做完就早点回来哟！"

"嗯。"陆自远双手捧起女儿的脸，眼眶有些湿润，内心的感情异常复杂，难舍与内疚交织在一起，令他鼻子里酸酸的，这让他走到张珊跟前时说话竟有些哽咽了："孩子、老人在家全凭你照顾，辛苦了。"

张珊拍了拍陆自远的肩膀，没有说话，随即，牵着陆晓的手上了车。

好在村里通了柏油路后彭清明兄弟俩买了两辆客运快巴，否则，要是坐过去的那辆破面包车，父母有罪受了。

汽车启动，陆自远、吴焕珍、周茜茜在路旁挥手。张珊、陆晓在车窗里亦挥手。陆定山、申红秀没有摇下车窗，只露出两个模糊的身影。陆自远知道，此刻，他们一定满眼泪水。

目送快巴消失在村东柏油马路的尽头，陆自远心如针刺，模糊的双眼里尽是父母依稀见老的情形。吴焕珍、周茜茜立在一旁。

好一阵子陆自远才缓过神来，看见傻愣愣站在一旁的周茜茜，半开玩笑半抱歉地说："这两天，你尽围着我们一家子转，邹智肯定意见大了。赶紧去忙事，完了才有时间弥补。"

"我怕你倒是要好好犒劳犒劳嫂子哟，这两天，为了你们一家子，她可累坏了。"周茜茜说完，挽着吴焕珍，径直向电商运营中心走去。

忙了一天回到家中，吴焕珍仅热了剩菜剩饭，还是堆了满满一桌。

"这么多菜，我俩怎吃得下？雷敏说晚上要和周茜茜他们研究土豆销售的事，也不肯回来帮我们解决掉一些。"陆自远手里端了两碗饭，来到桌前。

吴焕珍走了过来，手里提了半瓶酒："老爷子喝了剩下的。咱们今天也喝点。"

"这几天你辛苦了，理应敬你一杯。"陆自远接过酒瓶，给每人斟了大半杯。小瓷杯容量二两。

吴焕珍示意满上。

陆自远瞅了瞅吴焕珍，愣住了："有心事？"

"哪有什么心事。终于和你父母、女儿见面了，相处的过程比预想的好，总算没把我的小心脏吓出问题来，庆贺下。"

"有点夸张吧？"

"我真是很紧张的，没骗你。"吴焕珍主动与陆自远碰杯，随后一饮而尽，"再满上！"

陆自远一边斟酒一边提醒："慢点喝，先吃菜。"他还是有些不放心，便问："不是我妈妈给你说了些什么吧？早上，我见她在路上与你叽叽咕咕的。"

"你们一家人很可亲，对我也客客气气的，你就别瞎想了。

来，碰一个！"吴焕珍再次举杯，这次只喝了一小口。

此刻，吴焕珍的内心五味杂陈。她看得出张珊与两位老人情同亲生父母。晓晓的眼里，只有也只会有一个妈妈。他们四人已组成一个坚固的、温馨的、默契的情感堡垒，自己若强行嵌进去，会格外刺眼。可她和陆自远该如何往下走？两个人的爱情注定要昙花一现？她找不到答案，为此痛苦而迷茫。

陆自远似乎看穿了她的心思，道出了自己寻思许久的计划："将来，你就到省城做点小生意。我和爸爸妈妈凑个一两百万的本钱没有问题。当然，你如果愿意做个全职太太也行，我的工资养活一家子还是够的。"

"做生意有风险。我怎能拿着你们一家人的积蓄去冒险？这个责任我恐怕担当不起。做个全职太太，我固然愿意，可你的亲戚、朋友会怎么看？他们瞧不起我，我可以接受。可他们也会由此瞧不起你。我们不是生活在真空中，不得不面对世俗的眼光。你是生活在社会上层的，身边的一切要与之匹配才行。"吴焕珍倾倒出自己堆积如山的困惑。

陆自远没想到吴焕珍考虑得如此深远，但又不甘心让这些成为阻碍两个人发展下去的问题，于是安慰道："你从商我从文，就是很好的匹配。至于做什么生意，我来谋划。我会把风险降到最低。再说，人生何处无风险？想多了，就会畏首畏尾，裹足不前。我们总得往前走，婚姻是必然的归宿。"

这是两人相处、相爱以来，第一次讨论共同的未来。过去，他们各自没少思考过这方面的事情，但牵牵扯扯的东西太多，每每想理出个头绪，心里就像压了块厚重的石头，为了不影响享受爱情的心情，故意避而不谈。现在，不想、不谈已经不现实了，双方的家人都相继介入进来，这已经不再是两个人的事情。

吴焕珍极不忍心让陆自远陷入如此沉重的话题中，她知道，无论陆自远考虑得多么周全，那个坚固的"堡垒"早已摆在了那里，非一朝一夕可以破入。她也不希望自己把自己逼得太紧，让两人每天纠结于茫然的未来中，便装出一副赞同的口气说："一切听从你的安排。我当老板娘，你当教书郎。"

陆自远仿佛看到他们一商一文、恩爱有加的幸福婚姻生活，脸上的忧郁顿时消散了不少："来，干了！"

两人推杯碰盏。

已有两个晚上没有相拥在一起了，彼此觉得仿佛隔了两个世纪。肉体的交融和心灵的快感很快就将他们厚重的心事压成了一片复合钢，薄薄的、坚韧无比的复合钢，被搁置到心底的某个角落。

第九章

　　胡景焕对女人既爱又恨，这是生理与心理的不同作用使然。40岁的男人了，谁不希望每晚能搂个女人相依而眠？可自己穷得叮当响，还是个残疾人，哪个女人愿意跟着自己遭罪？当初和柳思茵分手时，自己还是个健全人，不过是老家不通公路、房子破旧而已。现在，路快要通了，崭新的安置房不久也会住进去，可自己残废了呀！比起残废，公路和房屋根本就不算个事。在胡景焕看来，女人都是很现实的动物，自己穷了她们会瞧不起，残了更瞧不起。他越想越觉得前途黯淡，索性破罐子破摔，整天烂醉如泥。

　　一段时间以来，吴焕珍不时抽空来他家坐坐。有个年轻、漂亮、性感的女人在面前晃动，让胡景焕的内心很快就失守了一贯的平静——一方面，让他更加渴望有个女人，更加怀念与柳思茵耳鬓厮磨的岁月；另一方面，他越发自卑，越发觉得自己形同行尸走肉。说心里话，他对吴焕珍还是极其敬重的，十四年如一日守护着半身瘫痪的老公，不离不弃，任劳任怨，天下还有哪个女人能做到？胡景焕甚至认为，柳思茵倘若能像吴焕珍一样重情重义，自己的人生又是另一个光景。遗憾的是上天只降生了一个吴焕珍！

180

吴焕珍有着长期与残疾人相处的经历，她懂得残疾人内心的苦。也正因为如此，她才主动争取担任胡景焕家的帮扶责任人，以及胡景焕的劝教包保人。

吴焕珍深知欲速则不达的道理，这段时间，每每来到胡景焕家，仅是帮胡德海、段诗桃做些事情，并未说教胡景焕。一开始，胡景焕对此故作视而不见，整天吃了就睡，睡醒就吃。随着吴焕珍来的次数多了，做的事情多了，胡景焕便有些不好意思起来，常常会在她做事的时候搭把手。一来二去，但凡吴焕珍帮他家做事时，总能见到胡景焕的影子，这让胡德海、段诗桃老两口喜出望外。

终有一天，吴焕珍挑了个恰当的时候与胡景焕谈起心来："景焕哥，比起振宇，你几乎就是个健全人，为何要这般自暴自弃呢？凭你的长相和能力，若能抓住村里大发展的机遇，完全可以找到个心仪的女孩组建个家庭，过上丰衣足食的日子。"

吴焕珍所言非虚，胡景焕人长得周周正正的，且聪明好学，办事稳妥，当初外出打工，就跟人家跑了几趟车便把驾驶技术掌握了，还深得老板的信任，跑起了公司的货运。不过是家里底子薄，让女朋友嫌弃了。要不是他后来出了车祸，干到如今，至少不会是个穷人。尤为难能可贵的是，胡景焕还有一手好厨艺，这是很多女人所看重的。

可胡景焕自己却不这样认为，当初，他和柳思茵不可谓不好，两人整日缠缠绵绵的，不知有多少老乡羡慕。可后来呢？人家说分手就分手，走得无牵无挂，仿佛就跟陌生人一样。现在，自己年纪大了，身体也残了，更是没有了吸引力，谈何组建家庭？

胡景焕倒是希望能找到一个像吴焕珍一样的女人，他觉得只有像她这样善良而又有担当的女人，才值得自己寄托。问题是她现在已是陆自远的女人，即便他们最终走不到一起，可谁会傻到刚跳出泥潭又跳进火坑？曹振宇拖累她已经够久了，她怎会再把自己的余生交给另一个残疾人？

举目仙掌村，胡景焕就没找出个可能接受自己的女人，于是不无绝望地说："吴委员，我就烂人一个，你就别把心思和精力用在我身上了。"

胡景焕如此自甘堕落，吴焕珍并不感到意外，通过这段时间断断续续的相处，她感受到胡景焕内心是沸腾的，他渴望有个温暖的家，一个有女人疼、女人暖的家。她听陆自远介绍，待村小微产业园建成后，会有大量外村的女人来务工，说不定能给胡景焕谋到个合适的人。当务之急，是要让胡景焕积极参与家庭经济发展上来，首先得活出个人样。

"胡伯他们年纪都大了，你即便再灰心，也不能失了孝心。如今地里既栽有果树，还种有药材、粮食等，你能帮把手就该帮把手。想当初，振宇为了帮我做些家务活，硬是在失去知觉的两腿上绑块板子用于行走。你的腿总比他的腿好上千百倍，不要让我瞧不起你！……"吴焕珍一口气把憋在肚子里的话说完，转身消失在胡景焕眼前。

胡景焕傻愣愣地站在院子里。院头，盛夏的核桃树袒露着越过院墙的大半截翠绿的身子，只见累累的果子把树枝压弯了腰，随着微风轻轻摆动，似乎故意向胡景焕炫耀在望可期的丰收。

胡景焕沉浸在吴焕珍恳切的话语里，仿佛看见曹振宇拄着拐杖，拖着绑了两块木板的双腿，艰难行走在从厨房到猪圈的征途上，表情是那样痛苦而坚毅。

为验证自己的腿好过曹振宇的腿，胡景焕特意蹬了蹬他装了假肢的右腿，声音是那样铿锵有力。他想，这声音一定不同于曹振宇绑着木板行走的声音——自己行走的声音是那么响亮、那么有力，而曹振宇行走的声音就如同病人的呻吟一样。

"既然他曾经如此不肯放弃，我有什么理由去放弃？"胡景焕反问自己。反问的结果令他无比自惭形秽，他决心活出个样子来，至少要让吴焕珍瞧得起。

与胡景焕一道想让人瞧得起的还有赵良材。自几天前撕毁土地流转协议的那一刻起，他就认清了自己在胡俊才、陆桂枝两口子眼里不过是个吃了白天不顾晚上的流浪汉，一无是处，根本没心思也没能力搞发展，只可惜了分得的几亩责任田。

赵良材偏不信这邪！他决定露一手给胡俊才、陆桂枝和村里的人看看。

当得知赵良材主动找到邹智、杜文华学习软枣猕猴桃和天麻的种植技术，村里的一众干部大为吃惊，都说太阳打西边出来了。

"如今村里到处都是工地，工资也不低，边务工边发展点经济作物，收入铁定比在外面打工强。更何况我已是快五十岁的人了，在外也不好找事了。"赵良材对邹智和杜文华说。

赵良材三脚猫的性格杜文华早有耳闻，担心他这是心血来潮便提醒道："天麻的种植那是要一些投入的，您可想好。"

邹智同样担心赵良材空有一番热情，不能脚踏实地，也劝告说："您愿意发展产业我们求之不得。可我得提醒您，这一投入

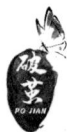

就是一两万元，到时您不上心，受损失了，我们可不会赔您。虽然账目上的产业发展资金，您不发展产业不会给到您手上，可终究是您的钱，我们也不希望它打水漂。"

见两位年轻人都不相信自己，赵良材的火暴脾气便来了："你们把陆书记、雷主任找来作证，我给你们打包票还不行吗？发展产业是我心甘情愿的，如果因为我的问题产业没发展起来，钱受损失了我不怪你们！"

陆自远正愁对赵良材的帮扶工作使不上劲儿，眼下见他自己主动寻求搞发展自然是喜不自禁。为确保他家的产业发展万无一失，他特意组建了个小专班，手把手指导赵良材学技术。为促使赵良材学有所成，村两委和驻村工作队还分配给他一个"土专家"的奖补政策——只要他掌握软枣猕猴桃和天麻的种植技术，就奖励他两千元。这奖补资金名义上是村委会出的，实际上是陆自远私人掏的腰包。在陆自远看来，如果两千元能挽救一个游手好闲的浪子，让他不在整体脱贫的道路上掉队，值！

土豆是仙掌村一家一户年度变现的重要产业。过去，因运输条件落后，种植土豆大多为了自给自足，少量售出的土豆，因市场影响力小、缺乏品牌包装，遇上好行情也就每斤五角钱。

今年风调雨顺，土豆高产。白云土豆专业合作社负责人田大川估计，全村可挖土豆700万斤左右。

"土豆是贫困家庭短效支柱产业之一，必须体现并发挥其经济价值。"陆自远算了账，若售出300万斤土豆，相当于全村300多户家庭户均增收近万元。仅这一项收入，就可支撑不少贫困家庭脱贫。

今年土豆的种植主体为一家一户的村民，合作社因成立时间较晚，并未流转到多少土地。村民习惯了自给自足，一部分家庭担心把土豆卖了几个月后没得吃了又要买，不愿意把家里堆得像小山的土豆变成现钱，这可急坏了村里的干部们。

事实上，往年每家每户如此多的土豆，最后大部分变成了猪饲料，还有一部分生秧枯萎坏掉了。因此，动员农户把多余的土豆交给合作社卖出去便成了村两委、驻村工作队的头等大事，大家的工作目标是至少要确保全村如期销售土豆300万斤。

从城里开完会回来，雷敏一连多天都在协助田大川一家一户做群众思想工作，劝说他们把更多的土豆拿出来销售。白云土豆专业合作社按每斤1.3元的统一保护价收购。售价比过去自产自销翻了一番多。

率先决定把家里大部分土豆拿出来卖掉的是赵大勇和曾梅两口子。两口子除农忙季节外，长期在外打零工，既没技术，体力也不突出，每个月仅能挣点供两个孩子读书的费用。卖出些土豆，能为孩子凑点生活费，关键是曾梅不想让家里的两个老东西讨好。曾梅心想，家里堆了一屋子的土豆，在她和赵大勇不在的时候，两个老东西想吃想卖不过是动个念头的事，太不保险了。

此外，赵大勇决定"大手笔"卖掉土豆，多少还有照顾雷敏面子的考虑。打小一块儿长大，还经常占人家便宜（偷雷敏打的猪草），赵大勇觉得应该对雷敏的工作给予必要的支持。

曾梅嘴里的"老东西"，指的是公公赵元青、婆婆钱清妍。在曾梅的记忆里，自嫁到这个家里来，两个"老东西"就没给过她好脸色看，经常同她是三天一小吵，两天一大吵。

"赵大勇家今年的土豆卖了八千多元！"

"赵大勇家今年的土豆卖了八千多元！"

……

此新闻在仙掌村口口相传，听得人内心直痒痒。干部们乘势"烘托"，愿意拿出土豆销售的家庭越来越多。

2017年8月7日，农历立秋。仙掌村高山云土豆正式上架现售。预售近两个月以来，累计接收订单63224单，预售土豆39.1万斤，预售单价每斤4元，预售金额156.4万元。

现售土豆因产品大小不同，实行差异定价：大号土豆（拳头大小）每斤6元，中号土豆（鸡蛋大小）每斤5元，小号土豆（乒乓球大小）每斤4.5元。三个型号的土豆，由绿畦公司的包装线机选分装，有5斤装、10斤装、20斤装三种分量。线下销售分50斤装和100斤装两种，多买不限。

白云土豆专业合作社负责指导农户按照规定的质量要求对销售土豆去泥（去掉土豆上粘连的泥巴）、去损（淘汰采挖时损坏的土豆），然后现金收购。

为提升店铺人气，现售前三日，网店的土豆7折优惠。

鉴于从县城赶来线下采购土豆并顺便避暑的人较多，周茜茜提议搞个"全芋宴"的网络直播。陆自远盛赞点子好，安排吴焕珍主抓"全芋宴"制作，雷敏、邹智、周茜茜、冯子贵负责直播，其他人负责微信朋友圈转发宣传。

当天，慕名前来参加"全芋宴"及线下采购土豆的游客达400多人，村里的公路上、农户的院子里停满了各式车辆。

"全芋宴"主场地设在村委会广场，布置了20桌。其他人被分散到村中各个农家乐。少数有意愿接待客人的农户也认领了部分游客。

"全芋宴"有土豆炖腊肉、土豆炖鸡肉等土豆混合型菜肴，有土豆泥、土豆片、土豆丝等纯土豆菜品，有煮土豆、烧土豆、烤土豆等土豆主食。

下午五时，村委会广场"全芋宴"正式开席。陆自远致答谢词。

尊敬的各位来宾，亲爱的朋友们：

在这秋色缤纷、百果争艳的时刻，仙掌村迎来了高山云土豆大丰收，并有幸盼来大家分享我们的劳动果实。在此，我代表村党支部、村委会、驻村工作队及全体村民，对你们的到来，表示热烈的欢迎！

脱贫攻坚战打响以来，各级党委政府和社会各界对仙掌村给予了众多的关怀与帮助。今天，你们来参加"全芋宴"，采购老百姓的土豆，就是关心与帮助的体现形式之一。

仙掌村的土豆因其独特的地理气候，形成了有别于其他地方所产土豆的甜糯口感和丰富营养。但即便品质再好，也不至于让你们从几十公里外的县城赶来，亲自驾车驮运。你们完全可以线上下单或电话订购。你们为什么要来？是因为你们想为仙掌村的发展贡献更多的消费力量，用实实在在的消费行动，支持仙掌村的脱贫大业。

我代表仙掌村的全体贫困群众，对你们的大爱之举，表示衷心的感谢！希望你们带动更多的亲戚朋友，来仙掌村游玩、消费。

今天的"全芋宴"，运用了我们土家族人传统的土豆烹调技法，一定是你们喜欢的熟悉的味道。下面，请大家举杯，喝饮料的喝饮料，喝酒的喝酒，预祝"全芋宴"唇齿芳香，成为我们的最爱！

有朋友圈的给力宣传和直播的助力，土豆首日销售，业绩喜人。截至当晚24点，线上销售13144单，销售土豆8.5万斤，销售额30.8万元。线下采购2.3万斤，销售额9.2万元。

邮政、中通等5家快递公司上门服务，24小时打包运输。

仙掌村家家户户有现金进账，人人兴高采烈。

送走土豆销售"开门红"，陆自远、雷敏、吴焕珍、周茜茜、邹智等人踩着新一天的时钟，向家走去。劳累了一天，倦意写在每个人的眼里。

周茜茜开着霸道车，邹智坐在副驾驶。

"这一天忙得连个学车的时间都没有，也不知道你什么时候能上手。"周茜茜提议在广场让邹智练几圈，"反正都这点了，晚回去个把小时，也耽误不了明日早起。"

邹智饶有顾虑地说："我就摸了一次车，跟教练学了两小时。再说，这么晚了，怕脑子也不好使了。"

"你这一上车，我俩都会紧张得要死，哪还有瞌睡？关键是你要胆大心细，注意操作要领。"周茜茜坚持让邹智去练会儿。

"你是师傅，听你的。"邹智其实一门心思想着早日掌控方向盘，只是担心操作不慎，把两人塞车轱辘底下了。近几个晚上，他趁周茜茜睡了，握着个铝合金的桶盖子就独自练习。

来到广场上，周茜茜先把车挂在空档，让邹智坐到驾驶室，琢磨油门和刹车的用力度，反复踩踏，加深印象。周茜茜强调，刹车和油门务必熟练区分，千万不能把油门当刹车踩，否则，两个人就可能"报销"了。至于打方向盘，待车子动起来了，慢慢体会。

邹智练了一会儿油门和刹车后，按照周茜茜的指引，将车调到手动挡，固定在一挡，然后小心翼翼松开刹车，"霸道"终于在广场靠着怠速慢悠悠地走起来。转了两圈后，周茜茜让邹智稍加点油门，并注意握稳方向盘，做好随时踩刹车的准备。邹智加了点油门，动力稍微大了点，两个人随之一晃，好在他及时移开脚，利用刹车把速度降下来。"不错，动作反应灵敏。继续。"邹智再点油门，这次力度恰当，车子稳稳提速……

几十圈下来，邹智已操作自如了，还有意进行了变道训练。

"今天就练到这。表现不错！抓紧完成'科目一'考试。晚上有空，就来这儿加练。"周茜茜让邹智把车停下，自己重新坐回主驾驶。

"你们男同志领悟驾驶技巧就是快！"汽车启动的同时，周茜茜的夸赞随之出口。

"都是师傅教导有方。"邹智言自心出，一本正经地恭维。

周茜茜瞟了邹智一眼，见他不像是在拍马屁，得意地笑了。

邹智侧身看着周茜茜。一开始是看她如何开车，看去看来就转移了视线：洁白精致的面庞、弯弯的眉角、秀美的耳鬓、肉色的衬衣，再加上被安全带勒得愈发高挺的胸峰，构成了一幅娇美淑女图，美得让人垂涎欲滴。

"你这看美女也不收敛些，眼珠子都快掉出来了。"周茜茜发现邹智盯着自己看了好长时间，嘲弄道。

"看你开车嘛。"邹智觉得这个理由天衣无缝。自从上次背了她，这浑身的欲望就开始疯长。每天只要一见到她，全身就暖流奔涌。现在能如此理直气壮地看着她，也算是学车的福利。

周茜茜抿嘴一笑，暗自讥讽：学开车，老盯着人脸上和胸脯看，学的哪门子车？

东方农业大学两百多名教职工利用暑假之机，由常务副校长方杰领军，赴仙掌村开展为期三天的走访帮扶活动。

士别三日当刮目相看。几个月后的今天，当方杰再次来到仙掌村时，这里已是今非昔比：村容村貌焕然一新，基础设施大为改善，产业就业成绩斐然……

"过去一段时间以来，这里发生的一切令人难以置信。日新月异的变化就摆在我们眼前，不容置疑。我为你们突出的工作成效点赞！你们是仙掌村的功臣，是脱贫攻坚的功臣，是全面建成小康社会的功臣！……"在帮扶动员会上，方杰向村两委和驻村工作队的全体同志起立致敬。

方杰部署，帮扶队员此次进村，重在当好"四员"：一是当好困难家庭收入普查员。每个队员将按照驻村工作队提供的任务清单包访两户贫困户和一户边缘户，利用入户走访、佐证核实等方式，准确了解这些家庭当前真实的收入情况，完善困难对象收入监测台账，梳理重点监测帮扶对象。二是当好精准扶贫政策宣讲员。根据不同家庭需要，广泛开展现行精准扶贫政策宣传，让帮扶对象知道可以享受哪些政策，了解他们已经享受了哪些政策，查看有无政策未享受到的情况。三是当好干群关系疏导员。收集困难群众对村干部、帮扶干部的意见和建议，做好感情疏导，消除误解，化解矛盾。四是当好慰问物资快递员。将学校和师生的心意，及时送到帮扶对象手中，了解、反馈他们新的帮扶愿望。

他要求，三天的帮扶活动，队员们原则上吃住在帮扶对象家中，费用自理，实在有住宿不便的，报请驻村工作队协调解决。

几百号人进村，村两委和驻村工作队的同志本想帮忙带带路，但实在分身无术，方杰让他们该干吗干吗，自己一头钻进帮扶对象家中。陆自远提出随行，被婉言谢绝。

陆自远叫来姚宏、雷敏、周茜茜、邹智等人，商量对全村大田蔬菜开展一次问效调研，并配合村绿福蔬菜专业合作社做好土豆开挖后大田轮茬作物的选取。

陆自远强调，蔬菜经济是困难群众看得见摸得着的增收路径之一，村两委和驻村工作队要本着一切依靠市场主体、一切服务市场主体，不做主、不添乱、不撒手的原则，着重做好高山蔬菜产业发展的效益分析和风险预判防范，最大限度保护参与农户的利益。

陆自远一行来到田间地头，绿福合作社的员工正在指导村民采摘艳丽的鄂红椒。一辆辆农运车停靠在公路旁。

合作社负责人庞宏义介绍，村里的鄂红椒实行订单种植，主要销往省城的蔬菜市场，今年下地300亩，喜获丰收，产品供不应求。

"按计划，随着大田的土豆开挖，将要栽种轮茬蔬菜500亩，想好了种什么没有？"陆自远问。

庞宏义胸有成竹地说："种萝卜。仙掌村的土质和气候条件非常适合种萝卜。订单我早拿在手上了，只待土豆开挖后腾出

土地。"

"雷主任，你是仙掌村的人。可看好萝卜的发展前景？"陆自远见雷敏正饶有兴致地端详着手里拿着的几个鲜广椒，一本正经地问。

雷敏含笑道："这你就不知道了吧。我们仙掌村出产的萝卜，个大水足，口感香甜。仙掌村的老百姓有种植萝卜的传统。过去由于交通不便，萝卜大多成了猪饲料。如今，解决了运输问题，萝卜也就有了身价。"雷敏算账，大白萝卜亩产量一般在三千斤以上，按合作社出台的保护收购价——每斤四角钱测算，种植农户一亩地又可增收一千多元。

陆自远一行一边走访，一边在笔记本上测算着一家一户发展蔬菜的当季收入。看见贫困家庭因发展蔬菜产业又多多少少增加了些现金收入，大家脸上堆满了笑容。

陆自远原计划把方杰的晚饭安排在吴焕珍家，可方杰坚持吃住在帮扶户张本卓家里。没办法，他只好让吴焕珍下午提前下班，去张本卓家中帮忙，还让冯子贵送去了些鸡鸭鱼等食材——领导来了，必要的热情是不能少的，哪怕领导并不在意吃什么。

晚饭时间，陆自远、雷敏、周茜茜等"东方人"赶去陪他们的校长。

经过各方力量持续的培育引导，张本卓和刘芳菊现在已是村里发展产业的先进户，种了两亩软枣猕猴桃和天麻、四亩土豆、一亩辣椒、两亩绿茶，还养了一头黄牛。

"感谢方校长和大家不嫌弃，来我家吃点粗茶淡饭。过去，我们懒得很，老想着占政府的便宜，还老上访，给你们添了不少麻烦，对不起！说心里话，看见你们在村里一心一意搞扶贫，看见村里发生的翻天覆地的大变化，看见你们对我们无微不至的关心和帮扶，我们就算是块石头，也被你们的行为和真情焐热了。你们比我们的亲人还亲，你们……你们……"张本卓端起酒杯，话没说上几句，就有些哽咽了。

"就别你们我们了，我们都是一家人！来，让我们敬老张两口子一杯，祝他们早日脱贫致富！"方杰看见张本卓有些激动，接过话茬，举起酒杯，一口喝下一半。众人跟随。

"老张还说是粗茶淡饭，我看这菜肴丰富得很呢。"方杰夸赞。

张本卓赶紧解释："关键是吴委员厨艺好。这桌子上的菜是吴委员做的，原材料也多是陆书记买了差人送来的。"

"早听说吴委员厨艺了得，今天一尝，果然名不虚传！"方杰恭维道。

"让领导见笑了。我就打打下手，都是刘嫂的功劳。"吴焕珍谦逊道。

"仙掌村的女人个个能干！"方杰举起酒杯，给张本卓夫妇敬酒，要陆自远和吴焕珍作陪。众人看出了校长的用意：他这是在对陆自远和吴焕珍的恋情间接表达默认和祝福。

大家轮番给方杰敬酒，方杰有些招架不住："不允许搞车轮战！看你们这架势是准备把我灌醉啰。"

"领导海量！大家仅表表心意而已。"陆自远说着，把方杰的酒往自己杯子里转了些，"您慢慢喝，喝不下有我们。"

人逢喜事千杯少。大家开心，喝得也就随性。几杯酒下肚，方杰有了醉意。陆自远示意大家别再劝酒了。刘芳菊端来解酒的水果。

直到方杰上床休息，大家方才各自散去。回去的路上，吴焕珍感慨校长酒量非同一般，差不多喝了一斤。

"他今天特别高兴，所以发挥超常。在我印象中，他顶多五六两的量。"雷敏介绍。

"领导开心，代表你们工作成绩突出。你们就等着哪天戴大红花吧!"吴焕珍恭贺。

陆自远接过话茬:"如果有那么一天，肯定有你一朵!"

雷敏趁机打趣:"顺便别个新娘的标志，双喜临门!"

"看来你们今天都醉了，没个正行!"吴焕珍佯嗔，满脸羞红。

……

皓月当空，群山巍峨。弯弯曲曲的羊肠小道印在夜色里，很写意，很优美。

为期三天的走访帮扶活动，一眨眼就结束了。临别前，工作队员向村两委和驻村工作队反馈了被走访群众的想法和建议。

总体上，群众对村里的精准扶贫工作高度满意，对村两委和驻村工作队的干部也是满满的好评，但他们也有一些顾虑和想法:担心驻村工作队哪天走了或换人了，村里好不容易形成的发展势头会戛然而止;希望村里进一步加大交通建设力度，建成更多的产业路、入户路;进一步丰富村里的特色产业，把避暑旅游也搞起来。

方杰强调，仙掌村的精准扶贫工作虽然取得了丰硕的成果，但决不能有"松口气、歇歇脚"的思想，必须一如既往地下好"绣花功夫"，巩固和拓展脱贫攻坚成果。当前，困难群众的收入来源还比较脆弱，还需进一步织密增收路径，并不断提高抵御自然风险、市场风险的能力。

他介绍，东方农业大学正在筹划组建专家服务团队，对村里的各项产业加强技术服务、指导和开展风险预警分析，确保将仙掌村建成科技强村、产业强村。

他提议，驻村工作队要加强对精准扶贫实践经验的总结，形成实用、可复制的扶贫工作理论，便于在其他地方推广。

他还分别和陆自远、雷敏进行了谈心谈话，了解他们工作上、生活上的困难和要求。

陆自远说，一切都好，谢谢领导关心。

方杰告诉陆自远，学校正考虑提拔他做学院副院长。驻村满一年后就可回去任职。

陆自远想到这一年期限很快就到了，仙掌村还有好多的事等着他去做，再说吴焕珍也不可能立刻跟他走，便申请再驻村一年，"待仙掌村出列（脱离贫困村队伍）了再说。"

方杰提醒，提拔重用的机会不是啥时候都有的，自己要做好权衡，并表示会把他的想法提交校党委讨论。

方杰征询雷敏驻村期满（学校原计划驻村工作队每年轮换）后的去留，雷敏说，即便陆自远走，她也不会走，村里的扶贫任务还很艰巨，自己不能做临阵脱逃的人，一直要干到仙掌村摘掉贫困的帽子。

方杰劝告，女同志长期在外吃苦，学校也于心不忍。

雷敏说，精准扶贫是旷世之举，自己能赶上这时候，就必须对得起这时代，更何况自己是仙掌村的人。

雷敏对领导这样说，完全是内心的认知和情感使然。回到仙掌村近一年时间，她内心的认知和情感发生了丰富的变化。一开

始，她更多的是把自己当成了脱离苦海的幸运儿和成功者，眼里见到的多是乡亲们从精神到物质的贫穷，还有短视和自私，内心充满了同情和鄙夷。再后来，在陆自远等一众同事的影响下，她见证了建设与发展的从无到有，从中感受到了家乡先前的贫穷有着厚重的客观原因，非精准扶贫不足以破解。她越发深刻地意识到，一帮踏实、肯干、有头脑的好干部对一个村的发展是多么重要。她虽然觉得自己方方面面都与他们有差距，即便如此，她仍坚信自己对于仙掌村绝不是可有可无的人，家乡的扶贫事业需要她！如同家乡的脱贫大业需要每个仙掌村人为之奋斗一样。雷敏觉得自己现在才更像一个驻村人——眼里唯有使命，肩上唯有责任，胸中唯有激情。

方杰料到了也没料到，这些年轻人居然在这偏僻的大山里干出了如此精彩的一番成就。时势造英雄，精准扶贫已经并将继续锻造出更多的时代英雄，成为全面建成小康社会的生动注脚。

帮扶队员此次进村也成了消费大军，他们上车返校时，无一不是大包小包，有的带了土豆，有的带了腊肉，有的带了土鸡……这些生产者执意要送，而消费者执意要买且执意用高价买的特产，表现的是一种交易，表达的是一种情怀，表露的是一种尊重——执意要送，在于感恩；坚持要买，源自有爱；有卖有买，异于嗟来。精准扶贫让不同的群体之间、不同的个体之间有了同呼吸共命运的获得感和责任感，有了协力同心奋发有为的成就感和使命感，这就是帮扶的成效和意义，是救济等救助形式所远远不能比拟的。

目送着一辆辆大巴车消失在村头，吴焕珍和周茜茜心情格外低沉。

吴焕珍似乎越来越紧迫地意识到，陆自远哪天也会坐上如此的一辆大巴消失在眼前，而自己终究被孤独地留下来，曾经甜蜜的爱情也将就此画上休止符——仙掌村，因为陆自远拥有了崭新的未来，而自己却因为他迷失了余生，这一得一失，究竟是奉献还是代价？她分不清楚，也不想分清楚。

仙掌村素有"八山半水一分田"之称，林地资源丰富，辖区林地1.4万亩，户均占有林地37.1亩。东方农业大学专家组勘探确定，至少有3800多亩适合发展山林药材。也就是说，每户家庭至少可以拿出十亩林地种植药材。

陆自远视其为无比宝贵的资源。一段时间以来，他把主要精力放在了大田经济的发展上。眼见软枣猕猴桃、天麻、茶叶、土豆、蔬菜等主导产业相继落地，部分产业已有收益，便把注意力转移到这几千亩的林地上来。

这天午后，陆自远拨通了一直在仙掌村与侄儿杜文华一道潜心发展牡丹和蒲公英的杜兴武的电话："杜总，几个月前你在酒桌上夸下海口，说今年600亩山林药材的发展任务保证不会打半点折扣，我现在想来验证下是不是你的酒话。"

杜兴武在电话一端底气十足："早就盼着你来检查指导了。我还以为大书记没把这林子里的小产业当回事呢。我在此保证，公司对待山林药材与对待林下天麻一样，一直万分用心。"

"那行，我把村两委和驻村工作队的同志带上，让他们也见识见识你的'两花'。"

四五月，"两花"竞开时，杜兴武一再邀请陆自远带队前去林中赏花，可那阵子村里的事情实在太多，大家都抽不开身，待

现在可以抽得出身时，花已谢了。

杜兴武把参观地选择在了响沙坡。这里林地多，草地多，"两花"种了近百亩，是公司山林药材的核心版图之一，也是陆自远建议可重点发展地道药材的地方。

陆自远、雷敏、姚宏、吴焕珍、冯子贵等来到响沙坡，便一头扎进杜兴武的药材基地。

雍容华贵、国色天香的牡丹花自然是见不着了，没有鲜花，但有绿叶，成行成片的牡丹苍翠欲滴，葳蕤盎然。

一旁的林地里，工人们正在开垦新地，计划移栽新苗。

"这牡丹，长得还真壮实。"陆自远拨动着枝叶赞叹道。

"别看响沙坡生存环境恶劣，可自然资源却很丰富。这几百亩的一面坡，有树而不密，林间草地众多，光照充足，土壤肥沃……可惜来迟了，要是四五月份来，这里可是一片花海，姹紫嫣红，五彩缤纷。"杜兴武一番眉飞色舞的描述，吊足了大家的胃口。

"不过，明年四五月份来看，场面更壮观。"杜兴武介绍，今年的"两花"发展比较保守，主要是订单有限，公司在响沙坡仅种了100亩牡丹和70亩蒲公英，明年计划把这里的牡丹规模扩大到200亩，新发展蒲公英50亩。

"牡丹一般在种植五年左右开挖，这期间的经济效益从何而来？"雷敏询问。

"卖花呀。你们看见没？我这大片大片的牡丹，几乎看不见一朵残留的花，这些花都卖到了广州等地的化妆品生产厂家。随着牡丹体形的壮大，牡丹花的产量也会越来越高。今年花瓣的亩产量只有100公斤左右，花木成年后，花瓣的亩产量可达400公斤以上。公司今年按每公斤25元的保护价格从农户手中收购花瓣，一亩林地算下来，也是2000多元的收入呢。"杜兴武算账。

"哇，这大片大片的树林，放在以往，一分钱的效益也没有。现在可是在产金蛋子呀！"吴焕珍惊叹。

谈话间，大家来到了蒲公英基地。

"随风轻似翔云燕，洒向坡崖凭任吹。"蒲公英似羽如纱的白色冠毛四处飘飞，转眼间就落了大家一身。圆锥状、棕褐色的种子从绒球里探出头来，瘦骨嶙峋。整枝植株已萎蔫见黄。

"蒲公英喜阳耐阴，对环境的适应力很强，非常适合林下种植。"杜兴武告诉大家，蒲公英种植一年，下年连种子都不用撒，只用把地规整好，一开春满地都是，田间管理也不繁琐。蒲公英的幼苗可做菜，营养丰富。四五月份，黄花遍地，自成一景。秋末，把整株蒲公英从地里拔出来，去掉泥土，晾干就能卖钱。按当前的市场价，仅干株一项，亩收入就在2000元以上。"公司明年将加大幼苗市场供应力度，已获得多个蔬菜商家的订单，一来用于疏苗，二来也可增加收入。"

"这幼苗完全可以在网上当菜卖！"陆自远建议，顺便问道，"'两花'带贫效果如何？"

杜兴武介绍："今年启动的600亩，80%都是贫困户的林地。明年计划贫困户全覆盖，全村种植面积突破2000亩。"

陆自远提醒："必须把销路稳稳抓在手上了再扩大规模。中药材市场变化无常。"

说话间，一口甜蜂蜜专业合作社的负责人杜清平赶了过来，"陆书记——陆书记——"敞亮的嗓子响彻林间。

"陆书记，你们今天来得巧，我正取了蜂蜜。走，大家尝一

口去!"杜清平走近，穿了一身迷彩服，身上的糖迹左一块右一块。

杜兴武告诉陆自远："基地的临时办公点就设在准搬迁户张本太家里。老张的老婆赵菊英就在我基地做事。"他吩咐杜清平："老杜，让人送一罐蜂蜜来，泡酒喝。我这就安排赵菊英准备晚饭。"

陆自远说："这老杜的蜂子，我们还是要去看看的。"

"前面就有，走，看看去。"杜清平欣然引路。

靠近"青草湾"（响沙坡的一处小地名）的一处林地里，数百只蜂箱支在木架上，辛勤的蜜蜂进进出出。

"武哥的花种得好，我的蜂才能酿出蜜来。他的花种到哪里，我的蜂就养到哪里。"杜清平兴奋地说。

"反正是你们杜家人，肥水没流外人丘。"陆自远开玩笑道。

杜清平连忙争辩："我在这里养蜂，也给山主分成了的，还招了几个贫困人口做事。另外，已与绿畦分公司达成协议，准备待小微产业园建成后在园区搞深加工，包装盒的样品都确认了，到时候还要增加用工，我这也是在为扶贫实实在在作贡献呢。"

陆自远见杜清平一脸严肃，知道这玩笑开得让人误解了，赶紧安抚道："你这 600 箱蜂，我是纳入了贫困户增收路径的，你自然是扶贫功臣。预祝你产业做大做强。"

苞谷酒加蜂蜜，爽口又下喉。一个两个喝到晚上八九点才散席。回去的路上，大家打着火把，醉态尽显。

夜空下，又急又陡的羊肠小路上，火星点点，摇摇晃晃，如诗如画。

第十章

　　仙掌村易地扶贫搬迁安置小区和小微产业园于同一天建成并投入使用。

　　竣工典礼这天，手工布鞋生产线正式投产。崔四海亲自带了20多名技术熟练的工人进厂当师傅。布鞋厂招用本村工人113人，其中，搬迁对象30人，其他贫困人口59人。另与210户家庭签订入户加工协议。

　　这天一大早，工厂的工人、村小的师生、村文艺工作队、村民间乐队分别统一着装来到庆典现场。

　　安置小区和小微产业园彩旗招展。

　　每户安置户的门头，挂了两盏火红灯笼，门上贴着鲜红的对联。

　　典礼活动开始。鼓乐齐奏，鞭炮轰鸣。

　　村民们排着整齐的队伍，跟随着乐队，首先来到安置小区。工作人员边讲解边带领大家参观生活住房、附属用房、公共用房（红事白事用房）……精致的房顶、白花花的墙面、规规整整的房间，以及每家每户门前宽敞平坦的场坝等让大家啧啧赞叹。

　　"真的只需拎包入住呀！"赵大勇的老婆曾梅辞了外地的家政工作，报名进了村小微产业园的布鞋厂，赵大勇也被她叫了回

来，去了邹智的合作社做事。眼下，见安置房一应俱全，夫妻俩喜不自禁。

"哇，快看呀！秦文、秦武的家具都由帮扶责任人买好了！"参观人群走进秦文、秦武的新家，羡慕不已。村两委和驻村工作队倡议，帮扶责任人可力所能及地为自己帮扶的搬迁户提供一定的物质、资金帮助，以免他们因搬迁举债。

"装修简洁实用。"张玉山偶尔在外从事家装业，他从专业角度对安置房评价道。

……

安置小区内，惊喜声、惊艳声不绝于耳。

一些瞅着漂亮的新房子就着急上眼的准搬迁户找到陆自远，问自己什么时候能够搬进去。陆自远说，想搬随时可以，不过，先要到村委会登记，然后配合村工程队把老房子拆了。

大家嚷嚷着典礼完了就去登记。

安置小区根据居住在"一方水土养不好一方人"地方的贫困户的申请，共建设一户一宅16套，计划安置贫困人口59人，其中，6人户1户、5人户2户、4人户6户、3人户5户、2人户2户。另为5户同步搬迁的非贫困户预留了宅基地。这些非贫困户因为需要凑足建房的费用，比贫困户计划推迟半年至一年搬迁。郑秀兰眼看贫困户户均仅花费了不超过一万元就搬进了靓丽的新居，心里塞满了羡慕嫉妒恨，不住地埋怨冯世槐当初太实诚，硬是把自家的收入状况一五一十地透露了出来，否则，现在也用不着焦愁那几万元的建房费用了。

几位准搬迁户的家庭妇女来到厨房，仔细调试了自来水，查看了配备齐全的厨具，感叹："这才像个厨房！"

参观队伍随后来到小微产业园。厂区环境整洁优美，还配套了休息区和运动场。四层楼的食宿大楼张灯结彩。一楼的食堂正飘着饭菜的清香。

典礼活动的礼台搭建在厂区的广场上，背景墙是大幅易地扶贫搬迁宣传海报。

厂区广场比村委会广场大了近一倍。全村人开会，再也不用挨挨挤挤找不到下脚的地方了。每个人自带的凳子摆满了大半个广场。

常务副县长杜涛、副县长柳春旺，镇党委书记侯亮、镇长鲁天明主席台就座。各市场主体在贵宾席就座。

杜涛致辞。

乡亲们、同志们、朋友们：

今天是仙掌村尤为欢欣的日子——易地扶贫搬迁安置小区及小微产业园两大关键性工程顺利竣工。

易地扶贫搬迁是仙掌村重要的脱贫路径之一。我们欣喜地看到，这里不仅建起了漂亮的小区，还建起了配套的工厂，体现了"搬得出、稳得住、能脱贫、可致富"的总要求。

说心里话，此时此刻，我内心无比欣慰。仙掌村的易地扶贫搬迁让我看到了搬迁与脱贫的生动诠释。因为搬迁，我们广大居住在恶劣环境的群众，有了漂亮的、便利的新家园；因为产业就业，这些搬来的群众有了多渠道的增收保障。

作为仙掌村的乡亲，你们无疑是幸运的。

因为有东方农业大学的驻村帮扶，村里获得了更多的社会资源，找到了科学的发展思路，较短时间就让这里发生了翻天覆地的变化。

因为有各级党委政府的关怀，使得村里各项事业的发展有了充足的资金保障和政策支持，一个个发展蓝图由此变成了现实。

因为有一心带领你们决战贫困的广大干部、党员，若干个月以来，他们五加二、白加黑，吃苦在前，奉献在前，任劳任怨，无怨无悔，精准扶贫才攻克了一个个难关。

还有坚持将更多的就业机会和企业利润分享给你们的今天在座或没在座的各位企业界的朋友，正因为他们的到来，你们这一穷二白的产业空白村，才有了果、有了茶、有了药……

吃水不忘挖井人。感恩、觉醒和奋起，才是我们现在和今后应该有的，也是最好的报答。

幸福生活正扑面而来，让我们抖擞起精神，用勤劳的双手去迎接它的到来！

广场上，掌声阵阵，欢声震天。

准搬迁户代表、进厂务工代表，分别作了感恩发言。村小的师生和村文艺工作队还表演了精彩的节目。

典礼活动结束后，县、镇领导召集村两委和驻村工作队的同志开了个小会，听取了易地扶贫搬迁工作的相关汇报，并对真搬实住及拆旧复垦等工作提出了明确要求。

杜涛指出，当前，搬迁不宜过急，要采取水到渠成的战略，避免引发群众逆反情绪。目前，要着重做好就业培训工作，只有让搬迁群众在小区附近的工厂有了稳定的经济收入，他们才更乐意、更放心搬进小区。同时，做好《易地扶贫搬迁旧宅基地腾退协议》的补签及搬新拆旧、复绿复垦的各项准备工作。可以让一部分搬迁意愿强烈的家庭先搬迁，用他们搬迁后的切实便利，促使观望群众主动搬迁、主动拆旧。此外，还要做好少数拟搬迁群众放弃搬迁意愿的备用方案，将这部分房间租赁给工厂有住宿需求的工人，确保安置房无闲置。

柳春旺强调，搬迁群众从散居到群居，有一个适应过程，要加强融入管理，及时解决出现的新情况、新问题。尤其是要做好文明习惯的教育引导，营造整洁、和谐、文明的小区环境。

今天是厂区食堂开张之日，县、镇领导也在此用餐。三荤三素一汤，自吃自取。周茜茜、邹智、陆自远、吴焕珍、雷敏等也都前来体验食堂生活。

他们5个人有意无意凑到了一桌。

"这饭菜口味还不错。"陆自远夹起一片蒸肉放到嘴里，一边品尝一边评价。

"比起嫂子的手艺，估计还差那么一点点。"邹智借题恭维。

陆自远点头，忽地想起一日三餐吴焕珍做着也挺辛苦的，便半是体谅半是提议地说："有了这食堂，你就可以从厨房解放了。今后的中晚饭我们就在食堂吃。"

吴焕珍倒也没觉得厨房的事有多难做，毕竟这是女人的家庭舞台之一，俗话说得好，只有拴住男人的胃才能拴住男人的心，一个家庭，没了饭桌就没了向心力。不过，考虑到陆自远天

天在厨房帮忙，估计也是厌倦了，便顺口说道："你也不用洗碗、收拾了。"

周茜茜听出了他俩言外之意的恩爱，立马来了醋劲儿，嘲讽道："老师，没想到你还会洗碗呀。"

陆自远也不回避："厨房不是女人的专利，我们男同志也要与时俱进。"

周茜茜一时语塞，心想，你当年的几件衣服可都是要我们女生帮忙洗的，怎么，现在在爱情面前脱胎换骨了？

吴焕珍见周茜茜吃上醋了，连忙拓展话题说："听邹智谈起，你现在都能炒几个拿手菜了，哪天给我们露一手。"

"若不嫌弃，乐意献丑。"周茜茜对陆自远埋怨道，自己来仙掌村三个多月了，当老师的也没去关心下。

陆自远说，这是自己的失职，近期一定抽个时间去看看邹智的妈妈，顺便到家里撮一顿。

周茜茜突然想起后天是她 33 岁的生日，便邀请大家参加自己乡村版的生日派对，考虑到社会影响，她强调不要声张，顶多把雷敏和绿畦公司派到仙掌村建设加工厂的负责人邱可带上。

邹智担心屋子破旧，安顿不妥。

周茜茜说，乡村版的生日派对，简单、真实、开心便好，没必要在意环境的好坏。同时，一再强调不聚不散。

大家点头应许。

这天，当陆自远、吴焕珍、雷敏、邱可办完手头的事赶到邹智家时天已傍晚，邹智和周茜茜各自系着围裙，正忙得一头汗水。火炉上，腊蹄子和土鸡子火锅正散发着诱人的清香。灶台上，丰富多样的菜品已切装完毕，只待烹炒。

邹智正要洗手出来泡茶，陆自远晃了晃自带的茶杯，示意他们继续，然后带着吴焕珍、雷敏、邱可去了里屋。邹智的母亲田凤对陆自远、吴焕珍、雷敏印象较深，干部入户走访，他们没少来。老人见他们到来很是欢喜，瘦骨嶙峋的腮帮跳跃着，咕咕哝哝，声音小而含混，多是家中简陋、招待不周之类的客套话，大家没听懂几句。

吴焕珍转身给老人撕了根香蕉，切成四截端了进来，用牙签戳给她吃。老人边吃边用两只大眼睛来回打量着眼前的几个人，深深凹陷的眼窝像两个黑洞，仿佛随时都会吞噬掉她那气若悬丝的生命一样。

晚餐很丰盛，满满一大方桌。方桌中心放着一个面粉做的大寿桃，白里透红，分外显眼，上面还插了三根彩色蜡烛。

邹智吩咐寿星周茜茜上席就座（土家族人把饭桌正对中堂后壁放香火方向的席位称为上席），正要安排吴焕珍与她同座时（一条板凳可并排坐两人），大家起哄了，要邹智自个儿贴着周茜茜坐。邹智不好意思，假装推辞，被陆自远一把按坐在周茜茜身旁。陆自远示意吴焕珍紧邻周茜茜右手边坐下，自己挨着吴焕珍落座。其他人各找空位坐好。

"生日宴会现在开始。下面请寿星许愿，全体起立!"陆自远主持生日派对。

邹智将三根蜡烛依次点燃，然后关掉了堂屋里的灯。瞬间，方桌四周一团漆黑，烛光里隐约可见六张黄里泛红的脸和餐具里腾腾升起的如云似雾的热气。

周茜茜合着双手，闭着眼，虔诚地放飞着心底涌起的愿望。

"呼——呼——呼——"隔着饭菜，周茜茜用力地吹着蜡烛，由于嘴离得较远，烛光仅微微晃动了几下。大家齐力帮忙，三道烛光这才消失。此时，屋子里突然亮起彩灯，正对上席的方向，组成了由灯光汇成的四个字：生日快乐。

周茜茜惊讶地看着邹智，邹智微微一笑，用手指合成个"心"形。大家一起鼓掌，然后同唱《生日快乐》歌。

为了给周茜茜一个惊喜，邹智几天前偷偷从网上买了彩灯，昨晚待周茜茜休息了才完成安装调试。堂屋平时用得少，加之两个人早出晚归的，彩灯挂在堂屋的墙壁上，周茜茜也就没有发现。

彩灯熄灭，白炽灯亮起。邹智拧开酒瓶，给每个人斟了满满一杯，举杯致谢：

尊敬的陆书记、魏老师、邱经理、吴委员，以及尊贵的周茜茜女士：

非常荣幸能邀请到大家，相聚在这简陋的寒舍，为周茜茜女士庆祝 33 岁生日。

因为扶贫，我们相识。因为扶贫，我们相守。在你们的帮助下，仙掌村每天都在发生着可喜的变化，我本人也从中找到了事业，找到了人生的方向和希望。更加难能可贵的是，与你们结下了深厚的友谊，交下了让我一生受益的朋友。

曾经的仙掌村无比落后和贫穷，但未来的仙掌村一定会不断发展，越来越富有。你们为之奉献的一切，就像一粒粒种子，将在这里开花结果。

我很感动周茜茜女士能委身于我这简陋的寒舍，一同为全村的脱贫攻坚做些有意义的事情。从她身上，我感受到了城里人的温暖，欣赏到了同龄人的杰出，体会到了年轻人的奋进。

萍水相逢，难留他乡之客。我很珍惜她把33岁的生日留在了这里，留在我美好的记忆中。我衷心祝愿她青春永驻、开心快乐、事事遂心！请大家举杯，为我们周美女的生日献上最真诚的祝福！我先干为敬。

邹智言自心出，泪意涌动，一饮而尽。

大家举起酒杯一同干了。

此刻的周茜茜既感动亦感伤。在仙掌村的岁月，让她拥有了人生难得的经历，心也在这里长出了根系。她不知道下一个生日是否还会在仙掌村过，但她敢肯定，仙掌村会让她记住一辈子，包括这个别样的温馨生日。

酒桌上的6个人，陆自远年龄最长，但也不过40岁。年轻人嗨起来着实有些疯狂。大家边吃边喝，边唱边喝，五斤苞谷老烧酒被喝得一干二净。

大家把碗往厨房里一扔，挪开桌子，亮上彩灯，便在屋子里跳起舞来。手机的音乐虽没有音响浑厚，但指引跳动节奏足够了。

一开始，邹智还有些扭扭捏捏，放不开手脚，在周茜茜的引领下，很快也奔放起来。这间斑驳陆离的土墙屋，从面世以来就没有这样兴奋过。田凤在里屋也感受到了这份欢乐。她欣喜儿子拥有这份欢乐。长久以来，她看到最多的是儿子勉强的笑脸背后

209

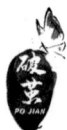

深深的忧郁和寂寞。

月上屋顶的时候，大家离去。邹智、周茜茜将大家送至大门口。

两人回屋关上大门的一刻，周茜茜捧住邹智的头，递上了自己还散发着酒味的嘴唇。这是她的初吻，原本想献给先前酒桌上的另一个人。但这个人现在不需要了，而她面前的这个人需要。当然她也需要。因为挑选太多，她跌入寂寞，因为没得挑选，他只能寂寞。不管是什么原因导致的寂寞，结果和感受都是一样的。同样寂寞的两个人，为何不能彼此爱怜一些？再说，眼前的这个男人，除了家境一般、学历高中未毕业以外，并不乏优秀之处，包括长相、品行、性格等。她知道，这个吻就像篱笆里的一道门，如果她不去开启就会一直关闭。她决心将它打开。

手工布鞋生产线肩负着吸纳全村弱劳动力特别是易地扶贫搬迁弱劳动力、半劳动力的就业重任，备受各方期待。

布鞋厂按照有什么订单就培训什么技能的思路，仅花了一个多星期就让工人们掌握了冬季加绒加厚手工棉鞋的制作要领。

其实，在这批工人中，除了那些笨手笨脚的大男人，剩下的女人大部分是传统手工布鞋的行家里手。这些 20 世纪 40 年代至 70 年代出生的女人，出闺之前，做布鞋就跟洗衣做饭一样，是必备技能。只有少数几个 80 年代出生的女人，对做布鞋一知半解，仅瞅见妈妈、奶奶、外婆等老辈女人做过鞋，但她们年轻聪明、心灵手巧，容易上手。

培训不光是练技术，质量标准、工艺要求、生产纪律等也是必不可少的教学内容。把平时习惯了单打独斗的散兵游勇训练成流水线上的正规军，少不了要强调"一切生产服从标准，一切行动听从指挥"等工作要求，关键还得把做好了可以挣多少钱、出错了会扣多少钱说清楚。钱这东西，在贫困群体面前，往往比荣誉更管用。

新招录的113人中，28人为大男人，最小的年龄43岁，最大的年龄74岁。其中24人来自贫困家庭，8人为易迁对象。男人们主要负责搬运货物、粘压鞋底等粗活。粘压鞋底有机器辅助，技术含量不高，有点臂力就行，身体强壮点的女人都能胜任。赵良材、张玉山、余立轩、李青山等一众40岁以上的贫困劳动力就被安排在此车间工作。

其余85名为女工，最小的年龄34岁，最大的年龄76岁。70岁以上17人，全部来自贫困家庭，其中易迁对象9人；30岁以上至50岁以下32人，其中29人来自贫困家庭，7人为易迁对象；50岁以上至70岁以下36人，其中19人来自贫困家庭，6人为易迁对象。

经过一个多星期的强化培训，鞋面、鞋底车间正式开工。

鞋面生产线，除胡景焕（装有假肢，不适合干行走量高的体力活）以外，其他人为清一色的妇女大军，85名新员工、17名老员工（老员工来自崔四海带来的20名熟练工）。5天时间，10030双冬季加绒加厚手工棉鞋的鞋面下线。其中，新员工人均每天生产鞋面12双。老员工人均每天生产58双。

鞋面锁边等工序，依靠缝纫机完成，非传统的一针一线制作，这可难倒了那些大妈、大婶、奶奶们。生产能力上的巨大差距，让新员工个个心里憋了一股气，每天下班后，她们纷纷要求加练一个小时的缝纫技术，发誓要赶上技术熟练的老员工。这种

不服输的劲头，崔四海和陆自远等人看在眼里，喜在心里。心想，有了这劲头，何愁厂子不兴、群众不富？

鞋面工序完成后，生产进入入户加工环节：扣底和缝垫。

男人们将鞋面和泡沫鞋底分装上车，再由布鞋厂建立的配送网络送往一个个签约加工家庭。

周边人户较集中的家庭就是配送网络里的一个个点。点上的负责人既是加工材料的分发人，也是产品回收的把关人，还是生产技术的传导人，每月有底薪还有绩效奖励。周边农户签个字或按个手印，就可把加工材料从负责人这里取走。加工好后，再到这里来交货，货品查验合格后，签个字或按个手印，视为交货成功。

扣底和缝垫是仙掌村多数女人的强项，有些手脚灵活的男人也会。

负责这两道工序的大部分签约家庭，多是抽一天中的空闲时间来生产的，比如晚上看电视的时间、午饭后休息的时间等，也有少数专职的。

扣底，即将鞋面扣到泡沫鞋底上。扣底的工价为每双 2.4元，专职熟练工一天可扣底 60 双左右。

缝垫，即给泡沫鞋底的内面缝一层加绒海绵垫（或棉花垫）。缝一双垫子，劳务报酬 0.6 元。专职快手一天可完成 150 双，慢手约 100 双。

扣底和缝垫的工资按月结算，打到各自家庭提供的银行卡上。若想月中借支，由配送点的负责人向合作社申请。通常是有求必应。

吴焕珍也签了约。往往一个晚上抽两个小时左右的时间，可

212

缝垫 30 双或扣底 10 双。陆自远笨手笨脚，可缝垫 5 双或扣底 2 双。

陆自远还特意当着全村妇女同志的面，秀了一把他的扣底功夫。动作着实有些僵硬。但他要凭借此举表达一个意思：只要手脚不懒，就可以挣钱；钱是一点点挣的，多挣一点，家里就宽裕一点。

缝垫之后的工序是压胶，即将泡沫底从鞋帮内翻出来，粘压一层 EVA 胶底，起到防水、耐磨的作用。压胶由鞋底车间工人手动操作机械设备来完成。生产线全部为男工。

压胶之后，一双普通的冬季加绒加厚手工棉鞋就可上市销售了。

崔四海给陆自远算了一笔账，即便目前生产的只是普通冬季加绒加厚手工棉鞋，却也带动了 100 多个固定用工和 300 多个临时用工就业。合起来，接近占了全村在籍人口的 3/5。90% 以上的在家无业可为、无班可上的劳动力、弱劳动力、半劳动力，都成了布鞋生产的一分子。

陆自远听后甚是欣喜，叮嘱他行稳致远，让参与生产者见到实实在在的收益。

崔四海许诺："3 个月后，你看工资台账，保证你觉得这厂房给我值得。"

崔四海透露，目前生产的是普通棉鞋，后面还有舞台布鞋、休闲布鞋等，加工单价比现在只高不低。

陆自远鼓励他进一步拓宽市场，如果有必要，可以再扩大厂房，带动周边村子的群众务工，让这个富民产业真正致富一方。同时提醒他，严把质量关、精细关，在工人中推崇工匠精神。

崔四海连连点头。

村易地扶贫搬迁安置小区还有三套房子因准搬迁对象各自的原因迟迟未入住。村两委和驻村工作队决定割掉这个"尾巴",如期完成真搬实住任务。

响沙坡的冯世旺和儿子在外打工走不开,说年底才能回来搬家。陆自远考虑到响沙坡坡陡路窄,即便父子俩回来,也很难把那些家具搬过来,干脆组建了个临时搬家队,帮忙搬迁。

方世泽做了大半辈子路都官(农村人娶亲,负责协调途中安全事宜的人),陆自远为他调配人员,让他要像娶亲抬嫁妆一样,把冯家需要搬至安置小区的东西,一样不少、一样不损地搬来。

搬家队二十多人,携带着绳索、夹杆(抬东西的木棒)等工具,一大早就来到冯世旺家。吴焕珍负责协助冯世旺的老婆张启秀挑选需要搬走的家具:只搬有继续利用价值的东西,把那些既不中用又占地方还耗力气的东西统统扔掉,如装水的木缸、老掉牙的衣柜等。

凡是吴焕珍和张启秀协商一致不要的东西,搬家队就往门口的土坑里扔(方便统一焚烧),扔得冯世旺七十多岁的父母眼睛鼓得像铜铃,每扔掉一样东西,就如同割走了两老的一块心肝。

吴焕珍劝慰两位老人,住到新小区,就得有新气象,一些老旧破烂的东西该甩就得甩,何况这又长又陡的坡,搬起来也吃力。

几代人操持过来的家,这样那样的东西实在不少,虽然扔掉了不少,二十多号人还是挑的挑、背的背、抬的抬,汇成了一支浩浩荡荡的队伍。

张启秀和两位老人也没空着手，各自提着自认为贵重的物品跟在大部队后面。三个人一步三回头——过去的苦日子于这一刻转化成了什么样的感情，只有他们自己知道。

走进安置小区，搬家队为主人摆好家具、铺好床被，收拾干净屋子，然后四散而去——张启秀搀扶着两位老人走得很慢，等他们走进挂着红灯笼的新居，屋子里就只剩下整洁。三个人从这间屋走到那间屋，从那间屋走到这间屋，看不够也爱不够，脸上堆满了笑容。

张启秀盼着早日加入制鞋大军，响沙坡太偏僻，合作社不愿意和她签订入户加工协议。现在好了，自己即便身体有病不便进厂，也可坐在家里挣点油盐钱。吴焕珍答应她，会帮她尽快把这件事办妥。

赵大勇家迟迟未搬迁，症结在于他老婆曾梅不愿意和老人住在一起。婆媳矛盾由来已久。陆自远带着吴焕珍，找到在小微产业园鞋厂上班的曾梅，约她一块儿去看看安置房，拉拉家常。

"房子我都看了不下四五回了，一心想着搬进来。"走进小区的新居，曾梅透露。

"你这上完班晚上回去，天天到家都很晚吧？"吴焕珍关切地问。

"谁说不是呢。天气晴还好点，下雨天，全是一脚泥。"曾梅诉苦。

陆自远趁机相劝："那就应该早点搬进来。"

"陆书记，你不知道，我那婆婆死不会事（蛮不讲理）。跟她过不到一块儿……"曾梅吐槽。

"你们家的情况，我深入地了解分析了一下，属于穷吵恶闹类型。归根结底，还是家庭经济不宽裕。老两口才60多岁，身体也还好，若搬进小区，完全可以进厂做事。届时，你们这家人除了两个孩子读书不能挣钱，其他4个人都有收入，家庭自然就和谐了。再说，厂区有食堂，婆媳也不用天天围着一张桌子吃饭，省得红脸斗嘴。关键是每个人身边都有同事和朋友，大家择时帮忙劝劝，也会产生显著的效果。"陆自远建议实行分批搬迁，先让老人住进来。等老人在小区生活习惯了，收入稳定了，有接纳子女搬进来的心理准备了，其他人再搬进来。

曾梅认为这样好，说，自己和老公就再克服一段时间，上上"跑班"。

赵大勇现在是村里软枣猕猴桃专业合作社的员工，是个"软耳朵"，凡事都听老婆的。婆婆认为是曾梅把他带坏了，带得不与父母一条心了，因此对儿媳一肚子成见。

李青山纠结于家里的三层小洋房三年前才建成不忍心拆掉，也就一直未搬迁。

"建这房子，我使出了吃奶的力气，家底全被掏空了，浑身也累散了架。现在说不要就不要了，心里实在舍不得。"当着姚宏和雷敏的面，李青山踌躇不决。

"住在这半山腰，前不着村后不着店，运点生产生活物资非得脱下一层皮不可。之前修公路时，你不是争着吵着要等安置房落实了你才准许修路的吗，现在咋了，房子建好了你却不准备要了？"姚宏不解地问。

"怎会不要嘛。我这不是心里还没缓过这劲儿来吗？"李青山一副冷水烧不热的样子。

雷敏见李青山一门心思惦念着自己一手一脚建起的房子解不开心结，插话道："你放眼看看，过去和你们相邻的人户还剩下几户？他们为何执意要搬出去，难道他们的房子没有自己的心血？"

她指着旁边一处遗弃的院落，让李青山比比建筑规模："这房子可不比你家的房子小，无非是没有你家的房子新。房子终归是要变旧的。你难道想等着子孙后代来抛弃它？你老婆、女儿已经抛弃这栋房子了，她们长期在外务工，前几天还打电话要我说服你早日搬到小区去。"

姚宏趁热打铁："小区的房子你也看过了，连我都心痒。过日子，追求的是幸福感。住在这半山腰，除了看见房子能找到一点所谓的成就，剩下的就是苦，哪有半点幸福可言？"

李青山点头，但仍不松口。

眼见李青山油盐不进，雷敏把姚宏叫到一边，出了个主意：他现在已在产业园鞋厂上班，要不先让他到小区试住一段时间，时限为两个月。房子先不拆，待他确实觉得小区好了，再拆房子。

姚宏担心他老是犹犹豫豫，影响村安置小区整体入住进度，不敢拿定主意。

"吴委员刚发来信息，说他们已搞定两家。现在就剩他一家，大不了到时把房子租出去，或作为公共用房。"雷敏言明退路。

"那行。"姚宏把试住方案告知了李青山，李青山连声叫好。

在当日的工作碰头会上，大家纷纷为解决了搬迁遗留问题而高兴。陆自远总结：这件事告诉我们，干群众工作需要有一个务

实、接地气的头脑，不能图简单，动辄一刀切。易地扶贫搬迁，群众自愿是实施搬迁的要件之一。尤为重要的是，一旦把他们搬进来，就决不能让他们后悔返巢。如果哪天他们后悔了又都搬回去了，就说明我们的工作出了严重问题。我们要持续做好"稳得住"工作，确保他们拥有更多的获得感、幸福感。

多了安置小区和小微产业园的村集镇，过了晚9点，歌舞升平，热闹非凡。

产业园内，除了电商运营中心实行三班倒以外，其他进驻企业，工人通常晚9点下班。

村集镇的居民多了，工人多了，村文艺工作队趁机招兵买马，扩充队伍，分别成立了丝弦锣鼓分队、文艺演出分队、广场舞蹈分队。

安置小区和厂里的工人有点文艺特长或文艺天赋的，要么加入了丝弦锣鼓分队，要么加入了文艺演出分队。剩下的人，只要腿脚好使的，统统加入了广场舞大军，男女不限。

厂区广场面积大，是广场舞大军的领地。在村集镇原有广场舞队伍的带领下，安置小区和食品加工厂、鞋厂的大叔、大妈、爷爷、奶奶逐渐跟上了节奏。

村委会广场是丝弦锣鼓分队、文艺演出分队的领地。

"丝弦锣鼓"为流行在云雾镇的民间吹打乐，迄今已有150多年的历史。乐器主要由唢呐、二胡、笛子、锣鼓等组成，曲牌丰富，旋律悠扬。这种民间吹打乐诞生之初，仅限于在"薅草"与"玩灯"时助兴，后逐渐扩大到祝寿、生子、婚丧、嫁娶、造宅等民事。

218

陆自远将云雾镇"丝弦锣鼓"的民间艺人请到仙掌村传艺带徒。村小也设立了"丝弦锣鼓"课程,并培养出了一支技艺出色的"丝弦锣鼓"娃娃军。

文艺演出分队根据"丝弦锣鼓"曲牌编排舞蹈。乐舞一体,相得益彰。

周茜茜将城市现代舞蹈元素融入"丝弦锣鼓"配舞中,进一步提升了配舞的艺术水准。

"丝弦锣鼓"也与时俱进,增加了说唱节目,丰富了艺术表现形式,群众更加喜闻乐见。

村文艺工作队将精准扶贫、乡风文明等主题融入说唱节目中,让艺术为教育、教化服务。

村文艺工作队还有意培养赵大勇的父母出演家风说唱节目,他俩用"丝弦锣鼓"伴奏的"三句半"把家庭和谐演绎得深入人心。两老也从中发现了自身的问题,主动与儿媳言好,催促儿子儿媳搬进了小区,一家人过起了和谐融洽的日子。

易迁户李青山学会了吹唢呐,成为"丝弦锣鼓"的骨干"艺人"之一。唢呐让他找到了自信,找到了组织,找到了快乐,不再留恋半山腰的三层小洋房,亲自抡锤将它砸了。

文化所显示出的强大力量,转变了乡风、革新了思想、丰富了生活、推动了后进,其作用之明显,干群公认。

陆自远号召村两委和驻村工作队高度重视文化活动的引领作用,把工作中遇到的各种问题,辅之以文化手段来推动解决。为此,村里的自治公约等被编入广场舞及"丝弦锣鼓"等,很快便家喻户晓。村里先进典型的故事被编成段子、顺口溜等,口口相传。

陆自远在扶贫经验总结中写道：扶贫工作，看起来千头万绪，关键是要找准抓手，抓手找准了，工作起来就更加得心应手。一是生存环境的抓手。必须花大力气改善贫困村基础设施水平，同步提升公共服务配套设施。彻底解决贫困群众出行难、用电难、吃水难、上学难、就医难等困扰他们已久的难题。二是稳定增收的抓手。必须因地制宜发展产业，群策群力促进就业，让贫困群众的口袋及时鼓起来，真正鼓起来。三是文化生活的抓手。要想方设法挖掘当地的文化资源，培养贫困村自己的文化队伍，提炼贫困村自己的文化节目，提高群众参与率，增强艺术粘连度，提升文化引导力。四是成就荣誉的抓手。要善于发现和激发贫困群众的长处和内生动力，及时展现他们的贡献和进步，促使他们树立正确的、牢固的荣辱观，养成一以贯之的成就感。

外行看热闹，内行看门道。仙掌村反映在发展层面的外在变化和反映在人文层面的内在变化，让县、镇领导和周边诸村感触颇深。他们无不认为仙掌村的精准扶贫有太多值得学习的地方。

副县长柳春旺更是希望将"仙掌村模式"在全县重点贫困村复制推广。他邀请陆自远以视频会议的方式，对全县村干部和驻村工作队开展业务培训。陆自远围绕"四个抓手"，结合村中实例讲了一堂生动的扶贫课，让过去名不见经传的仙掌村成为全县扶贫人向往、参观的胜地。

有的乡镇领导甚至向柳春旺建议，让仙掌村的驻村工作队不再固定于某一个村，加强分别指导。

陆自远认为这样不妥，他向柳春旺进言："县政府可以与东方农业大学协商，让学校派出更多的专家队伍，协助全县重点贫困村发展产业。毕竟不是每一个驻村工作队都是这方面的内行。

村干部在这方面也是良莠不齐。一个村的产业发展一旦决策失误，会大大挫伤贫困群众的积极性，还会严重拖全县如期脱贫摘帽的后腿。"

临金县人民政府和东方农业大学就此磋商，达成一致意向：东方农业大学负责协助有关单位和部门为全县重点贫困村制定产业发展规划，并提供长期技术支持；自 2018 年开始，派一位青年学科带头人担任临金县科技副县长，协助县政府发展产业、开展扶贫，直到定点帮扶期结束。

陆自远被学校确定为派往临金县的首位科技副县长人选。不过，未到公开时间，只有校党委的几个同志知道，陆自远尚不知情。学校如此进行人事安排，常务副校长方杰发挥了重要作用。一方面他考虑到，如果因为提拔重用把陆自远从扶贫一线撤下担任学院领导职务，对扶贫工作影响太大；另一方面又担心因为扶贫耽误了陆自远的前程。再说，陆自远和吴焕珍正处于热恋中，他本人已明确表示要留在仙掌村，直到全村脱贫。安排他做临金县科技副县长，几方面都兼顾到了，方杰认为如此安排甚好。

甜蜜的爱情带给周茜茜无限的幸福。可越是幸福越让她纠结于未来——不远的将来，我就这样一走了之吗？不带走那个迟到的温暖的初恋？扶贫，固然可以让一个家庭、一个地方变得不再贫困和落后，却难以抹去阶层的痕迹。阶层因为世俗的眼光变得更加边界分明，且难以逾越。自己和邹智有勇气去忽略或翻越它吗？如果扶贫埋填的只是人与人之间、家庭与家庭之间物质上的沟壑，这何尝不是浅薄的？破除世俗的桎梏，归于纯粹的爱，这

是扶贫的崇高理想和长远使命。周茜茜决心归于纯粹，她不想成为那个在大巴车上暗自流泪让送行者撕心裂肺的人。她要成为仙掌村的女人！同软枣猕猴桃一样，扎根在这里。

周茜茜把自己的决定告诉了吴焕珍。吴焕珍无比惊讶，难以置信的表情堆了一脸——换谁，谁不惊讶呢？一个生活在省城的外交官家庭的独生女，要嫁给一个深山里的穷小子，比安徒生的童话还离奇。

"是不是他……？"吴焕珍猜想是不是邹智把周茜茜强暴了，但又觉得邹智不是这种人，于是欲言又止。

"你想到哪儿去了？我们还没……"周茜茜羞于开口。

"你父母肯定不会同意的。这远离了省城不说，你们各方面条件也差太多了。婚姻可不是儿戏。"吴焕珍建言。

"我真不是心血来潮。与邹智相处了这么久，我已经找到并习惯了家的感觉。他除了家庭条件差点，其他都不错。再说，我已经厌倦了门当户对的比较。老拿着父母的标准选人，何时才能选到我满意的？你不是也没考虑这么多吗？"

周茜茜这样一提醒，倒让吴焕珍释怀不少。长时间以来，每当想到自己和陆自远的巨大差距，就如同身处荒原，辨不清方向。

"你不愧是你们陆老师的学生，敢作敢为。不过，我可要提醒你，失败的婚姻多因一时冲动，而幸福的婚姻往往在于无原则地坚守。你可以多给自己一些时间思考到底要不要迈进去。一旦迈进去了，就必须踏踏实实地待在里面。"吴焕珍忠告道。

"你是过来人，有经验，有体会，我听你的，也希望你和老师有个好结果！"周茜茜勉励吴焕珍。

此刻，正在地里指导农户对软枣猕猴桃进行田间管理的邹智怎么也没想到那个他爱得心滴血的美人正向自己一步步"走"来，步履是那样沉稳而坚定。

一百多天以来，他每天和她日出而作、日落而息，相敬如宾，相濡以沫，却又不得不在每晚用理智浇灭身体飞腾的欲火。这种日子既幸福又难受，既开心又煎熬。

他迷醉在这种日子里。

"我们是不是也该起几间小洋房，改善下居住环境？"当周茜茜穿着夏季短袖粉色薄款冰丝睡裙，披着一头秀发坐到邹智跟前时，邹智呆滞了：以往她洗完澡，径直就去了卧室，穿的都是保守不过的睡衣，自己还从未见过她穿着睡裙的样子；睡裙的豆沙粉映照在她雪白的脸上恰似闭月羞花，薄薄冰丝遮盖的胴体曲线优美如画，光洁的、细嫩的、圆润的大腿粉妆玉砌一般……

"我们？"邹智用手指在两人中间画出一道连接线，疑惑周茜茜用错了词语。

"是我们呀。怎么了，我用词不对吗？"周茜茜反问，表情不容置疑。

邹智仍旧怀疑自己的耳朵，傻瞪着一双眼。

周茜茜一屁股坐到邹智的大腿上，两只手挽住他的脖子："不欢迎？"

"不，不，不！"慌乱中，邹智很快意识到这样的答话有些含糊其词，生怕让周茜茜误会，急忙改口道："欢迎！欢迎！"

单薄的睡裙快速传导出周茜茜身体的热量。邹智分明感觉到自己的脖子上、大腿上燃烧起一团火，很快便与自己胸中升起的那团火汇集在一起，越烧越旺……他扭动着身子，有些炽热难

耐，一双颤抖的手，不知该放哪里好。

他下意识地用一只手托着周茜茜的腰，另一只手畏畏缩缩地伸向周茜茜的胸前。自那次生日派对之后，他若干次想闯入这个禁区，渴望真真切切体会一把抚摸着这两座一旦顶自己的胸口便让人头晕目眩的雄伟山峰会是怎样的感觉，但每次似乎总有无数的绳索束缚着自己的双手，使之不能随心所欲。

是周茜茜的"我们"和体温给了他挣脱绳索的力量，让他鼓足勇气、抛掉顾忌，小心翼翼地闯入"禁地"……这是一盆无与伦比的"莲瓣兰"，淡去了城市园林的尊崇，散发着自然乡土的芬芳。

邹智和周茜茜的小别墅选址在公路旁，与老宅隔着一面坡，直线距离不足 300 米。

房屋的效果图是他和周茜茜从网上挑选的：新中式三层农村小别墅，三间两进，框架结构。附有小庭院、绿植区。

两个人忙于工作，无暇顾及爱居建设，就采用双包（包工、包料）方式。工程造价 43 万元。邹智刮干净家底后拿出 30 万元，周茜茜补贴 15 万元。

邹智说，你屈身下嫁已是吃了大亏，还要贴钱建房，外人知道了要戳我的脊梁骨。要不先建两层，以后自己挣钱了再加盖一层。

周茜茜说，房子建好了是两个人住的，理应各尽所能。既然有缘走到一起，就不要非得分出个你我不可。物质在家庭的漫长历程中确实很重要，但不是最重要的，最重要的是两个人心心相印，携手同行，不离不弃。

邹智说，婚姻大事你擅自做主，也不征求父母的意见，他们会很伤心的。到时候他们不接受我，你就为难了。

周茜茜说，父母干预孩子婚姻的本意是希望子女们生活幸福。你我把日子过好，他们自然就开心了。再说，仙掌村乃绝佳的避暑之地，父母早就期望找个夏季凉爽的地方晚年应季居住，省城的暑天热得像火炉，他俩最怕过暑天了。现在女儿为他们找好了纳凉的地方，而且是免费的，还有人伺候，这多好呀！你到时可得孝顺他们哟！

周茜茜说这话时，她其实根本就不担心这个。她决定嫁给邹智，也因看重他孝顺的品行。孝顺乃众善之本，懂得孝顺的人必定是可以托付终身的人。

她对邹智和他妹妹邹琴的好感就是从这孝顺开始的。邹琴为了照顾母亲，让哥哥在外挣钱，30 多岁才嫁人，这在农村，需要承受多大的舆论压力！邹智为伺候母亲、不耽误妹妹的青春，义无反顾丢掉一个月近万元的工资毅然返乡。要不是村里实施精准扶贫，他恐怕至今还沉陷在一筹莫展的苦海里，找不到人生的方向。

"只要他们愿意来，我肯定对他们好。"邹智语气坚定，一脸诚恳。

邹智要砌新房迎娶周茜茜的事，不知是从哪个渠道传出去的，总之很快就在村里传开了。大多数人半信半疑，也有一些人感慨好人有好报。

邹智是村里公认的好孩子，读书时听话成绩好，当年还是以镇上第一名的成绩考上县城一中的。辍学后，在外打工挣钱也肯吃苦，把妹妹、母亲都照顾得很好。妹妹出嫁，嫁妆的档次和数量在村里也是数一数二的。挑起村里的产业发展大梁后，做事一

步一个脚印，凡事守原则无私心，脑瓜子也灵活。村里不止一个党员向村党支部建议培养他做村党支部书记，如今他正和吴焕珍等村内青年接受党组织考验：2017 年 7 月 1 日，他们已成为光荣的预备党员。

周茜茜的大胆之举，颠覆了吴焕珍对婚姻的谨慎态度，让她心底少了许多的瞻前顾后，心情也愈发敞亮了，甚至开始憧憬幸福的婚姻。

不过，她仍然担心这种婚姻是否会长久幸福。这是她的惯性思维。由此导致她在步入与陆自远的婚姻道路上充满了担心和顾虑。只要她一想到自己与陆自远的差距，某个不祥的预感就像刹车失灵的车辆，于脑子里一路狂奔。她早已意识到如此的心态定会葬送自己和陆自远的爱情，但她就是刹不住这过山车式的"陈腐思想"。她憎恶自己顾虑细胞活泛的脑袋，渴望自己也能有点难得糊涂般的淡然。

吴焕珍很羡慕周茜茜和邹智的心态与境界——人家怎就不去顾及这么多呢？但转念一想，越是在乎的东西越要谨慎——对待婚姻，还是慎重点好。

好在有周茜茜和邹智在前面开路，这样，她和陆自远便可以跟在后面走得更加坦然。吴焕珍默默祝愿周茜茜与邹智婚姻美满，当好"表率"，带好"头"。

第十一章

驻村期满一年，陆自远、雷敏返校述职。

周茜茜驾车将两人送至县城火车站，吴焕珍随行相送。

省城的火车站没有家属接站。陆自远不想麻烦父母，未提前告知（回省城的消息），前妻张珊还是知道的，但工作日她不便前来。雷敏在省城根本就没有家人。所以，他俩走出省城火车站的情景有些孑然，没有一点仪式感。

陆自远想给家人买点东西，与雷敏在火车站分别后直奔世纪国贸而去。

陆自远给女儿买了台平板电脑（快易典家教机），她几次给他提到想要这个学习神器。他给父亲买了根皮尔卡丹鳄鱼皮带，父亲是个节俭派，一根牛皮皮带用了五年多，已有明显磨痕。他给母亲挑了个鳄鱼皮水桶包。他很少给母亲买东西，每次一家人逛街，总是母亲抢着买单。陆自远给前岳父、前岳母也郑重其事地各挑了一样礼物。

"给张珊怎么也得带点什么吧。虽然离婚了，毕竟父母和孩子都是她在家照顾。再说，三个人马上就要见面了，给女儿带了礼物，把她晾在一边，她不尴尬，自己也尴尬。"陆自远决定，反正她也不太会自己买衣服，就挑件女装好了。

陆自远一连逛了好几家店子，终于看中一款黑色韩版中长款修身型蕾丝薄款风衣，他给张珊买下了。

礼物准备停妥，他拨通了张珊的电话。

"你到啦！我们就在晓晓学校附近的馆子吃点东西。你先往那边赶，我刚下班，待会儿见。"张珊吩咐。

陆晓刚上初中，寄宿在校，晚上有夜自习。陆自远只能抽晚饭时间见见宝贝女儿。女儿读书的学校离张珊工作的医院很近，为此，她费了不少周折，就图个接送、监管方便。

陆晓吵着要到"海底捞"吃火锅。母女俩前去挑好了座位。随即，陆自远收到了她们的就餐位置。

大约20分钟后，陆自远提着大包小包气喘吁吁地出现在母女俩面前。

"这点儿，路上也太堵了。"陆自远似是抱歉实为抱怨。

"爸爸，坐这儿！爸爸，坐这儿！"陆晓一边挪出沙发的空位，一边对着陆自远召唤。

"啵——啵——"陆自远屁股刚落座就亲了女儿额头两嘴，然后一把把她拽到怀里。

"有点过了哈。搞得真肉麻。我吃醋了！"张珊开玩笑道。

陆自远这才拿过菜单，让陆晓看看吃什么。张珊在一旁催促："别磨叽，一会儿就要上晚自习了。"

母女俩配合默契，很快就配齐了下锅的食材。

动筷前，陆自远从包里拿出平板电脑："公主大人钦点的东西，老爸给你采回来了，请笑纳！"

陆晓喜出望外，爱不释手，正要按下电源开关，被张珊阻止了："等有时间了再琢磨，赶快吃饭！"

"嗯呀！老爸就是乖。"陆晓回敬了陆自远一个额吻，一副幸福满满的样子。

吃罢火锅，陆自远、张珊把女儿送进校门，然后，两人径直走向停车场。张珊从包里掏出车钥匙，递给陆自远。

"去哪儿？"陆自远问。

"你往哪儿开，我就往哪儿去。"张珊故意把球踢给陆自远。

陆自远直接把车驶向了自己家，觉得如果直接去张珊家，似乎太见外。

走进家门，两位老人不在。保姆也不在。

"'四人帮'肯定又搓牌去了。"张珊猜测。

四位老人退休后成了牢不可破的牌友，每天只要没别的事，几乎都会凑在一起打三两个小时的麻将。四个人，牌桌上不分家庭，不讲人情，输赢自负，赢钱的请客吃饭或买水果、泡脚等。因为牌玩得小，所以赢的钱往往不够开销，赢家就得自己补贴。如此一来，输钱的人常常无所谓，赢钱的人倒是经常自掏腰包。故此，每个人想输不想赢。

陆自远从一堆堆袋子里找出给张珊的礼物："也不知道大小是否合身。你去试试。如果不合适，我赶过去换还有时间。"

张珊很感动："哇，还有我的礼物呀。"说着赶紧换了衣服出来，连声夸赞"无可挑剔"。

陆自远一眼望去，白色打底衫套上黑色蕾丝风衣，下配超短皮裙，经张珊高挑的身材一衬托，很有型，很得体，整个人气质倍增，再加上下露的大长腿，更显得风姿绰约。

"还可以。"陆自远故意保守地评价。

"只是还可以吗？"张珊有些失望。

"很好看！因为是我买的东西，过度赞美，有自我显摆之嫌。"

"你以前给我买了衣服，哪次不是使劲儿夸，生怕我觉得不好。现在怎么如此含蓄了？"

说话间，张珊坐到陆自远身旁。这一坐，短裙下露出了更多的雪白大腿，陆自远虽是无心却也尽收眼底。他不好意思多看，连忙转移视线。也就那么一瞬，他感觉到这双腿其实很性感、很迷人。过去怎没感觉到呢？他有些不解。

张珊顺着陆自远的眼神瞟向自己的大腿，发现露得有些过，羞涩地把裙边往前拧了拧，但作用不大，腿胯仍旧露了一大片，赶紧合着腿。

陆自远起身来到阳台，觉得浑身燥热。吴焕珍的温情与奔放唤醒了他身体的敏感度，现在，脑子正一个劲儿地把他往偏里带。他认为此时纯属生理反应，跟情感无关。

落在沙发上的张珊倍感失落，恰似一盆冷水劈头盖脸淋下来，浇凉了她刚才还滚烫的心。阳台上的男人在她心中一直没有走远，无数个梦境海纳着憧憬中的一个个缠绵。此刻，她多么希望陆自远给她一点温暖，哪怕是哥哥般的温暖。一个离婚证，真就把自己在他心中削得一点都不剩了吗？她不信，更不愿意去信。

"我明天开完会要赶到村里去。现在给爸爸、妈妈把礼物送去，大半年没见到他们了。"陆自远一直这样称呼前岳母、前岳父，就像张珊一直这样称呼前公公、前婆婆一样。

张珊知道陆自远是在刻意避开两个人的单独相处。她的心在流血。她极力压抑，装出一副若无其事的样子。

　　陆自远、张珊来到张家，四位老人玩完牌出去消遣了，桌子上的麻将还未来得及收拾。

　　张珊替父母把礼物收拾好。一看时间还早，就动手规整屋子。陆自远赶紧帮忙。

　　拖拖、洗洗……转眼，一两个小时就过去了。张珊擦去一脸的汗水，感慨道："家务事最埋没人，一做半天也显不出个功劳来。"

　　"确实。所以女人伟大。"陆自远附和。

　　"你现在活泛了不少，也懂得帮女人做家务了。"张珊真诚地称赞。

　　"你进步更大。家务事做得有板有眼。以前，衣服都很少洗。"陆自远回赞。

　　"你还不知道吧。你们家保姆的老公生病了，回去了两个多月，那边的家务活也是我做的。我妈挑剔，保姆换了一个又一个。现在，我又成这边的保姆了。"张珊诉苦。

　　离婚后，张珊渐渐喜欢上了做家务，觉得做家务容易打发时间，重要的是可以让自己的心静下来。活了快四十岁，她似乎明白了女人在家庭中的重要性——女人只有把心思放在家里，家才会像个家。

　　她很想和陆自远重新来过。她甚至认为，现在的她具备了做一个好老婆的一切境界、能力与潜质，包括调适夫妻生活。她反思自己和陆自远最大的问题在于夫妻生活漫不经心，缺乏这个重要的感情润滑剂，小问题累积成灾。

　　陆自远和张珊在万花公园见到了正在闲逛的"四人帮"。陆自远陪老人们闲聊片刻后，径直赶回家整理明天的述职报告。张

珊留下来陪老人们散步。

陆自远和雷敏的述职报告准备得很充分，还分别制作了PPT。关键是工作成绩有目共睹，得到了校领导的一致好评，肯定他俩充分体现了习近平总书记"尽锐出战"的要求，给学校的定点帮扶工作长了脸。

校党委书记、校长吴长尧亲自宣布陆自远即日赴临金县人民政府担任挂职科技副县长，协助当地县领导开展全县脱贫攻坚工作。宣布雷敏接任驻村第一书记，兼驻村工作队队长。

陆自远和雷敏对于本次人事安排事先不掌握半点信息。眼下，他们只有托付与服从。陆自远想着仙掌村脱贫攻坚虽取得显著成效，但未完成的事情还很多，小组公路还未全部贯通，供水管网、电网、通讯网还在建设中……总之，没有一件事放心得下。这些都要拜托雷敏带着大伙儿去完成了。

雷敏看出陆自远的心事，劝慰道："仙掌村是临金县的仙掌村，你即便当了科技副县长，也不会少了对这个村的关心和帮助。"

陆自远想想也是，当了科技副县长，与县里主要领导离得更近了，仙掌村的事也更好有求于他们了。有了这份慰藉，他心里也轻松了许多。

明天一早的火车，两人决定各自回家一趟。

陆自远正好还有项重要任务没完成：探探父母的口风，看看他们是否支持吴焕珍到省城经商。

陆定山和申红秀得知儿子即将就任科技副县长，替他高兴，告诫他今后一定要尽心尽力把临金县的扶贫工作做好，要对得起学校的信任。

两老理所当然地问起了他和吴焕珍的事情。陆自远不好直接把揣着的想法抛出来，就假装让父母拿主意，顺便强调自己和吴焕珍确有感情，她人不错，会是个好儿媳。

陆定山哪能看不出儿子的小心思，中肯地说："小吴做妻子、做儿媳甚至做母亲都是没得挑的。关键是她来到省城来到这个家会迷失自我。她不开心，家将不家。"

"协助她经商，让她从中找到自信，如何？"陆自远尝试着让两老顺着自己的想法思考。

申红秀没有多想立马就表示了反对："在省城经商，投入一定不小。我们固然可以帮助，但这等于是把一家人的命运系于她一人身上。她担待不起，我们也没这份心态。"

这与吴焕珍曾经的担心如出一辙。陆自远语塞，内心如麻花般扭结。

婚姻竟然不是爱情最好的归宿，真是可悲而滑稽。这就是阶层特性。它甚至不需要别人强加于你，置身于分明的差距中，自己就会否定自己。

返回仙掌村，陆自远立刻组织村两委、驻村工作队和相关市场主体召开工作交接会议。

吴焕珍昨晚就得知了陆自远的工作变动。当晚，他俩聊了很多，聊了很久，只是没聊到与父母交谈的事情。陆自远清楚，这样的结果，只能无情地浇灭吴焕珍内心那点本就不旺的星星之火。

陆自远向大家宣布了工作队的人事变动，交代了自己的去向。

会场的气氛很沉闷，仿佛突然间啥都变了，村里好不容易垒起的"发展大厦"也要崩塌了。

杜兴武快人快语："陆书记，学校的人事安排是不是欠考虑呀？村里的各项工作刚有点眉目就把你调走了，搞得我们心里没了底。你可是我们的主心骨呀！"

杜兴武的顾虑代表了多数人的心声，大家随声附和。每个人都一脸迷茫。

"同志们的心情我理解。感谢大家对我个人的信任及工作的认可。仙掌村有今天的变化，是咱们集体的智慧和共同努力的结晶，不要把我个人的作用看得过大。如今，村里精准扶贫的各项事业都有了清晰的路线图，我们只需行稳致远即可。一个地方的发展，光有一个人的大脑和力量是不行的，也是远远不够的，必须维系在集体的智慧与力量之上。在座的各位都是仙掌村的战将与精英，相信你们一定会把这里的脱贫致富事业干得惊天动地，青史留名。在脱贫攻坚期内，我自始至终都会是仙掌村的一分子。今后，我会一如既往地与大家一起战斗、奋斗。唯一不同的是我肩上的责任更重了，需要与各方面力量一道，扛起全县贫困村的脱贫重担，如此一来，我在仙掌村待的时间可能会少一些，但该花的心思、该使的力气一点也不会少，甚至会更多。我计划把仙掌村打造成全县脱贫攻坚的试验田和样板田，期待大家全力支持我！"陆自远一番表态令大家又像打了鸡血，斗志昂扬。

雷敏作了表态发言，表示将接过陆书记的接力棒，全力推动仙掌村成为全县脱贫攻坚的"试验田""样板田"。

陆自远提议由邹智和周茜茜担任村党支部代理书记和村委会代理主任，全力协助雷敏主抓全村工作："周茜茜都是要嫁到仙掌村的人了，现在可以这样说——仙掌村交到了仙掌村人的手里，希望大家齐心协力，让仙掌村如期高质量脱贫！关于代理书记和代理主任的人事设想，我去向镇领导争取，我想他们一定会赞成的。"

大家对此齐声赞同。

一切交接停妥，大家撤椅散去。

安顿完陆自远、雷敏洗漱，吴焕珍最后一个上床。看见一旁半躺着的陆自远情绪低落，侧过身子，伸手刮了刮他的鼻子："怎么了？都要当县领导的人啦，还这么不开心？"

吴焕珍这一刮，把陆自远从纷乱的思绪中拧了出来，想着自己和吴焕珍的未来还飘在半空中，两个人以后常常连面也见不着，内心既伤心又难舍："当领导不是我的追求，我更愿意天天守在你身边。"

"好男人志在四方，怎能儿女情长呢？"

"活到我这个年龄，更在乎家人与家庭。"陆自远说着，伸手揽住吴焕珍的脖子，将她的脸贴在自己胸前。

吴焕珍猜测陆自远这次回去应该和父母谈了些什么，结果肯定不尽如人意，否则此刻他不会是这样的情绪。天下没有不散的筵席，何须为难他人也为难自己？这之后（去了县里），自己还可以隔三岔五地见到他。再之后（回了省城），或许只有在记忆中找寻他了。想到这里，她的眼眶情不自禁湿润了，硕大的泪珠滚了出来，浸进陆自远的睡袍。

陆自远感到胸口有些冰凉，低头一看，发现吴焕珍已一脸泪水。在他的印象中，这是吴焕珍第二次流泪，第一次是在曹振宇去世的那个晚上。

还没等陆自远忙乱地在床头柜上摸到手纸盒，吴焕珍已解开了他的睡袍……

也许此刻，只有身体的水乳交融，才能像一剂封闭，让两颗忧伤的心暂时忘了疼痛。

住在鸡冠山脚的郭大鹏是同村申请进县城安置的搬迁户之一。陆自远希望两家人进城后经常有个照应，就和吴焕珍商量去他家走一走。

这天一大早，他俩吃罢早餐直奔鸡冠山而去。

鸡冠山因状如一只报晓雄鸡的头冠而得名。这里曾有一条川盐古道沿山脚而过，历史上不乏人流如织的繁华。郭大鹏的祖辈在古道边设过客栈。后因古道沉寂，家族也逐渐没落，到郭大鹏父亲郭振坤这辈，已是村里吃救济的家庭。郭振坤在郭大鹏8岁时上山打柴摔死了，自此，郭大鹏便与母亲楚金凤及爷爷、奶奶相依为命。如今，郭大鹏已45岁，仍是光棍一条。

吴焕珍嫁到仙掌村快16年了，从未去过村里最为偏远的鸡冠山，但对郭大鹏有点印象，村里开会，偶有见面。郭大鹏在村里是出了名的大孝子，经常被人提起。

来到鸡冠山脚，天近晌午。陆自远感慨，这绵延不绝的山路，不知往年那些盐商是如何走过来的。

吴焕珍蹬了蹬脚下的大青石，庆幸地说："要不是当年盐商铺了这石板路，眼下，我们恐怕离这还远着呢。"

眺望鸡冠山，岭如锯齿，亦似鸡冠，白雪皑皑，与天一色。山脚下，几栋老木屋破壁残瓦，黝黑沧桑。一缕青色的炊烟从其中一个屋顶袅袅升起，在直抵鸡冠山宽大的胸膛时，瘦成了一丝白气，渐渐往上便没了踪影。

郭大鹏正在屋子旁边的竹林里喂鸡。偌大的竹林里，一群公鸡听到主人的召唤扇动着翅膀扑了过来，可在接近食物时突然停了下来，没有一个抢吃，而是"咕咕咕"竭力呼唤着竹林深处的伴侣。一群母鸡蜂拥而至，看见满地的食物，扭动着屁股，撂下一旁的公鸡们，毫不客气地吃了起来。

郭大鹏沉浸在鸡群吃食的情形里，琢磨着公鸡的挚爱和母鸡的冷漠，陷入了感同身受的情绪中，全然没注意身后走近两个人。

"大鹏哥，你养的鸡还不少呢。"吴焕珍声音不大，却把郭大鹏吓了一跳，他转过身，看见大美女吴焕珍和第一书记陆自远就站在跟前："陆书记……吴委员……今天……怎……怎么想到来我们这里看看？"

"不欢迎？"吴焕珍佯装失望。

"欢迎，欢迎！窝在这山里头，有客来求之不得，哪能不欢迎？"郭大鹏端出祖辈的好客架势。

"这鸡估摸也有几百只。去年卖了点钱没？"陆自远关心地问。

"我这竹林大，散养的鸡肉质口感好，去年收入一万多元，都卖到西川那边去了。现在圈里还有五六百只呢。"郭大鹏介绍。西川省是中原省的近邻，两省在云雾镇接壤。

"这很好。看来你还蛮有头脑的。"陆自远夸赞。

"有老母在，走不开，总得找条活路。"郭大鹏边回话边招呼客人进屋。

郭大鹏的母亲楚金凤大概是听到了这边的说话声，从另一间

237

屋子赶了过来。

60多岁的她，穿着整洁，脸型和打扮还依稀可见年轻时的娇美与端庄。

"妈。这是驻村的陆书记和村里的吴委员。"郭大鹏招呼客人坐下，吩咐母亲也坐下，自己忙乎乎端了两杯茶水走过来。

"稀客，稀客。我常年不出门，连村里的干部都不认识，得罪，得罪！"楚金凤随手提起一把椅子，坐到陆自远和吴焕珍中间。

"大妈，看您身体还好，还是要多出去走走的。过段时间，村里的变化大了，您一定要四处看看。"陆自远把椅子往楚金凤身边挪了挪，兴致勃勃地劝告道。

"往年，家里有老人走不开。我顶多也就到镇上卖些东西换点油盐钱。现在年纪大了就更不爱往外走了。大鹏他爸在这里，我得守着。"楚金凤喃喃自语。

郭大鹏的爷爷死了4年多，奶奶去年才去世。

"可惜苦了这孩子。因为我，守在这偏僻之地，到现在还是一个人。"楚金凤黯然神伤。

"所以，您和儿子一定要搬出去。不搬出去，要害他一辈子！"陆自远趁机相劝。

"谁说不是呢。听说我们要住到城里去，四水井的清清才答应跟大鹏过。后来好像是嫌城里的房子面积太小，又不肯和大鹏在一起了。哎，具体啥情况我也不清楚，大鹏，你给领导们说说。"楚金凤示意儿子把自己的苦处给村里的干部讲讲。

"妈，就您多嘴！"郭大鹏觉得摊上这种事丢人，不肯讲。

"真同清清分手了？有陆书记在，还可以给你出点子呢。大鹏哥，给我们说说呀。"吴焕珍催促道。

原来，郭大鹏经常到西川省武隆镇卖鸡子，一来二去，与在一家餐馆打工的赵清清认识了。赵清清是武隆镇四水井的人，四水井和鸡冠山接壤，两家相隔的距离也不远。几年前，赵清清和丈夫离了婚，就和郭大鹏处起了朋友，准备待他家搬迁进县城后就和他结婚。可当她得知县城安置小区的房子只有 50 平方米时，觉得两口子还带个老人住不下，就改变了主意。

"我儿子待她也够好了。好吃好穿的，没一样少了她。陆书记，你就跟上面说说，把房子的面积再大点。50 平方米，只有我这间屋子的两个大，确实小了点。"楚金凤恳求。

"大妈、大鹏，听我给你们说。安置住房人均不超过 25 平方米的面积，是国家统一规定的，全国都一样。一方面，因为全国的搬迁人口众多，若加大人均住房面积，国家和地方政府的经济负担就会加重，承受起来有压力。另一方面，这个面积满足基本的居住需求足够了。50 平方米的房子，同农村的房子比，确实小了点。但与大城市的房子比，也不算小。香港你们知道吧，是我国非常繁华的城市之一，人均住房面积还不足 10 平方米。我们是 25 平方米。别人能住，我们为何不能住？我看了县城安置小区的房型设计，50 平方米的房子，有两个卧室，还有厕所和厨房。就是大鹏结婚了，带着老人仍然住得下。等他们今后在城里打工赚了钱，买了大房子，就可以把安置房留给老人住。这样一来岂不是更完美了？只要两口子齐心、勤劳，在城里买个房子完全是可以做到的。"陆自远力劝郭大鹏母子不要顾虑太多，一定要去城里，以环境的改变来改变自己和家庭的命运。

"我是一定要到城里去的。妈妈最近也想通了。即便结不了

婚，总比窝在这里穷一辈子强。"郭大鹏说。

楚金凤留恋这里的山和田。她说，这地方虽然偏僻，但田得食，山林也多，丢了怪可惜的。

陆自远告诉他们，土地会有市场主体来经营，到时会给他们租金、利润分红等。山林的补偿一分钱也不会少。如果有人愿意在这片林子里养蜂什么的，他们还可以得到更多的收入。

陆自远建议，在举家未进城之前，这鸡继续养着。他会联系学校，把郭大鹏的鸡纳入学校的消费扶贫采购体系，切记不要喂含添加剂的饲料，就喂地里产的粮食。价格高点，只要东西好，销售不成问题。

就在陆自远、吴焕珍与郭大鹏母子相谈甚欢时，姚宏打来电话，说安置小区的胡景焕和赵大勇在鞋厂的车间打架。

陆自远、吴焕珍只得匆匆赶回。

一打听，原来是赵大勇硬说胡景焕昨晚在窗户外听他两口子的动静，胡景焕不承认，一气之下就打了他。

赵大勇家和胡景焕家在安置小区是邻居，墙挨墙。胡景焕刚被招录进手工布鞋厂，正在接受岗前培训。赵大勇在绿畦分公司包装车间上班。村里没几个人不知道赵大勇是个"小心眼""醋坛子"，就因老婆曾梅长得有几分姿色，整天提防着别的男人对她使心思，平时都不许她和别的男人多说话。

两家昨天下午一前一后搬进小区。胡景焕心想和赵大勇在一个园区做事，又是邻居，就热心了些，在赵大勇和曾梅搬进小区时，他一会儿帮人搬东西，一会儿帮人扫院子，让赵大勇觉得不怀好意。

这天晚上，赵大勇和老婆曾梅刚倒在床上准备例行夫妻之事，忽然听到胡景焕的咳嗽声。赵大勇随即追出门去，早不见了胡景焕的人影，就连他家的大门也关得死死的。

早上上班中途休息时间，赵大勇找到胡景焕，问他昨晚是不是在窗户外面听动静，胡景焕说，根本没有的事。

赵大勇说，明明听到了你的咳嗽声。

胡景焕说，咳嗽没咳嗽自己忘了，但确实从你家门前路过了。要到我家，不从你家门前走，从哪走？

赵大勇仍旧纠缠不放，惹怒了胡景焕，胡景焕就把他掀翻在地，揍了几拳，但打的都是不要紧的地方。

陆自远听了他们各自的陈述，意识到一个问题：搬迁户群居在一起，隐私的问题得重视。这一家一户隔得这样近，窗户又不隔音，真是哪两口子晚上闹出点动静，保不准就影响到了别人。

他仔细端详房子的布局，觉得只有尽快将每家每户的院子围起来，才能最大限度保护各自家庭的隐私。

他一边安排人对院墙进行统一设计，一边组织搬迁户开会。

乡亲们：

这两天，因为一些私事把原计划要开的会推迟了。要不是胡景焕和赵大勇打这一架，估计会议还得拖两天。

你们现在住进了一个小区，就再也不是"散兵游勇"了，是"正规军"了，是不折不扣的小区式居民。

电视里八路的"正规军"你们熟悉吧。讲究行为端正，纪律严明。从现在起，你们要以一名小区居民的标准和要求来约束自己，要讲卫生，讲文明，守公德。我

们会迅速出台自治公约，对大家在小区里的言行进行规范和奖惩。模范个人和家庭，奖礼品、奖现金，村集体经济分配时，优先考虑。那些我行我素，破坏小区和谐安定的，降低村集体经济分配额度，并在小区生活群里曝光。

当然，你们也要做好自我保护。毕竟，你们现在已不像原来周围几里就你一户人家，脱光了裤子洗澡门都不用关。小区住着几十号人，旁边还有那么多的工人。稍不留神，就走光了、出丑了。

我建议，从今天开始，大家抓紧时间把自家的院子围起来，为体现美观，我正请人设计，到时候按统一风格建设。另外，各家给卧室换上隔音门窗，免得让别人听见了两口子的小秘密。

家园是我们自己的，我们要主动来完善。不要什么事都等着政府来解决。政府只保基本，高品质的生活，需要我们自己来创造。

搭院子和换门窗实在差费用的家庭，可先到村委会登记，村里先借给你们，以后在分配集体经济收益的时候扣除。

现在大家都很忙，忙着挣钱。会议就开到这里，散会。

会后，陆自远又分别耐心做了赵大勇和胡景焕的思想工作。两人握手言和。

242

第二天一早，陆自远便赶往县政府报到。临行前，他本想托付雷敏多多开导吴焕珍，免得她想东想西。可他很清楚，吴焕珍的心结，来源于她对社会、对婚姻太过理性的认知，绝非三两句哄人开心的话就能让她若无其事。雷敏虽然长期从事这方面的研究，可毕竟不是有过婚姻经历的人，理论和现实还是有差距的。

陆自远有些后悔昨晚连一句安慰的话都未曾对吴焕珍说。可他又能说什么呢？信口编织一些所谓的希望，这与欺骗无异。他只能寄望自己早日帮助吴焕珍拥有一份还算体面的工作或收入，让她不再觉得自己是省城那个中产阶层家庭里地位卑微的"灰姑娘"；抑或她最终敢于为了爱情不管不顾，甘愿做一个脱离社会、淡泊舆论的家庭主妇。

"我去报到了，三两天就会回来。你别一天跟自己过不去。"陆自远走出家门时，含蓄地叮嘱。

吴焕珍不想让陆自远工作在外还操心着她，便强颜欢笑："放心，我保证每天开开心心的。"

自从与陆自远确立感情后，这点她倒是真的做到了。虽然她十分清楚两个人的婚姻之路一定会阻力重重，但一点也不影响她经营和享受眼前的爱情。她甚至觉得，让未来的婚姻之痛冲淡眼下的爱情之乐，是傻人做蠢事。过好当下每一天才是最重要的。一个人，既然无法左右过去，也不一定把控得了未来，就把当下守住——如果当下值得一守。

昨晚，她比任何时候都更珍惜陆自远的存在，完全把自己沉浸在了爱情的鱼水之欢中，甚至忘了有关未来的期许，就觉得这种有温度、挺实在的日子，过一天少一天，不能"虚度"。

县政府为陆自远准备了隆重的茶话会，班子成员全体到

场，东方农业大学正在临金县开展全域产业规划的专家组成员也一并列席。

县长翟世友全面介绍了全县脱贫攻坚工作面临的艰巨任务和严峻挑战，希望陆自远当好全县攻坚战的"参谋长"，与专家组一道，协助杜涛、柳春旺两位副县长全力抓好精准扶贫工作，确保全县如期高质量脱贫"摘帽"。

杜涛、柳春旺对陆自远这个"参谋长"期盼已久，把他在仙掌村的"战略战术"推崇备至，欢称这下有了"定海神针"，不愁全县脱贫攻坚战不能取得完胜。

陆自远感谢诸位领导的厚爱，说自己受宠若惊，表示接下来将尽快深入基层了解相关工作的推进情况，集中各方面智慧，研究制定有关推进措施，供领导们决策参考。

午饭后，杜涛、柳春旺带着陆自远，走访了县扶贫办、县发改局、县农业农村局、县住建局、县人社局等精准扶贫重点县直单位，听取了各单位关于脱贫攻坚的工作情况介绍。

陆自远全程以听为主，几乎没有发言，说今天只带了耳朵和笔，重在学习。

他从各单位的汇报中感受到，部分工作存在"绣花功夫"、用心用力不够的问题，思路多、落地少，措施多、见效少。尤其是产业就业方面存在的问题最突出，总觉得好多东西还"浮"在半空中。扶贫工作最怕这样，一切增收措施必须和一户户贫困人口无缝对接，方能确保他们真实脱贫。

他愈加意识到深入实地走访刻不容缓，决定明天就下去，一个贫困村一个贫困村走访，摸清实情，再对症下药。

晚餐，翟世友私人请客。先前参加茶话会的人员一个不落，还增加了县扶贫办、县发改局的主要负责人。

作为新人，陆自远想少喝点酒已然找不到个合适的婉拒理由——出于尊敬与礼貌，大家的敬酒推辞不得，自己还得一一回敬。一顿饭下来，头已昏昏然。

陆自远的住宿就安排在政府大院的干部公寓，三室两厅。县委、县政府、县人大、县政协的"四大家"领导多居住于此。

总算有了像样的洗漱条件。他扛着酒劲儿吃力地痛快地洗了个澡。躺在床上，想着一整天没和吴焕珍说上话了，拿出手机，拨通了视频。

视频一端，吴焕珍半躺在床上，手里拿只布鞋正在扣底。看见陆自远一脸赤红，关切地问："看你红光满面的，不要紧吧？"

陆自远有气无力地回道："就是有点困。应该没啥问题。"

"那你赶快睡。情谊重要，身体更重要。酒可不能由着性情喝。伤了身体，可不得了！"

"知道了。谢谢老婆关心。我真睡了。"话音刚落，手机一扔，栽倒在床上，呼噜声从视频里传来。

吴焕珍叫了几声没叫醒，赶紧挂断视频，担心一直连着，把陆自远手机的电耗完了，明天工作起来不便。

吴焕珍躺在床上靠做手工打发时间，这仿佛又回到了十多年前。那段日子，丈夫曹振宇得知自己无药可救，一辈子将瘫痪在床，天天寻死觅活。吴焕珍担心他半夜里弄出个好歹来，就整夜整夜守在一旁，后来觉得实在无聊，便学着织毛衣，经常一织就是大半夜。现在，她又要靠打发时间来度过漫漫长夜了，感叹人生如戏。

不幸的是，曾经的他，好歹还在眼前，伸手可及；现在的

他，竟是个时有时无的视频，就是个影子。

所幸的是前一种打发叫等待，等待把不幸的日子一天天耗完，把一生耗尽。后一种打发叫等候，等候期盼的日子一天天走近，幸福走近。虽然过程都是煎熬的，但结果不一样，意义也就不一样。如果厮守注定是奢望，那她更愿意去等候。一个连着一个的等候就是一个连着一个的希望。

雷敏接任驻村第一书记后，立即着手调查脱贫攻坚成效。为快速、准确、全面收集各类信息，她建了个"幸福仙掌村"微信群。在大家的一致协助下，村中多数成年人先后进群。雷敏、吴焕珍采取线上调查、线下走访等方式，收集整理村民的政策享受情况、家庭收入、民情民意、工作建议等。

通过对调查情况的汇总分析，一些民怨浮出水面：

11.2%的非贫困户抱怨，自己的家境并不比贫困户好多少，可面对扶贫政策却只能望洋兴叹；

8.5%的非贫困户抱怨，好吃懒做的人往往成了贫困户，享受政策福利，勤劳的人却只能靠自己的双手来养家糊口，这不公平；

1.3%的贫困户抱怨，自己家没孩子读书，也没人生病，更没有危房要改造，享受的扶贫政策太少；

1.7%的贫困户抱怨，只有当年发展的种养业才能享受奖补政策，缺乏持续性。

村两委和驻村工作队就收集到的民意迅速进行研究讨论，商量如何从整体上提高群众对精准扶贫工作的满意度。

雷敏认为，群众的抱怨情绪，并非政策的顶层设计有问题，归根结底还是群众思想觉悟不高、大局意识不够形成的。

雷敏指出，群众思想引导工作，必须伴随脱贫攻坚的始终，要切实激发群众的内生动力。只有他们的内生动力足了，才能远离"等靠要"思想。

姚宏强调，引导群众持续提高大局观、树立正确获得观，始终用感恩的心理看待精准扶贫工作，是一项系统性工程，要常抓不懈。

……

研讨会决定，先从获得观抓起，以正确的获得观催生必要的大局观，以自觉的大局观提升主观的满意度。与此同时，加大对贫困临界点的家庭的监测和帮扶，切实解决他们的实际困难。

研讨会部署：在村里举行一次"精准扶贫给我们带来了什么"的大讨论，让群众从方方面面认识到自己的所得；同时，因户施策落实贫困临界点家庭的帮扶措施。

雷敏设计了三个问题，供大家通过问卷、微信、屋场会、面对面等形式讨论：

1.精准扶贫以来，你享受到了发展带来的哪些好处？

2.让一个好吃懒做、吃不饱穿不暖的人做你的邻居，对你有什么影响？

3.如果你是家长，你希望子女啃老吗？如果他们都有困难，而你的能力又有限，你会优先帮助谁？

为鼓励大家踊跃、严肃参与讨论，村委还设置了有关奖项：

踊跃发言奖，奖励给发言踊跃、家庭成员活跃度高的家庭。一等奖一名，奖金 500 元；二等奖两名，奖金 300 元；三等奖三名，奖金 200 元。

发言信服奖，奖励给认同度高的发言者个人。一等奖一名，奖金 500 元；二等奖两名，奖金 300 元；三等奖三名，奖金 200 元。

村两委和驻村工作队，有意将一些不满情绪较重的人集中在一起开展讨论。

通过大讨论，全体村民达成以下共识：

精准扶贫以来，村里的每个人都享受到了扶贫带来的实实在在的好处，如基础设施大改善、增收门路更多、就业更便利等。

把困难的家庭扶起来，甚至是让好吃懒做的家庭也能过上不愁吃穿的日子，才能切实增强社会的和谐安定，提升社会整体幸福指数。

家庭是国家的细胞。如果每个家庭都啃国家的老，国家就会不堪重负，富强、复兴就是一句空话。国家富强了才有能力对落后地区和困难家庭加大扶持。每个家庭都富裕了，国家就会更加强大。

大讨论，推动全体村民在思想境界上有了一个大的跃升，就连小学生说起国与家的关系也是一套一套的。

在解决政策养懒汉的问题时，雷敏组织力量广泛征求干部、群众意见，进一步完善了《村集体经济收益分配方案》，突出以奖代补、纾难解困的收益分配特性，建立起长效机制。

在仙掌村，要说政策究竟养了多少懒人，群众反映强烈的也就一个：胡景焕。

平时闲散惯了的胡景焕，哪能坐得住？进厂后，每天工作两三个小时就喊腰疼要休息。这不，9月份的工资，就他拿了1300元，得了个全厂倒数第一。这两天，正嚷着腰疼在家休息。

吴焕珍和雷敏商定，一起来治治胡景焕的懒病。

雷敏和吴焕珍来到胡景焕家时，临近傍晚，胡景焕正躺靠在躺椅上，跷着二郎腿，闭目养神。

"哟，今天没上班，是腰病又犯了吧？"吴焕珍故意放大嗓门探问。

"雷队长、吴委员，你们……"胡景焕睁眼一看，见是雷敏和吴焕珍来"查岗"了，既羞愧又慌张，连忙起身打招呼，伺候茶水。

"都说你饭菜做得好吃，雷队长想来一饱口福。欢迎不？"吴焕珍开门见山。在来的半路上，她和雷敏商量，必须想办法确认胡景焕是不是真的腰疼。试探的办法就是品尝他的厨艺。他如果真的腰疼，肯定下不了厨房，与他说上几句话后就到厂区食堂吃晚饭。

胡景焕有点不相信，确认道："真吃晚饭？"

"这还有假？"吴焕珍故作正经。

"你俩还真有口福。昨天，别人送我一只兔子。这下就去把它办了。你们喝喝茶，候着。"胡景焕刚进厨房，胡德海、段诗桃两口子就一脚迈进院子。

吴焕珍连忙给他们打招呼："胡叔、段婶，你们这是打哪儿来？"

"帮杜总栽完丹皮（牡丹），顺便把萝卜田里的草扯了几把。"段诗桃上气不接下气地说。在外面忙了一天，她和胡德海一脸

疲倦。

两口子满脚是泥，赶紧在院子里打整。

吴焕珍侧过身对雷敏感叹道："这个家，幸好老两口勤快，否则不可能脱贫。如今，两老不仅在仙草堂药材专业合作社上班，地里的发展一样也没落下。"

雷敏点头赞叹。心想，这颓废的儿子何时才能帮上这对可怜的父母呢？

"他人呢？"段诗桃换了双鞋子，走过来问。

吴焕珍含笑道："厨房里忙着呢。"

"晚上就在这吃饭。我帮忙去。"段诗桃说着就要往屋里走，被吴焕珍一把拽住："他已经挽留过我们了。您坐，我和雷队长想了解点情况。"

段诗桃掸了掸身上的灰尘，拿了把椅子坐下。

吴焕珍把椅子往段诗桃身边挪了挪，压低声音问道："段婶，你和胡叔也是六十多岁的人了。这景焕哥你们可管不了一辈子。他是不是腰病真的又犯了呀？听说都两天没上班了。"

段诗桃叹了口气，说道："侄女，说了不怕你们笑话。他哪像个腰疼的人。一有好吃的，蹦跶得比兔子还快。"

雷敏也凑了过来，问道："您分析分析，我们发现他的情绪和斗志反复无常，主要原因是什么？"

段诗桃思忖道："这么大的人了，老婆也讨不到一个，肯定是这方面在作祟。"

说话间，胡德海洗完两双泥巴鞋走了过来，不善言谈的他挤了个笑脸，进屋去了，任凭三个女人在外面嘀嘀咕咕。

大约个把时辰，胡景焕就做好了一桌子饭菜。

"这手撕兔肉，色鲜味美，不愧出自大厨之手。"雷敏尝了一口，称赞道。

接着，她又尝了口腌广椒，觉得味道棒极了。这腌广椒可是技术活儿，既要椒身饱满鲜艳有光泽，吃起来还得清脆入味。

"这咸菜也是你做的？"雷敏不相信这是胡景焕的手艺。

段诗桃接过话茬："他学会这个才不久。硬是个吃货！"

"就他这手艺，在村里当个村厨一点都不成问题。"吴焕珍中肯地评价道。

"他就对几个酒肉朋友实心实意。其他的事没一样能坚持。"段诗桃抱怨道。

吴焕珍见胡景焕脸上起了情绪，连忙提议大家多吃菜，别枉费了胡景焕的厨艺。

吃过晚饭，吴焕珍借口女同志走夜路不安全，让胡景焕送一程，计划着在路上和他谈谈心。

"景焕哥，当着两个女人的面，你能不能敞开心扉说点实话？"吴焕珍一脸真诚地说。

胡景焕不言语，一个劲儿地抽烟。

雷敏见胡景焕若有所思，补了一句："帅哥，你人长得也英气，就不想把自己的日子过亮堂点？"

"好日子歹日子都是过。有啥区别嘛。"胡景焕冷冷地回了一句。

"从你这做饭的琢磨劲儿，可以断定，你只要铁心想过好日子，一定过得上。"雷敏劝勉。

吴焕珍也趁势而上："景焕哥，你爸爸妈妈勤快了一辈子。他们辛辛苦苦为的啥？不就是想让你过得好吗？你自己不上

心，他们也就会慢慢懒心的。"

胡景焕自住进小区，觉得越来越孤单了。以前住在"台"上，还可以找几个人打打小牌、唠唠嗑、喝喝酒。现在，老的少的，白天进了基地、工厂上班，晚上又凑在一起搞什么文娱活动，好像这个小区就他是多余的人。这两天，他窝在家里实在觉得憋得慌，想着还不如待在厂里呢，虽然辛苦点，至少能和几个娘们儿开开玩笑，图个乐子。再说，自己不过就缺了条腿，装上假肢，跟正常人也没多大区别，至少不影响现在在厂里干活。"你们的好心我是理解的。这两天我想了很多，村里人都奔着过上好日子，我一个人一天游手好闲地，落人后也遭人厌。"

雷敏万万没想到胡景焕闷了半天，嘴里竟蹦出这句话来，赶紧鼓励道："你完全可以的！"

吴焕珍也趁热打铁："你现在啥也不缺，就缺决心。我们看好你！"

送了一程，胡景焕折身回去了。临别时一再表示感谢，说他的事让两位操心了。

雷敏、吴焕珍叮嘱他打起精神来，活出个男人样。

一路上，雷敏和吴焕珍琢磨给胡景焕找个女朋友。雷敏了解到崔四海带来的员工里有个叫秦祖英的，35 岁，离异，小孩跟了前夫，人也长得清秀。

吴焕珍怂恿雷敏跟她一道去撮合撮合。雷敏笑应。

周茜茜真的要嫁给邹智了，婚礼就定在 2018 年元旦。在印制请柬的前夜，邹智让周茜茜冷静下来再考虑考虑："茜茜，相比离婚对人的摧残，我宁可一辈子不结婚孤独终老。你可想好，一旦结婚了，无论遇到什么情况，我是不会同意离婚的。你就是跑到天涯海角，我也会死皮赖脸地跟着你！现在，我愿意再给你一些时间考虑，以防你头脑发热，到头来让我空欢喜一场。"

邹智一直不放心这盆意外得来的高贵"莲瓣兰"，总担心某个时候被人突然抢走或偷走。

"你考虑好了就行，反正我不用再考虑了。婚姻大事，要不要考虑？要。但考虑时间的长短与日后的幸福程度不一定成正比例关系。关键是两个人要珍惜在一起的缘分，肯一辈子不离不弃，用心去经营。"周茜茜劝邹智别五想六想了，有精力不如理一理请柬要发给哪些人，这两天就把请柬发出去。

邹智见周茜茜全然没有犹豫之色，也就开始踏踏实实思考发请柬的事。

"村里的人，群里通知一声就可以了，不用家家到户户落。两个人的好友、同事和至亲，尽可能送份请柬，以示郑重。你给父母说了我们的事吗？你那边有哪些亲戚、朋友要过来？我好早做准备。"邹智叮嘱。

"爸妈远在非洲，就不惊动他们了。国内的亲人就小姨两口子，我负责邀请。另外，我那几个闺蜜肯定得通知到。她们的住宿就安排到周边几家农家乐去。"话说到这里，周茜茜忽然想到婚房还没完工，赶紧提醒道："这两天，我们一边告知大家婚期，一边得把装修催紧点，还要置办家具呢。"

……

接过周茜茜亲手奉上的喜帖，吴焕珍惊讶得一时说不出话来。她没想到他们俩这么快就要结婚了。在她看来，两个人各方面条件如此悬殊，至少得有一到两年的磨合和冷静考虑方显

慎重。

她本想提醒周茜茜切莫一时冲动，可一想到人家都要结婚了，再说这个有些煞风景，便转而祝福道："恭喜呀，恭喜!"

周茜茜怎么也没想到吴焕珍是第一个给自己送上祝福的人。她觉得这个祝福的味道有些酸、有些苦、有些涩。在过去漫长的岁月里，她一直拿老师当择偶的标准，追着老师一路来到仙掌村，人没追着，却把自己留在了这里。促成自己人生发生改变的，有老师，也有眼前的这个女人，当然还有邹智。起关键作用的自然是眼前的这个女人，如果不是她捷足先登，或许牵着自己走上婚礼红地毯的人就是老师了。人生如戏。她希望眼前的这个女人和老师能够按照固有的剧本演绎下去，有个圆满的大结局，否则自己会为昨日的退却而懊悔。

"我们在前面打头阵，你们得尽快跟上哟!"周茜茜语重情深地说。

吴焕珍巴不得与他们同一天穿上婚纱，可她非常清楚，自己离穿婚纱的日子还十分遥远。不过，捧着邹智和周茜茜的喜帖，还是让她对这一天的到来增添了不少的信心。

同样信心倍增的还有陆自远。当他从吴焕珍的微信中看到耀眼的请柬，仿佛看见自己和吴焕珍正深情相拥在光彩夺目的婚礼舞台。

"你看看，人家都后来者居上了。我们得加油呀。"陆自远推波助澜。

吴焕珍不知道如何来表达自己期待而复杂的内心，便回了个"鲜花"和"拥抱"的表情。

两个人，内心都无比憧憬未来，却又常常在涉及未来的话题上讳莫如深，这就是"过来人"的不幸。在吴焕珍和陆自远看来，虽然四个人冲刺在婚姻的道路上同样需要披荆斩棘，但是周茜茜和邹智是轻装上阵，而他俩却不得不负重而行。

2018年元旦如期而至。全村老少齐聚于邹智几天前竣工的小别墅，喝他和周茜茜的喜酒。

新中式三层小别墅设计时尚，装修考究。围了一个大大的院墙。庭院内绿灌葳蕤，花草芳芳。

周茜茜的小姨、小姨父以及她的几个闺蜜，放心不下周茜茜这个近乎疯狂的决定，提前一天来到仙掌村，想一探究竟，并做好了"最后挽救"的思想准备。经过一天的详细"考察"，此刻，他们心中只剩下对这对新人美好的祝愿。

为突出婚礼的隆重感、仪式感，周茜茜以电商运营中心为临时"娘家"，在此梳妆打扮。邹智等乘坐从婚庆礼仪公司租借的8辆"路虎"前去迎亲。

9：29分，婚礼正式开始。新人沿着铺设至公路的红地毯深情款款地走进堂屋，身后是吹吹打打的乐队和亦真亦假的"娘家人"。穿西服打领带的邹智容光焕发、英姿飒爽。身着雪白婚纱的周茜茜粉妆玉砌、光彩夺目。

幸福洋溢在新人脸上，羡慕荡漾在众人心头。

陆自远以证婚人身份，诠释了邹智、周茜茜结合的影响和意义。

各位来宾、女士们、先生们：

　　新年伊始、斗柄回寅。值此元旦佳节之际，仙掌村又诞生了一对恩爱、幸福的新人。我十分荣幸担任他们

的证婚人，并受新人及家属的委托，向各位致以良好的祝愿和衷心的感谢！感谢你们为邹智先生和周茜茜女士送来欢乐、送来祝福、送来吉祥！也预祝大家新年快乐、万事如意！

邹智先生和周茜茜女士在扶贫路上相识、相知、相爱，最终喜结连理，造就了全面建成小康社会征途上一段动人的爱情佳话，其影响和意义是深远的。

长期以来，因为贫穷，仙掌村男难外娶、女盼外嫁，大龄单身男性越来越多，社会问题日益突出。

周茜茜女士是典型的高富美，天生丽质，研究生学历，家在省城，父母又是外交官，论条件，嫁到京城也不为过，而现在，她竟成了我们村的媳妇！这童话一般的故事就摆在我们眼前，难以置信却又真真切切！

这样一个美丽而温暖的故事说明了什么？说明我们的农村在发展，有了越来越多的吸引力；说明我们的农村青年非常优秀，也可以捕获城市高富美的芳心；说明人们思想进一步开放，不断有人敢于冲破世俗的藩篱……

纯粹的爱情从来都是令人向往的。它历经风雨，却又坚不可摧；它亦真亦幻，却又刻骨铭心；它不可思议，却又理所当然。

纯粹的爱情从来都是不求完美的。爱屋及乌，才是爱的至高境界。

只有纯粹的爱情才能筑牢婚姻的高楼大厦。让我们为真爱祝福！祝愿他们恩爱一生、幸福久久！

我坚信，未来的仙掌村一定会上演更多如此美丽而暖人的故事！

在此，我要告诫两位新人：坚守与包容是婚姻的保险盒，希望你们在婚后的每一天同心同德、相濡以沫，争做仙掌村的五好家庭和模范夫妻！

陆自远的致辞是说给新人听的，也是说给在场人听的，更是说给吴焕珍听的。作为仙掌村的两段爱情佳话，一段已义无反顾修成正果，一段还在瞻前顾后踌躇而行。陆自远提醒自己，也期待吴焕珍赶紧跟上。

雷敏也在一旁为吴焕珍加油。整个婚礼，她俩手挽着手，亲似姐妹。事实上，她俩也是同病相怜。在面向婚姻的道路上，她俩期待似火，却又心事如山。

第十二章

临金县易地扶贫搬迁县城幸福安置小区一期328套安置住房于腊八节这天建成投入使用，来自全县8个乡镇的300多户易迁户于当天下午两点半在县公共资源交易中心二楼集中摇号选房。

周茜茜请了婚假，陆自远在外乡，吴焕珍只好独自搭乘客运班车前往县城。在云雾镇汽车客运中心换乘开往县城的班车时，吴焕珍一眼看见了正在候车的郭大鹏。同是第一批进城安置对象，两人正好作伴前往。

"进了城，我们不会巧到做上邻居吧。"班车在公路上穿梭，郭大鹏满是期待地说。自打知道吴焕珍家要安置进县城，郭大鹏就盼望成为她的邻居。

吴焕珍心想，真是到了人生地不熟的地方有个熟人做邻居那才好呢，便亦显期待地说："我们村的几户人家最好都住一块儿，也好有个照应。"

郭大鹏听说一期入住县城安置区的有300多户，且是摇号选房，断定自己和吴焕珍住到一栋楼的概率微乎其微，更别说做邻居了。但他希望有这样的好运气，"但愿，但愿！"

郭大鹏的母亲楚金凤更是异常期待与吴焕珍成为左邻右舍，每次郭大鹏告诉她有这个可能性时，她就延颈鹤望，急不可待。大概是某些遭遇相似，令她对吴焕珍有种特殊的感情。

县公共资源交易中心二楼，等候摇号的人把本不宽敞的空间挤了个水泄不通。多数是老人，其次是妇女，一眼望去几乎看不见一张年轻的面孔。每个人吐纳的二氧化碳充斥在空气中，与泥土味、土烟味、汗味……交织在一起，凝固成了一屋子令人窒息的燥热。

还好，摇号选房很快便开始了。吴焕珍从人缝里吃力地伸出脑袋往主席台看，台上坐了好些人，听主持人介绍有县人大的、县政协的、县纪委监委的。吴焕珍十分希望陆自远也坐在前面，两人又有一个多星期没见面了，还是邹智和周茜茜婚礼那天他回去了一次。但她很快就排除了这个可能——一个多小时前她和陆自远通过电话，得知他去了白云乡，说会尽快赶回来。白云乡到县城至少有 2 个小时的车程，更何况他人在白云乡的一个村子里，没 3 个小时回不来。

陆自远虽然爱搞点小浪漫，但吴焕珍判定眼下他工作任务繁重，应该没这时间和精力来给她整这个惊喜。不过，她还是把主席台认真扫描了一番，人缝里看不全，她就一个劲儿地往前挤，差不多都快挤到前排了。确实没有！她有些失望。这时，她忽地想起自己刚才拼命往前挤，也没顾得上郭大鹏是否跟上来。她断定他一定陷在人海里没了踪影，可一转身，发现郭大鹏就站在身后。两人对视，郭大鹏一脸窘笑，额头的汗水一个劲儿地流淌。吴焕珍拂了下自己的额头，满手心都是汗水。

"云雾镇钟塘村史光香。""史光香 3 栋 1 单元 102。"

"云雾镇钟塘村邱道远。""邱道远 5 栋 1 单元 403。"

……

工作人员逐一点名让易迁户上前摇号，随即公布其摇得的房号。

"云雾镇仙掌村吴焕珍。"

吴焕珍总算听到了自己的名字，赶紧挤到摇号台，脚还没站稳就按了摇号的按钮。"7栋1单元303。"工作人员一边宣布房号，一边递给她一把钥匙。

紧接着点到名的是郭大鹏。现场实在太拥挤，郭大鹏紧贴着吴焕珍的身子挤至摇号台。吴焕珍半是好奇半是期待地盯住大屏幕。大屏幕很快显示："云雾镇仙掌村郭大鹏，7栋1单元304。"

"耶！"郭大鹏和吴焕珍几乎同时发出欢呼，引得周围人一脸蒙圈。他俩还真就成了邻居！

屋子里的空气实在太浑浊，可吴焕珍和郭大鹏还是坚持看清楚了同村易迁户冯世杰、张世奎摇得的房号——遗憾的是冯世杰、张世奎分得的易迁房同他俩隔了好几栋楼。冯世杰、张世奎是请的人摇号，摇号的人吴焕珍和郭大鹏均不认识，他俩也就打消了与他们会合的念头。两人一鼓作气从人缝里钻了出去，来到交易中心大门外，一连做了几个深呼吸。

"你下午回去吗？"郭大鹏刚把气理顺，便问。

"我明早回去。你现在就回去？"吴焕珍问。

"回去肯定得回去。这下还有点时间，要不去看看房子？反正钥匙也到手了。再说，我们做了邻居，应该庆贺下吧。"郭大鹏撂下一堆主意。

吴焕珍估摸着陆自远现在肯定还在回来的路上，便同意去看看房子。

两人打车来到幸福安置小区，一头扎进了黄褐色外墙的楼群里。穿行在小区的沥青路上，迎着翠绿的常青树，欣赏着一幢幢现代气息浓厚的楼房，两人心花怒放，各自急切地打开房门。

吴焕珍分得的易迁房是 75 平方米的，曹振宇去世前，他们家锁定的搬迁人口为 3 人，按照"增人不增，减人不减"的政策规定，人口锁定在前，曹振宇去世在后，所以她分得了 75 平方米的易迁房。房屋经过了简装修，只不过是水泥地面，有两室一厅一厨一卫，放上家具就可以入住了。每个房间虽然空间不大，但空间分配得很合理，堪称简约精致。

正在吴焕珍思考如何摆放家具时，郭大鹏嚷嚷着走了过来："50 平方米的房子真是有点小，餐厅都没有！"

吴焕珍来到郭大鹏的房间，房屋也是两室一厅一厨一卫，确实没有餐厅，客厅也比她家的略小。

吴焕珍安慰道："买个多功能烤火桌，一桌多用，客厅就可当餐厅用了。"

郭大鹏点头："房子必须把家具全摆上，整体感觉才出得来。眼下，是不是该找个地方喝点什么，以示庆贺？"

吴焕珍说，两人对城里都不熟悉，要不就去前面的小百货喝杯绿茶好了。

郭大鹏说，这也太不隆重了，承蒙老天眷顾，做上了后半生的邻居，不去喝酒，至少也得喝杯茶或咖啡什么的。

吴焕珍看了看手机，发现到云雾镇的最后一趟班车不到一小时就要开车了，便提醒道："今天你要赶车，反正以后在一起的日子长，留到以后庆贺。"

郭大鹏见吴焕珍的心思也不在庆贺身上，只好同意了。

吴焕珍打了一辆车，先送郭大鹏去了客运站，随后在城区随

便挑了条还算繁华的街道下了车，边逛边等待陆自远。

逛了不到半小时，陆自远的电话打了过来："你在哪儿呢？"

"我在解放大道珍爱女装店。"

"你就在那里等我，我一会儿就到。"

陆自远风尘仆仆地出现在女装店门前时，吴焕珍早已候在店门外。

"怎么不逛了？"陆自远见面就问。

"没你陪，怎么逛嘛。"吴焕珍一脸娇柔地迎上去挽住陆自远的胳膊，忽地想到他如此匆匆赶回来可能影响到了工作，便担心地问道："打乱你今天的工作计划了吧？"

"工作永远做不完。你的事也是大事。走，我带你去吃烤鱼。"陆自远正说着，一辆出租车驶来，陆自远拉着吴焕珍的手，打开车门坐上，招呼师傅去嘴嘴香烤鱼店。

嘴嘴香烤鱼店位于县城的步行街，是网红打卡点。待他俩到来时，包间全坐满了，大厅也没了座位，他们只好找了个露天餐桌。

两人点完菜，陆自远便关心起吴焕珍的房子："各方面还满意吗？"

"还行。"

陆自远已经适应了吴焕珍这种用尽可能中性的评价去反映内心对某个事物褒扬的习惯，断定房子她还是满意的。

"把钥匙给我。我买了家具后去给你把窝规整好。"陆自远吩咐。

"你一天忙得屁股不沾灰，哪来的时间？"吴焕珍心疼地说道。

"把要买的东西定下来后，我让小郑帮忙购买和布置。"陆自远说的小郑，全名郑琴，是陆自远的联络员，俗称秘书，考上公务员不到两年，做事细致，陆自远很信任她。

"时间有限，待会儿我们吃完东西就去家具市场逛逛，重点看看沙发、床、餐桌和床上用品。尤其是床!"陆自远半开玩笑半认真地规划道。仙掌村老家的那张床，是吴焕珍当年陪嫁的木架子床，年久失修，接头松弛，像老人摇晃的牙齿，连侧个身，木床都会发出"咯咯"的响声。吴焕珍在仙掌村老家的卧室背后是一条通往公婆家的路，斜直而上，如同窗户的一条对角线。站在"对角线"上，床上的一切尽收眼底。自曹振宇受伤并坚持要分床睡以后，这张床也就正好充当起公公婆婆用以监控儿媳妇一举一动的报警器。于是，无数个夜晚，吴焕珍总能感觉到在"对角线"上，有人撑着两扇耳朵，睁着一双大大的眼睛，密切关注着自己的一切。身正不怕影子斜。吴焕珍正好借助这张床向公公婆婆"报平安"，也就听之任之。

可自从陆自远睡到这张床上后，吴焕珍就一心想换掉这张床。这床也太不经事了，两人稍有动作，它就止不住叫唤起来，严重阻碍两人的身心交融。可在仙掌村，他俩换张床，比换个村支书还引人注目。

吴焕珍冲着陆自远做了个妩媚的表情。

嘴嘴香烤鱼的烤制燃料及手法很讲究，烤出的鱼没有呛人的炭烧味，表皮酥脆，鱼身金黄。食之，清香滑嫩，入口消融。

两人异口同声夸赞烤鱼味道好，但他们来不及细细品味，匆匆吃饱就直奔家具市场。

他俩率先选定了曹子倩的书桌、衣柜、床及床上用品等。陆

263

自远把货品编号、颜色等一一记录下来，还留下了店主的联系方式。给孩子买东西，他俩经验丰富，审美观点也较容易统一。多数情况下，陆自远选物，吴焕珍还价，分工明确。意见相左的地方，多半是吴焕珍觉得贵了要换便宜点的，陆自远却坚持"要买就买好的。"

吴焕珍主卧的衣柜、梳妆台、床上用品等，很快也挑定了，只剩下床和客厅的沙发还没有定下来。吴焕珍看好一组科技布小户型转角沙发，陆自远却更倾向于意大利风格的小户型简约真皮组合款。

吴焕珍说，一个易迁户，家里搞得太洋气，难免让人说三道四。

陆自远说，没哪条政策规定贫困户必须得有个穷样。再说，我是你的帮扶人，我花钱买的，有何不可？

吴焕珍拗不过陆自远，只好由了他，并递给他一张银行卡："家是共同的家，经济上也得分担。"

陆自远把银行卡塞了回去，说："你以后要用钱的日子还多着呢，轮不着你操心这些事。"

随后，他们开始一门心思选床。

有家里的老床作参照，眼前的每一张床吴焕珍都觉得无比牢实、美观和舒坦，她甚至都挑花了眼。

陆自远相中了一张简约轻奢风真皮软靠双人床，决定买下。吴焕珍一看价格，愣住了："哥，打折后 18000 元呢。"

"你不就想有张好床吗？只要你睡得舒服就行！"

吴焕珍直摇头。这床是好，但价格扣心。

陆自远坚持买下。

计划买的东西都定下了，两个人走出市场，准备打车。"去宾馆吗？"吴焕珍问。

"去我住的地方呀。"

"你那住的全是县领导，不好吧。"

"你是我的家属有什么不好的？"

"你在仙掌村爱上了个农家女，这本身就是大家的笑谈。我这一去，让人看见了，更是让人在背后对你议论纷纷。"

"我的宝贝，你就爱顾及这些。嘴长在人家身上，他们爱怎么说就怎么说。走！"说话间，有出租车开来，陆自远拽着吴焕珍的手就上了车。

晚上八九点，干部公寓几乎家家灯火通明。

陆自远带着吴焕珍来到三楼。三楼一共有四套房，陆自远住在倒数第二间。

第一间住着县人大常委会副主任邱奎夫妻俩。

第二间住着县政协副主席韩雪。关于韩雪，陆自远略知一二，听说她离婚十多年了，女儿在省城上大学。快 50 岁的人了，还不时有绯闻传出。

大概是看见陆自远家的灯亮了，韩雪敲门过来寒暄，看见沙发上坐着个美女，不知所措。

陆自远介绍："这是我的未婚妻小吴。"

"哦，哦，哦。仙掌村的？"韩雪原本要脱口而出的是，"仙掌村的那个贫困户？"忽地觉得这样说欠妥，就省了后面的几个字。

陆自远和吴焕珍同时听出了她特别提到"仙掌村"所隐含的言外之意，对她更是有了几分不悦之感。

"焕珍，这是政协的韩主席。"陆自远一边礼请韩雪入座，一边向吴焕珍介绍。吴焕珍也礼貌地站起身来。

"我就不坐了。看见你屋里灯亮了，过来看看的。"韩雪说完，转身离去。阖上门时，还不忘挥手道别。

"一看就是个狐狸精！"吴焕珍没好气地说。

"也不早了。洗了睡。明天，我们得早起。"陆自远吩咐。

这是吴焕珍时隔数月后再次洗淋浴，前一次便是她至今念念不忘的金龙酒店。她把浑身冲得透透的，感觉舒服极了。

陆自远的床，虽赶不上酒店和他们刚才在家具市场定下的那张床，但比家里的老木架子床结实、舒坦多了。两人忙不迭地一阵巫山云雨后甜甜地睡去。折腾了一天，两个人都很累了。

陆自远一连挤出几个晚上从严监工，对吴焕珍的易迁房进行装修升级，相继给客厅铺上了地砖、两间卧室装上了实木地板、更换了厨房的灶台和厨柜……并联系家政公司把房子也打扫了干净。

接下来的事情，陆自远托付给了联络员郑琴。

周末，郑琴叫上妈妈张丹来到家具市场，对照陆自远交到她手上的货品清单点货付款。陆自远给了她一张银行卡和密码。清单上的东西，大多是市场一线品牌的货品，动辄几千元，转眼间好几万元就从银行卡上划出去了，郑琴禁不住感慨：有钱真好！

她本想好奇一下，看看卡里有多少存款，但转念一想，存款是领导的隐私，窥视领导的隐私既不道德也有负信任，便赶紧掐断了这个念头。

今天，她还肩负着领导交付的另一项重任：采购家电等清单之外的家用必备品——陆自远叮嘱她，东西不能贪便宜，要确保产品质量过硬，价格上既要人家有钱赚，自己又不能太吃亏。反正一条，当自己的事办。

"当自己的事办"，这要求本不苛刻，但真要办到，压力可不小——买自己的东西，即便买砸了，顶多也就后悔一阵子，可给领导买砸了，就会在领导心中留下不好的印象，这责任可就大了。

"好在有妈妈在，她购物老到，办好领导交办的事情应该问题不大。"郑琴给自己打气。

张丹，县一中英语老师，郑琴评价她：精打细算，会过日子。

一番讨价还价下来，主要家用的东西基本置办齐备了，母女俩只觉得脚板发麻，口干舌燥。一连好几个小时，她们逛了这家逛那家，看了这店看那店，又是选货，又是比价，走了太多的路，说了太多的话。

"闺女，你放心，这些东西领导肯定满意，也没给他花冤枉钱。他自己来，还不一定能达到如此物超所值的效果。"张丹自诩。

郑琴点头，连连道谢。

母女俩随即赶往安置小区。张丹开车，郑琴通知各店主送货，并反复叮嘱不得损坏物品，否则退货。

空荡荡的屋子，把品质家具家电一放上立刻有了生机，有了气质。母女俩盛赞色调相宜，美观大气。

"美中不足的是户型较小，活动空间不足。"张丹略显遗憾地说。

郑琴从旁解释道： "老妈，这是易迁安置房，是保基本的，哪像你，住那大的房子。"

"今天都花出去五六万了吧？你们领导对帮扶对象还真舍得！"张丹甚是不解。

郑琴一时半会儿也给她解释不清楚，关键是担心她对领导产生误解或成见，就随便应付了句："领导家庭富足呗。"

母女俩把屋里仔细检查了一遍，补充了一些小东西，连垃圾桶、拖把等都一应俱全了。接着，她们找来工具，把整个屋子又精精细细打扫了一番。

郑琴拍下新家的全方位视频，传给了陆自远。稍后，陆自远回了条微信：相当满意，辛苦了，回城后犒劳你！

不大一会儿，吴焕珍也收到了这条视频，陆自远转发给她的。她反复看了三遍，还觉得没看够。随即给陆自远发了一条异常兴奋的语音："看着好漂亮好温馨，这下就想住进去！"

陆自远回复道："你抓紧把手头的工作交接好，我尽可能这一两天回来，商量搬家的事。"

吴焕珍把视频分享给了雷敏、周茜茜和自己的三个妹妹，她们都赞不绝口。

想着很快就要离开仙掌村了，吴焕珍顿时觉得有些不舍，就像告别一段并不完美的婚姻，总有若干刻骨铭心的东西放不下。嫁到仙掌村 16 年了，这里的山山水水洒满了她的青春足迹。她为之笑过、哭过、憧憬过、绝望过，人生的酸甜苦辣如同眼前的山野，苍茫而厚重。

她一心追求平淡，只想过普普通通、安安稳稳的日子，可命运之神就像半醒半醉的酒鬼，五分捉弄、五分给予，令她往往喜

268

极生悲，又悲极生喜。

关于自己是否要尽快进城的问题，吴焕珍和陆自远商量了半天也没个明确的决定。吴焕珍说，搬迁必须拆旧，自己搬走了，房子拆了，驻村工作队咋办？小微产业园厂区虽有食宿，但房间有限，好几个人住一间，多有不便。另外，自己负责的村里的工作谁接手？这工作工资不高事情不少，恐怕一时半会儿难得找到合适的人，况且，自家的山里、地里都发展有经济作物，完全靠人帮忙管理，也不是个事。陆自远说，城里的易迁房既然可以入住了就必须及时住进去，若"两头占着"政策上不允许，也影响安置小区的整体真实入住率。山和田，能流转出去的就流转出去，确实照顾得来的就留下来，需要回来打理的时候就回来打理下。村里的事，无论如何得找人接住，至于驻村工作队的吃住，再帮他们挑个条件较好的农家。

……

村两委和驻村工作队的同事，人人舍不得吴焕珍搬走，尤其是雷敏，习惯了被她照顾，听说她要搬走了，感觉没了依靠，情绪低落。大家甚至觉得当初决定将她搬迁进县城就是个错误，安置在本村多好！

陆自远安慰道："同志们的心情我理解。这朝夕相处的姊妹要分开，心里不可能不难受。虽然村里现在发展得不错，今后肯定还会发展得更好，但进城还是更有利于她。明年孩子就上高中了，如果家在县城，照顾起来肯定更方便。当然，她虽然搬迁到了县城，与村里的联系肯定不会断，地里、林地的一部分经济作物，她还得回来打理，今后见面的日子会很多。"

吴焕珍是村里第一批最后一户搬迁进城的易迁户。搬迁这

天，她就带了自己和陆自远、曹子倩的一些衣物，连锅盆碗盏、床单被子都送人了，城里的新家啥都买了新的。

全村人自发守候在公路两边为他们送行。一些与她感情深厚的妇女流下了眼泪，雷敏更是哭成了泪人。吴焕珍留给仙掌村的东西太多，有品行、有热心、有温暖……大家难以忘怀。

邹智已取得了驾照，他和周茜茜负责把吴焕珍送去新家。

这天，吴焕珍把自己打扮得很美，陆自远也穿得很讲究。他们就像一对外出旅行的新人，消失在送行队伍的视野中。

打开房门，按下电源。吴焕珍简直不敢相信这就是自己的家！比视频里展现的家更加富丽堂皇。四个人查看了每间屋子，觉得添置的东西精致、精美，空间利用得也恰到好处。

因为天然气未接通，陆自远让吴焕珍还是睡到干部公寓去。吴焕珍实在不想碰上"女妖精"，可没有热水洗澡，也只能硬着头皮再去住一晚。

四个人开车来到嘴嘴香烤鱼店，陆自远提议，今晚时间充裕，好好去品品烤鱼，顺便喝两杯。

邹智赶紧推辞，说"领导"不让喝酒，要调养了准备当爸。

陆自远说这是正事，留着以后喜得贵子了再喝。

周茜茜羞涩难当，不停地给邹智使眼色，提醒他在老师面前别乱说话。

邹智哪能明白这复杂的意思，再说，他也不知道老婆一直爱恋着她的老师，仍旧津津乐道当爸的急切，引得吴焕珍捧腹大笑。

吴焕珍入住小区仅一天，她就成了这里男人们关注的焦

270

点，如饥似渴的光棍汉们闻讯而动，前仆后继地来到她所住的楼栋边晃悠，无不希望近距离一睹她的芳容。

吴焕珍忙着协助工人师傅安装天然气、采购生活用品等，哪有精力辨别在眼前晃头晃脑的都是些什么人。既然是邻居，必要的礼貌还是要有的，只要与她打上照面的，她都会浅浅一笑。这一笑，可让这些光棍们心里乐开了花，更加心猿意马。

郭大鹏家比吴焕珍家先两天搬进小区，母子俩为吴焕珍准备了丰盛的中午饭。吴焕珍和陆自远原计划晚上到外面吃一顿后回小区体验新居的，谁知县委书记焦志洋临时叫上陆自远下乡去了，明晚才回。吴焕珍十分失落，也就懒得动手做饭，继续在郭大鹏家蹭吃，直到晚上 10 点多才回屋洗漱睡觉。

盼了数十年，终于盼来一间属于自家的一应俱全的卫生间，这让吴焕珍如获至宝，尽情享受着股股暖流冲刷全身的快感。就在这时，她听到了敲门声。

"是陆自远从乡下赶回来了？这样的夜晚，怎能少了他！"吴焕珍裹了条浴巾便急急忙忙欣欣喜喜去开门，晶莹剔透的水珠顺着湿漉漉的发梢沿途洒落。

门外啥也没有。她怀疑自己可能是太希望陆自远回来以至于出现错觉，只好沮丧地关上门，重新回到卫生间。

敲门声又响了，这次她听得真真切切，一共敲了 6 下，前后三声稍有间隔。

确实有人敲门，但肯定不是陆自远，陆自远不会玩这种低级浪漫。也不可能是郭大鹏，郭大鹏不会如此无聊。是谁呢？吴焕珍在大脑里快速地筛选着敲门者，断定是小区某个不怀好意的男人。住进小区前，小区管委会主任曾玉就告诫过她，这里住着不

少光棍汉，平时要注意安全。吴焕珍忽地害怕起来，心直奔嗓门眼儿，腿也直哆嗦。她拿起手机，快速在通讯录里找到陆自远，但转念一想，人家在百十里之外的乡下，远水救不了近火，随即又翻到郭大鹏的号码……她一边穿好睡衣，一边在电话里给郭大鹏叙述刚才发生的一切，让他帮忙到门外看看，自己则壮着胆子把门裂开一条缝想一探究竟。

门外还是啥也没有。

郭大鹏打开门，环顾四周没发现人影便直奔楼梯口，随即楼梯口传来"哎哟哟"的声音。

待吴焕珍赶往楼梯口时，一个衣着褴褛、满脸邋遢的男人正双手护胸在楼道里蜷成一团，不停地叫唤。

"让你敲！让你敲！"郭大鹏咬牙切齿，一连蹬踹。

"哎哟哟——哎哟哟——"

"快住手！快住手！"吴焕珍借助灯光察觉到被踹的人表情十分痛苦，担心受伤了，赶紧制止。

"让你装！让你装！"郭大鹏抬起脚准备继续蹬踹，被吴焕珍一把将腿按住。

"哎哟哟——哎哟哟——"地上的男子叫唤个不停。

"赶快拨打110，他多半受伤了！"吴焕珍眼见地上的男子痛苦万分，吩咐道。

郭大鹏这才意识到刚才用力过猛，男子在楼道里一连翻滚，可能真受伤了。

救护车呼啸而至，呼啸而去，惊动了小区若干人，更是让楚金凤惊恐不已，她目送吴焕珍和郭大鹏坐上出租车，心急如焚。

"肋骨断了两根，差点伤到肺脏。"医生的话把吴焕珍和郭大鹏吓得脸色铁青。

小区管委会的人一会儿到了，随后是公安的人……

经过一番事情原委的问询后，公安的人安排吴焕珍在医院照看伤者，郭大鹏涉嫌故意伤害罪被直接带走。

吴焕珍懊悔不已，责怪自己害了郭大鹏。

小区管委会的人告诉吴焕珍，一定要把伤者照顾好，只有他不起诉郭大鹏，郭大鹏才可免除牢狱之灾。

伤者名叫周志强，临金县大荒乡人，光棍，47岁，一周前与父亲搬进安置小区，住2栋2单元405室。今天中午，他在小区转悠时无意间碰见美若天仙的吴焕珍从超市采购东西回屋，便偷偷跟了过去，知道了她的住处，还打听到她是个寡妇，随后便密切注视着她的一举一动。晚上，他在楼下的花坛里观察到寡妇卫生间的灯亮了，玻璃窗里，一个朦胧的身影时躬时仰似乎在洗澡，惹得他浑身燥热难耐，便决定整个恶作剧逗逗她。正当他再次敲完门蜷缩在楼道里想象俏寡妇披头散发、惊慌失措的样子时，忽地被人一脚端翻在楼道，连滚带爬中，左边的胸腔硬生生地磕在台阶沿上，痛得他直哆嗦。

吴焕珍在医院里度过了一个愤怒、揪心却又万般无奈的夜晚。一想到因为自己郭大鹏有可能坐牢时，她就恨不得将病床上的这个男人撕碎了。可人家毕竟受了伤，听曾玉介绍，其父亲又体弱多病，腿脚也不好。眼下自己不照顾他谁照顾他？吴焕珍觉得这也太滑稽了，明明自己是受害者，却偏偏像个过错方。

"在弱势群体扎堆的地方，不是什么事情都能按照道理来做，自己现在摊上的这事根本就没有道理，只有道德。"吴焕珍很快找到了一条安抚自己的理由。

她压根儿不想把这糟心事告诉陆自远，觉得一个县领导介入到如此无趣的事情中委实难为情。

可这哪是瞒得住的事？还不到半天时间，光棍汉敲寡妇门的轶事就传遍了临金县每个角落，陆自远自然也知道了。他火速赶往医院，见到了一脸疲惫的吴焕珍，心疼不已。

"昨夜没睡吧。一会儿我送你回去休息，这里我找个护工来照管。"陆自远把水果篮放到桌上，瞅了一眼病床上昏睡的男人，表情愤懑，拽上吴焕珍的手就往外走。

"我顶得住。你就安心忙你的事吧。"吴焕珍把陆自远引到楼梯口，给他阐述了自己务必留下来照顾的理由，"病人两三天后就会好很多，就可以下床行走了。眼下，多关心他就是多关心大鹏。你找找律师，看看怎样做才能不让大鹏坐牢。"

陆自远见四张病床挤在一间病房实在拥挤，吴焕珍连个休息的地方也没有，就去找了院领导，将周志强转移到特护套房，随后又去找了位全职护工，让她协助吴焕珍照顾病人。"钱，我已在医院预存了五万元，你把微信的五千元收了照顾好病人的生活。大鹏的事，我马上去处理。你在医院别忘了把自己照顾好。"陆自远把大小事情安排周到后匆匆离去。

有个能挡事的男人真好！吴焕珍既庆幸又感动，只想靠在陆自远的肩头大哭一场，自打昨晚被敲门以来，她心中的委屈就像发了酵的馒头，鼓鼓的，像要胀裂了似的。

在郭大鹏被拘留的半个月里，陆自远针对"敲门"事件所反映出的问题，组织司法、公安等部门在全县两百多个易地扶贫搬迁安置小区开展了法律道德讲座，还亲自主持了县城幸福安置小区融入教育大会，由此掀开了全县安置小区对搬迁户教育引导常态化、目标化、机制化的工作序幕。陆自远还不止一次随同司法、公安的人员，对周志强进行耐心说教，让他认识到自己的违法行为，并两次探望郭大鹏，感谢他对吴焕珍的保护，引导他卸下思想包袱，好好接受拘留教育。

吴焕珍对周志强的照料也渐渐从被动转为主动，情感上也从憎恶转换为同情，光换洗的内外套就给他各买了三套，还带他到院外理了头发，周志强整个人如今神清气爽。

十多天下来，吴焕珍更加全面地了解到了周志强的家庭情况和思想状况，得知周志强想外出打工，顾虑年迈多病的老父亲没人照管，便答应帮忙照看。周志强发誓出院后要一辈子把吴焕珍当亲妹妹对待，决不允许任何人欺负她。吴焕珍一再劝告他今后不要跟郭大鹏过不去，毕竟郭大鹏是因为保护她才出手的。周志强承诺过去的事就过去了，往后当兄弟相处。

周志强出院这天，郭大鹏也从拘留所出来。陆自远做东，在喜福会餐厅订了一桌丰盛的酒席。陆自远借了辆同事的私车先去拘留所接了郭大鹏，再来医院接走吴焕珍和周志强。来医院的路上，陆自远一再劝说郭大鹏要和周志强搞好关系，免得人家日后起诉或报复，再说大家住在一个小区，抬头不见低头见，唯有和睦相处才能一方和谐。郭大鹏心领神会。

周志强推辞有罪之人无脸前往，被吴焕珍生生拽上了车。

四个人围桌而坐。陆自远、吴焕珍坐主位，周志强、郭大鹏分列左右。

瞅着陆自远对吴焕珍照顾有加，周志强惑然。郭大鹏在一旁介绍："老周，你可能还不知道吧，焕珍妹子是陆县长的女朋友。"

"呀？"周志强惊讶万分。他只知道陆县长是省城来挂职的，全然不知还有个易迁户的女朋友。

"都县长的女朋友了，还住安置小区？承诺帮忙照顾父亲的事，也是哄人的吧。"周志强疑虑重重，暗暗自语。

吴焕珍看出了周志强内心的小麻花，安慰道："你放心，照顾你父亲的事，说到做到！"

吴焕珍无头有尾的话，让陆自远大感意外，心想，你吴焕珍还真准备在小区待一辈子？他很快意识到，这种情况确有可能，女人的心比海深，吴焕珍看似是铁了心不去省城，那她到底是怎样想的？想到这里，陆自远的心中浮起些许不快，见大家正等着他"发号施令"，只好收拢思绪，举起水杯："老周才出院，我也开了车，我们就以茶代酒共饮此杯。今后，还望大家彼此关照，和睦相处。"

"陆县长，我……我……"周志强本想致歉，被陆自远示意打住："来，我敬你们三位，预祝你们真心忘掉先前的不愉快，今后肝胆相照！"

吴焕珍忙不迭地为大家倒饮料、夹菜，三个男人也不时推杯换盏，餐桌上的气氛渐渐热烈起来。

从餐厅出来，刚过午饭时分。陆自远捎上三人直奔安置小区。

"今天还去不去单位？"一进屋，吴焕珍便急切地问。经过这一番折腾，吴焕珍更加深刻地体会到家里有个男人的重要性，她迫切希望陆自远能留下来，哪怕就半天，最好是一个晚上。

"请了一天假。这些天委屈你了，陪陪你。"陆自远说着一把抱起吴焕珍，来到那张自己精心挑选的床前。

也许是心存"敲门"阴影，也许是内心多有积虑，抑或是连日来彼此身心疲惫，两个人的状态都不对，几番努力，房事都没有成功。

"我们先好好睡一觉，休息好了再来补功课。"吴焕珍见陆自远大汗淋漓，帮他拭去前胸后背的汗水。

"好！"陆自远翻身下来，一把搂住强颜欢笑的吴焕珍，将她的头揽在臂弯里。随即，两个人合上眼，任凭纷乱的心事在胸腔里蔓延。

第十三章

虽然县城易地扶贫搬迁幸福安置小区和配套的工业园眼下均未全面完工，但招商、就业工作丝毫没有懈怠，由县人社部门组织的现场招聘会在小区广场开了一场又一场，入驻工业园的企业先后亮相，有近 500 个工作岗位热情地向易迁户招手。

3000 元左右的工资对年轻人来说吸引力还是小了点，几场招聘会下来，签约进厂的多为 50 岁以上的中老年人，其次为少数带小孩的年轻妇女。周志强等小区的几个光棍汉原本是小区管委会重点想"赶"进厂的对象，可人家嫌工业园工资低，口口声声要到外地去挣钱，请求管委会帮他们把家中的老人安顿好，不扯他们的"后腿"。曾玉哪能看不出这些没有老婆"捶打"的人，实则是闲散惯了不愿意进厂坐班，便搬出家里的老人做挡箭牌。

"不把这些人赶去上班，上级的就业要求就会大打折扣，小区的全面安居乐业也不可能实现！"曾玉苦思对策，想着如何摘了他们的"挡箭牌"。

吴焕珍有一定文化，又有村委会工作经历，且年富力强、形象气质佳，自然成了招聘会上的香饽饽，好几家企业想聘任她坐办公室，小区管委会也抢着给她提供工作岗位。

吴焕珍最终选择在拓恩鞋业做办公室主任，一来，这家公司开的工资最高，固定工资加奖金月薪差不多有 5500 元；二来，老板是个女的，长期出入在女老板身边可以减少流言蜚语，更重要的是可以按时上下班，不影响她回小区给周志强的老父亲做中晚饭——既然答应了要照顾人家老人，自己就不能食言！

曾玉得知吴焕珍已承诺照顾周志强的父亲，顿时喜出望外，她找到吴焕珍，希望她做好事就把好事做大，发挥自己的厨艺特长，兼职小区老人托管中心的厨师和看护员，让那些家中有老人要照顾的子女可以放心外出打工挣钱。兼职厨师和看护员每月有 2500 元的工资，吴焕珍自然求之不得——女儿很快就要上高中，今后用钱的地方还多。

陆自远劝说吴焕珍别把自己搞得太累，孩子读书的事情他不会袖手旁观。吴焕珍心想，小区现在已有 300 多户 1000 多人，今后满员入住，得有 1000 多户 3000 多人，如果一些家庭因老人牵绊，劳动力无法外出务工挣钱，小区不稳定因素就会增加，尤其是那几个被老人扯住"后腿"的光棍汉，不把他们放出去挣钱，保不准哪天他们就会成为坏一锅"汤"的"老鼠屎"，影响小区的安定和谐。这些年，自己和陆自远等人一道投身家乡的脱贫大业，大局观意识可长进不少，再说，这事对自己和小区都有益，何乐而不为？

建老人托管中心其实是陆自远的主意，在曾玉向他"诉苦"的一瞬间，陆自远就想到了这个办法，只不过他没想到首先挑此大梁的会是吴焕珍。这段时间，陆自远深入小区调研，从中梳理出若干管理上的不足，并将建设老人托管中心和开设百姓课堂视

为重中之重的事情，亲自抓在手上。

建老人托管中心旨在解放易迁家庭劳动力，令其安心进厂或外出务工；开设百姓课堂，意在通过持之以恒的教育引导，提升搬迁群众的文明素质、从业素养，帮助他们尽快实现从村民到市民、从农民到工人的转变。

陆自远承认，吴焕珍的确是老人托管中心不可多得的服务人员人选，她心地善良、耐心热情，且厨艺出众，让她服务这些老人，老人们定会很幸福。但小区岂是她的久留之地？她的未来在省城！自"敲门"事件后，陆自远更加紧迫地筹划着如何在省城安顿吴焕珍母女，也时刻憧憬着未来的幸福之家。好几个开公司的同学答应给吴焕珍谋一份像样的职位。他计划春节带上吴焕珍和老同学们见面，把她的工作落实好，然后说服父母，把他俩的婚事办了。

吴焕珍做梦也没想到自己进城后第一月就有了近8000元的工资，她非常珍惜这些收入，干起事来用心用力。在她的推荐下，楚金凤也加入了老人托管中心的服务队伍，全职，月工资3500元。

有了老人托管中心，光棍汉们自然也就找不到继续待在家里的托词，加之曾玉等人三番五次上门劝导，光棍们承诺老老实实出去挣钱。

郭大鹏原计划回村继续搞养殖，因"敲门"事件，担心吴焕珍的安危，决定去易迁工业园上班。怎料周志强非要拽着他去沿海的一家阀门厂打工不可，说阀门厂一个月收入过万，郭大鹏如若不去，就是惦记吴焕珍——"想偷陆县长的嘴"。郭大鹏虽然心里极其渴望陪在吴焕珍身边，但一想到人家爱的是陆自远，他也不希望被人说笑，就勉强答应下来。

周志强如此裹挟郭大鹏，内心其实藏着小九九——他周密"打听"一番后断定吴焕珍和陆自远注定走不了多远，待将来自己挣到钱了，保不齐吴焕珍就成了自己的人，当然前提是不能让郭大鹏抢了先，得让他离吴焕珍远点，于是便怂恿他一并外出打工。

螳螂捕蝉，黄雀在后，给周志强提供就业信息的雷宏才是幕后操作者。雷宏与吴焕珍同村，比她长6岁，他是看着美人长大的。曾几何时，雷宏不止一次想托媒人前去提亲，怎奈母亲早逝，家境贫寒，只能眼睁睁看着心上人嫁到仙掌村。

近些年，雷宏东闯西闯，有幸进入了橙州的一家阀门厂，有了过万的月收入，得知吴焕珍老公去世，便一门心思想一了夙愿。

雷宏和父亲住在幸福小区2栋1单元201室，自打吴焕珍进小区的第一天开始，他就细致筛查可能成为他竞争对手的人，周志强和郭大鹏被他列为重点竞争对象，于是便主动为他俩介绍工作，目的是把他俩拴在自己跟前，免得他俩趁虚而入。因担心引起周志强和郭大鹏的警觉，他便让周志强去游说郭大鹏一并外出打工。

雷宏、周志强、郭大鹏分别将家里的老人托付给了吴焕珍。按照托管中心的规定，每家每月要给老人支付1000元的生活费、服务费。雷宏私下里找到吴焕珍，主动表示每月另外单独给她1000元，让她帮忙照顾好老人。吴焕珍说托管中心已经付给她工资了，不用再给她钱，把钱攒着今后好娶媳妇。雷宏很想把自己的一往情深掏给吴焕珍看看，但他实在鼓不起勇气，更何况她现

在还是陆副县长的人，心里根本就不会有自己的地方。周志强也向吴焕珍表达了另加工资让吴焕珍帮忙照顾好老父亲的想法，被吴焕珍一口谢绝。郭大鹏没提"好处费"，只说如果真是在外挣了钱，就把每月的工资汇到吴焕珍卡上，让她帮忙管着。吴焕珍说，让楚婶管着就行。郭大鹏说，娘管不住他的钱。吴焕珍只好答应了。

雷宏、周志强、郭大鹏等人陪同老人在托管中心吃了吴焕珍亲手做的饭菜，然后一路南行。看着几个光棍汉走上了"正道"，曾玉、吴焕珍等人欣喜不已，纷纷叮嘱他们在外注意身体，多与家里老人联系。

橙州临海，是海江省的重点工业城市，有着世界工厂的美誉，除了原子弹，其他的都有生产，产品销往世界各地。

雷宏把周志强、郭大鹏引荐进橙州市四通阀门厂几乎没费周折，反正阀门厂差工人，加之周志强、郭大鹏也还灵光，老板简单问询了几句就把他俩安排进了雷宏所在的承压测试车间。

承压测试车间工资较高，厂里供吃管住，一月可净得16000元左右，但风险系数也较高，设计的阀门在承压测试中，理论上有爆裂的可能。不过，工厂创立十余年，这样的事故从未发生过。雷宏就爱挑这种表面上有风险实则还算安全的高风险高回报岗位，挣钱来得快。在他看来，自己不过贱命一条，不死就赚了。

周志强、郭大鹏很怕死，但凡危险的作业总是畏首畏尾，不时被领班训斥，几次威胁要把他俩开了。好在雷宏会来事，不时给领班买点烟酒，领班也就对他们仨略加照顾，危险的活儿，能不让他们干就不让他们干。

郭大鹏原计划干到月底就返乡过春节。雷宏劝告他说，就挣这点钱，一个来回的车费就消耗得差不多了。春节，厂里工资翻倍，既然来了，就该多挣点钱在手。郭大鹏一心想返乡，惦记老娘不假，关心吴焕珍也是真，他的这点小心思，雷宏、周志强一清二楚。雷宏劝郭大鹏留下来，其实是担心他这一回去，有了接近吴焕珍的"近水楼台"优势。雷宏的"好意"，郭大鹏哪能不清楚，周志强也心知肚明。大家谁都不说破。为了确保大家都留在厂里，雷宏提议：3个人，人均不攒足20万元，谁回去谁是小狗。

郭大鹏心想，春节回去顶多也就陪老娘过个年，吴焕珍也许早就跟着陆自远回省城过年去了，自己恐怕连她的人影也见不着，也就同意了。

周志强想着自己现在一无所有，即便吴焕珍有意嫁给自己，自己也养不活，只好索性安下心来。

吴焕珍这边，办公室的事、托管中心的事，样样做得井井有条。唯一令她不快的是陆自远最近来小区的次数越来越少，最近十来天连电话也打得少了。吴焕珍知道他定是忙得不可开交，年关是扶贫工作交年账的时候，他怎能不忙？

陆自远来得少了，小区几个"长舌妇"也都看在眼里，茶余饭后，她们便把吴焕珍和陆自远的故事挂在了嘴边：

"女人漂亮就是资本，你们去过寡妇家没？那摆设才叫一个豪华、阔绰哟！听说全是陆副县长买的。"

"人家陆副县长，省城大学的教授，怎会跟她过一辈子，玩几天就会甩了的。"

"听说那寡妇眼界高得很，工业园好几个老板对她有意思，她没一个看上眼的。"

"女人老了都是一个样。看她能风光到什么时候！"

……

"长舌妇"们的恶言碎语吴焕珍自然不知，不过，楚金凤还是道听途说，略知一二。这些不中听的话，她也不好对吴焕珍复述，只是暗自心疼吴焕珍命运坎坷，默默祝愿她和陆副县长有个如愿以偿的未来。

"长舌妇"们最近隔三岔五就到吴焕珍家串门，吴焕珍每次都热情接待。倒是楚金凤从没给她们好脸色看。楚金凤知道，她们名义上是来串门加深感情，实则是想混点水果、瓜子吃吃，更多的是来发泄她们内心的羡慕嫉妒恨。

吴焕珍似乎从来不把她们当外人待，还专门买些她们爱吃的东西放在家里。只要得知哪家有困难，总是积极帮她们想办法、出主意，甚至还慷慨解囊。

楚金凤劝诫吴焕珍，不要对啥样的人都实心眼。吴焕珍说："大家左邻右舍的，能帮就帮，帮多了才能帮出感情。"

不知不觉中 2018 年春节临近，陆自远执意要带吴焕珍和曹子倩回省城过年，说给吴焕珍落实工作的事都和同学说好了，就等她去敲定。

吴焕珍总是犹豫不决，前行的时间一拖再拖，到了腊月二十八他们竟还未动身。

陆定山、申红秀见儿子带吴焕珍回省城的心意已决，以防尴尬，邀约张思度夫妇外出旅游，还带上了张珊和陆晓。

"逼"走了陆自远的家人，吴焕珍带着满腔的愧疚与陆自远、曹子倩于除夕的前一天坐上了去省城的列车。车行途中，她收到了银行卡的进款信息：12000元。随即是郭大鹏的短信：我们来工厂不足一月，为方便春节花销，公司把工资给我们结了。辛苦你照顾老娘。顺祝春节愉快！

"真能挣到一月一万多块的工资！"吴焕珍暗自为郭大鹏庆幸，就在她准备询问雷宏和周志强的收入情况时，银行卡信息再次响起：又进账两笔，各12000元。吴焕珍隐约猜到是雷宏和周志强的工资——"他们没说把工资转给我呀！"吴焕珍甚是不解。

"焕珍，郭大鹏让你帮他管工资，我们的也让你帮忙管着。我们商量好了，今后，三个人的钱都交给你管。托管中心的费用，你从中支取，另外，每人每月给你1000元贴补家用。老人就拜托你了。提前祝你春节愉快！"雷宏发来信息。

原来，3个人领完工资，郭大鹏就说出去有点事，接着火急火燎地出门了。一开始，雷宏和周志强还以为他拿了钱要到外面去花天酒地，就偷偷跟着他，想一探究竟。没想到他到银行给吴焕珍汇款来了。雷宏和周志强一再追问他为何要把钱汇给吴焕珍，是不是两人已经偷偷好上了？郭大鹏说，你们想哪儿去了，把钱汇给她，只是让她帮忙监督，好让自己多攒点钱。

雷宏和周志强意识到工资放在他俩手里想攒下也难，更为重要的是不希望放任郭大鹏在吴焕珍面前有所"突出表现"，于是决定一并把工资汇给吴焕珍，让她帮忙管着。

3个光棍汉各自打定主意，等钱攒得差不多了，就正大光明地去追求吴焕珍，在他们看来，吴焕珍和陆副县长各方面悬殊太大，"兔子的尾巴——长不了"，他们还有机会，前提是得把钱攒够了，可以让吴焕珍过上丰衣足食的生活。现在，每月有一万多

元的工资，要不了几年，就可攒个几十万元。实现这个目标并不遥远。3个人想到这里，内心像燃起了火把，通亮通亮的。他们各自悄悄地把手机通讯录里对吴焕珍的称呼改成了"老婆"。这是他们共同的愿望和彼此隐藏的秘密。

眼瞅着这一笔笔银行转款入账，吴焕珍内心五味杂陈，她看到了3个男人可爱又可怜的地方，只觉得他们活得实在太苦，苦得令人心痛。转念想到自己，何尝不苦？如今，自己就像个楔子，即将硬生生地插到陌生的省城，未来究竟会怎么样，让人难以预料。反正她认为，省城难有她的容身之地。但身边的这个男人，却是她希望一生拥有的，她不敢想象没有他自己的日子会是什么样。

吴焕珍把想对三个人说的话发给了郭大鹏："你们对我的信任，让我十分感动。看到你们都挣到了钱，为你们高兴。在外注意身体，老人定帮你们照料好。预祝你们春节快乐，万事顺心！"

老同学沈杰在景泰酒楼为陆自远和吴焕珍准备了丰盛的接风宴。因要落实吴焕珍的工作，他叫上了公司相关部门的高管作陪。

吴焕珍不愧是沉鱼落雁的美女，一现身便令沈杰和高管们惊羡不已。

举杯碰盏间，高管们少不了要了解些吴焕珍的工作技能和学历情况等信息——遵照沈杰的指示，他们要尽快给吴焕珍安排一个她容易上手的岗位，他们不敢怠慢。

高管们越是热心，吴焕珍越觉得自己哪是在进餐，分明是在应聘。因为心中对是否能胜任某项工作实在没底，加上也没有铁了心要进绿畦公司，所以人家问一句，她答一句，看上去有些心

286

不在焉。

沈杰见状，提议今天就专心吃饭，改天安排吴焕珍到公司看看，岗位自己挑。

陆自远对老同学寄予厚望，席间没少给沈杰和他的兄弟们敬酒。在他看来，这不是一般的酒席，这酒席关系到他和吴焕珍的未来，丝毫不能马虎。他相信，凭着吴焕珍的能力和他与老同学的交情，绿畦公司一定会有吴焕珍的用武之地。

沈杰安排司机将吴焕珍母女和醉得人事不省的陆自远送至住处。

陆家四室两厅的房子，装修得不算奢华，但文化味十足，乃名副其实的书香门第。吴焕珍觉得屋子很冷清，也无比陌生。她将陆自远安顿上床，又协助曹子倩在陆晓的房间睡下，这才意识到自己不知睡哪儿好——陆自远所睡的房间，隐隐约约还有张珊的身影，她不忍心睡进去；陆自远父母的房间，她是肯定不能进去睡的，老人们往往不喜欢别人睡在自己的床上；与女儿睡一床吧，床又太窄；书房只有书没有床。吴焕珍最终选择睡在沙发上，她觉得睡沙发至少在心里对张珊有个交代——她不是有意要来抢占她的领地。

躺在沙发上的吴焕珍，一遍遍回忆起刚才陆自远在酒桌上"舍生忘死"的情形。为了自己，这个男人能做的都做了，有此一人，实在是人生大幸。可眼前的这个屋子并非只有他，还有一个血肉相连的亲密团体，自己反倒是他们并不欢迎的人。眼下，即便他们不在，但这里终归还是他们的。

陆自远一觉醒来，已是早上七点半，守时的生物钟战胜了饮

酒的疲倦。他吃力地睁开眼，发现吴焕珍不在身边，再仔细一看，断定她昨晚根本就没有睡到身下的这张床上来。难道是和子倩睡在陆晓房间了？一米二的床，不够两个人睡呀——陆晓喜欢大书桌、大衣柜，七七八八的东西也爱放在卧室里，觉得大床占地方，张珊就给她定制了一张一米二的单人床。

陆自远知道吴焕珍睡哪儿了——沙发。至于吴焕珍为何要睡沙发，他大致能明白一些。

陆自远起身洗漱，吴焕珍早在厨房忙上了。"你就不能对自己好一点，多休息一下吗？今天是除夕，我们去外面吃，反正老人也不在……"陆自远一股脑儿端出自己筹划好的过节计划。

吴焕珍觉得这个主意不错。若干年来，自己没有哪个除夕不是围着锅碗瓢盆转的，也该解放一次了。

"听你的！"

吴焕珍叫醒曹子倩，说吃罢早餐逛街去，曹子倩欣喜若狂。

陆自远提议曹子倩当一天家长，一切由她安排。

曹子倩欣然领命，一顿早餐的工夫，她就琢磨好了一天的活动安排。

3人先是来到望仙楼登高望远。望仙楼濒临万里南江，为省城的地标建筑；始建于三国吴黄武二年（223），历代屡加重修，现存建筑以清代"同治楼"为原型设计，有"天下绝景"之美誉。望仙楼主楼为四边套八边形体、钢筋混凝土框架仿木结构，通高50.4米，底层边宽30米，顶层边宽18米，飞檐5层，攒尖楼顶，顶覆金色琉璃瓦，由72根圆柱支撑，楼上有60个翘角向外伸展；楼外有铸铜仙鹤造型，展翅欲飞，檐下4面悬挂匾额，正面悬挂"望仙楼"三字金匾。

　　望仙楼本不高，加之春节游客稀少，也不拥挤，三人信步而行，不久便来到绝顶，居高俯下，只见高楼林立、车水马龙，繁华的省城可谓一览无余。

　　天空，白云皑皑，有形似仙。"陆叔叔、妈妈，你们看，我看见仙人啦!"曹子倩手指一处云块，陆自远、吴焕珍循指望去，真有一堆云，恰似仙人临空。

　　多愁善感的吴焕珍很快联想到，这仙人化云是不是来例行看望这楼上的某个望云之魂。久久恩爱的他们长期以来就靠这种遥遥相望诉说远隔千山万水的相思吗？她为他们悲怜，进而也意识到，如果自己不能来省城安身，与陆自远便只能这般相守。想到这里，她的内心泛起伤痛。

　　陆自远何尝不在触景生情？"天底下最悲催的人就是明明相爱，却不能相拥一生。这一辈子遥遥相望，多可悲可叹呀!"他决心不做这样的"望仙"之人，一定要把吴焕珍死死地拽在身边。

　　登望仙楼，许愿是必不可少的环节。曹子倩率先许。她跪在蒲团上，觉得自己要许的愿太多了：希望菩萨保佑自己如愿考上县一中甚至是州一中；希望陆叔叔和妈妈能一生相爱，终身相伴；希望……

　　"妈妈吃了太多的苦，她理应有个幸福的未来!"曹子倩收起杂念，在菩萨面前虔诚地为妈妈和陆叔叔许了个愿。

　　陆自远和吴焕珍一同跪下，他们许的愿毋庸置疑事关彼此。陆自远祈祷吴焕珍安身省城，健康快乐，一辈子与自己不离不弃。吴焕珍祈祷陆自远健康开心，事业有成，一生与自己心心相印。

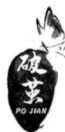

许愿完毕，三个人击掌互贺。虽然各自的许愿只有自己知道，但三个人都相信，对方的愿望里一定有自己。

从望仙楼出来，曹子情建议去滨江街，说滨江街吃喝玩乐一条龙。陆自远、吴焕珍一致同意。

滨江街是省城最繁华的步行街，琳琅满目的店铺，让人仿佛置身于消费者的天堂。

逛街是女人的天性，很快，母女俩便如痴如醉于一家家店铺，看见新奇的小吃尝一尝，看见漂亮的衣服试一试……半条街逛下来，她们虽几经克制，却也是满腹饱胀，大包小包的东西堆得像山头。花销的大部分钱都是陆自远抢着掏了腰包，吴焕珍仅支付了一些吃吃喝喝的零星费用。

滨江街的尽头还遥不可及，可三个人实在逛不动了。此时，已是下午4点多，曹子情提议去影院看电影，陆自远、吴焕珍应声赞同。

陆自远是个电影迷，过去，他是省城知名影院的常客。很快，他就为大家购好电影票，并备齐零食、饮品。

当日爆票的电影为《爱在记忆消逝前》。影片讲述了一对迟暮夫妇的爱情故事。主题为：美好的爱情，从来不因时光而改变。

陆自远觉得这个电影分明就是为他和吴焕珍拍摄的。吴焕珍也被影片的故事情节深深感染，更加坚信人世间从来不乏至美的爱情。

团年团年，一家人不围着桌子吃顿饭，总觉得少了些仪式感。陆自远建议去吃吃日本料理。

三人各自点了些自己爱吃的东西，斟上饮料，碰杯庆祝佳节。陆自远对芥末调味情有独钟，见他吃得津津有味，吴焕珍、曹子倩也将三文鱼蘸上放了芥末的生抽，"滋滋！"母女俩辣得直叫唤，眼泪径直流了出来。

"这如何能吃呀，冲死人啦！"吴焕珍一口吐出放到嘴里的三文鱼，拿起一瓶灌装可乐狂饮不止。曹子倩强忍着嚼了几口，把鱼吞了下去，直呼："辣后味道独特！"

"看来子倩是品出味道来了。"陆自远说着，夹起一片三文鱼放到嘴里，一副很享受的样子。

吴焕珍又试了试，还是没能把鱼吞下去，便吃了几卷寿司。

从料理店出来，三人上了车，吴焕珍和曹子倩以为这就回家了，没想到陆自远把车径直开到了百丽大酒店："这是省城唯一一家七星级酒店，让你们也体会下顶级宾馆的设施与服务。"

曹子倩心想，这陆叔叔也是没过过穷日子，放着自家宽敞的房屋不住，偏偏上如此高档的酒店来花钱，也太不懂得节俭了。

吴焕珍自然知道陆自远的用意——昨晚，自己睡在沙发上，一定让他看出了自己的心事，"不用挑这么好的宾馆吧。一晚上，可要花不少钱的。"

"见识也是一种经历。说实话，我也没住过如此高档的酒店。咱们今天就豁出去了，享受享受，谁让它是除夕呢？"陆自远挑了个入情入理的理由。随后，他要了两间相邻的普通单间。虽言"普通"，可一晚的单价竟也高达 1998 元。

"这一点也不普通呀！"曹子倩一打开房门便惊叹起来，"哇，还有苹果电脑呢！"

陆自远和吴焕珍将曹子倩安顿好，告诫她不准出门，要注意安全，外人敲门一律不开，有事情打电话。

"你昨晚肯定没睡好，快去洗了澡把觉补回来。"一进房门，陆自远便吩咐。

"你赶快给家里老人拨个电话，问候一声。我们这一来，把他们赶走了，说不定正委屈着呢。"吴焕珍见酒店有个阳台，自己径直走了过去。

站在高高的酒店俯瞰省城，省城的华美尽收眼底，令人望而心醉。

远离安置小区的顾虑与戒备，卸下久久以来的操劳和疲惫，舒坦的双人大床上，两个人忘情欢悦。

"来省城这段时间，你也不用再纠结睡的地方。我们还有一套房子，原本是买给父母住的。他们不愿意单独住，就一直空着。明天，我们收拾收拾住到那里去。往后，我们就住那里。"陆自远让吴焕珍静心落实工作的事，好早一天在省城扎下根来。

吴焕珍会心地点头。如此发达的城市，如此体贴的男人，谁不想一生拥有？

为尽快落实好吴焕珍的工作，几天来，陆自远带着吴焕珍见了一个又一个同学，参观了一家又一家公司，吴焕珍最终选择了绿畦公司。沈杰委以展销部助理之职，月薪7000元+五险+绩效。

展销部主要负责向来访的客商介绍、展示公司的产品，并以此为基础挖掘潜在客户。展销部实编8人，设主管一名，其他为一般员工。考虑到同学之谊，沈杰特意为展销部增设助理一名，吴焕珍自然也就摇身一变成了吴助理。为显得"顺理成章"，沈杰在公司人事部进行了一番"此地无银"的动员讲话，说公司日益发展壮大，过去的人事结构也需与时俱进，部分重点部门此后将根据需要陆续增加助理一职，以加强部门的领导力量，欢迎各部门的贤能之士争先成长为助理。

吴焕珍无意顶着啥头衔，觉得依靠自己的勤奋和能力挣得一份还算可观且受之无愧的薪水就够了，坚决不肯接受"助理"的任命。沈杰固执己见，说在重点部门设置"助理"一职已是早有的想法，吴焕珍完全有能力胜任这个职位，就算是对公司人事改革的抛砖引玉，以此激发更多的员工向领导岗位靠近。

陆自远知道沈杰的这番举动完全是在为他考虑，意图是让吴焕珍有个体面的工作，以免自己在父母面前为难，也就说服吴焕珍先应下来，能力不济慢慢培养。

吴焕珍的工作就这样定下来了，沈杰希望她尽快把临金县那边的事情安排妥当了前来上班。吴焕珍应诺。

陆自远甚是感谢老同学的精心安排，承诺定将协助吴焕珍把本职工作做好，不让老同学在员工面前难堪。

沈杰爽朗道："算你有良心。过去，为支持你的扶贫大业，我失去了周茜茜，现在，你总算还回来一个!"

展销部现任主管名叫许婷，比吴焕珍小两岁。陆自远让吴焕珍返乡前多向许婷请教业务问题，早日熟悉未来的工作。许婷深知吴焕珍进公司的这层关系，哪敢摆领导的架子，谦逊道："彼此协力，共同进步。"

吴焕珍就这样半推半就地在省城有了份工作。她有种被移栽的感觉，总担心无法"成活"。她很清楚，在企业做事，是要靠作用和效益说话的，未来，自己将要面对一帮高学历的小年轻，要博得他们的认可，岂是一件简单的事？可是为了爱情，她别无选择，只能硬着头皮上。她想，大不了不当这个助理，做个

普通的员工也不会难到哪里去。这些年跟着陆自远在村里历练，还是长了些本事的。

接下来的一两天，吴焕珍果真十分虚心地向许婷学习。每天一清早，就让陆自远把她送到绿畦公司。因为尚属假期，公司大部分员工都赋闲在家，主管们也是非公司召唤不来上班。有沈杰的安排，许婷只得提前结束假期协助吴焕珍熟悉业务。

许婷能坐在领导岗位上，一靠能力，二靠手段。在能力方面，她擅长客户公关。在手段方面，她善于巧有分寸地把群众的智慧变成自己的智慧。

对于吴焕珍，她自一开始就不敢掉以轻心——这人形象气质佳，沟通能力强，具备客户公关的巨大潜质，加之有着良好的关系背景，说不准哪天就会抢了自己的位子。

有了这层想法，许婷对吴焕珍的辅导自然大打折扣。大多时候仅是给吴焕珍传授一些普通员工岗位的业务要领。吴焕珍哪能看不出来，好在她也没把自己看成个领导，倒是更愿意熟悉普通岗位的业务。

陆自远见吴焕珍一副踏实肯学的样子，内心甚是欣喜，只觉得幸福婚姻在望，便择机与父母通话，陈述自己想与吴焕珍尽早完婚的想法。

申红秀坚持认为现在谈这事为时尚早，一来，吴焕珍还没有完全适应省城的工作和生活；二来，家庭的大部分成员还没有准备好接纳她。建议先让吴焕珍来省城上班，家里的那套新房，就让他们住着，待过了"缓冲期"再说。

陆自远原计划让吴焕珍在绿畦公司多多熟悉业务，于春节假期最后一天返回临金县，却不得不因为一场百年一遇的特大暴雪

294

提前了行程。

2018 年 2 月 20 日，正月初五，平江州遭遇百年一遇的冰雪天气，临金县部分高山区 24 小时降雪达 30 毫米。仙掌村被尘封于深厚的冰雪之中，交通中断，大量房屋及通讯、输电线路损坏。

春节未回省城的雷敏迅速组织村干部、党员和村中青壮年，成立灾情处置小组和自救分队，一边查看灾情、安抚群众，一边开展生产自救。

软枣猕猴桃虽在入冬后对幼苗进行了防冻害处理，给它们分别包扎了薄膜，根部也实施了培土防寒。但这些措施并非极端天气的预防措施，非得想其他办法补救不可。

冒着没膝的积雪，各自救分队沿户沿田查看灾情，七分队发现，偷奸耍滑的赵良材 1.5 亩的软枣猕猴桃，约 1/3 薄膜松弛，难以起到防寒防冻的作用。雷敏一番了解后得知，包扎不合格的果苗是赵良材单独所为，其他果苗是在技术人员监督、协助下完成的。眼看自己投入的资金要打水漂，赵良材一口一个"死翘翘了！死翘翘了！"埋怨干部们怂恿他发展产业，这下"裤儿底都赔进去了"。

"他的果苗死不得！好不容易点燃的产业发展之火一旦熄灭，今后想再点燃就难了。"雷敏吩咐分队人员火速清除果枝上的积雪，给主干重新包扎薄膜，对根部加厚培土……

火急火燎赶回临金县的陆自远为仙掌村等重灾区调配了各类防寒物资，赵良材等果农的果园也因此罩上了简易塑料大棚。自救分队和果农负责 24 小时清除责任区果园积雪，直到天气好转。

胡俊才、陆桂枝两口子赚钱心切，栽了五亩软枣猕猴桃。之

前一味求量，移栽质量不高。原以为干部们只会关心贫困户的死活，任由他们这些非贫困户的产业自生自灭。眼看积雪把半人高的苗子全压趴在地上，一眼望去，连个苗子的影子都找不着了，寒心的眼泪大把大把往外流。七分队动员四小组全员齐动手，除雪的除雪，护苗的护苗，培土的培土……就连内心尤为嫉恨胡俊才、陆桂枝自私自利的赵良材也主动出手相助。小半天工夫，胡俊才家五亩软枣猕猴桃便一身轻松地矗立在简易大棚中。

胡俊才、陆桂枝从干部、群众的热心中感受到了过去他们未曾用心感受的东西，包括自己的私欲等，既感动，亦惭愧。陆桂枝无以言表，她在"缎子槽团结同心群"里发了一张大家齐心协力抢救她家果园的照片，以表感激。照片里，人们分工协作，陷在没膝的积雪里，一锹一铲地转运着积雪，三三两两的软枣猕猴桃苗露出它们备受暴雪惊吓的灰褐色的脑袋。

比起大多数果农面对暴雪的惊慌失措，郑秀兰显然淡定许多。有陆自远和雷敏的担保，她不担心软枣猕猴桃的苗子被冻死，大不了他俩赔她些钱，或者天气转好后再补栽，反正三两年这东西见不着效益，只要最终不损失就行。

雷敏和自救小组的人可不这样想，他们的目标是将果农的损失降到最低，让每一个种植家庭如期获利。为此，四分队几乎在第一时间对冯家台等包括郑秀兰家在内的20多户果农的果园实施了除雪、防冻等补救措施，工作质量和任务完成速度双双名列全村前茅。

共同参与完仙掌村的生产自救，吴焕珍和陆自远回到县城安置小区的家。听说吴焕珍回来了，小区的老人们兴高采烈。在此之前，他们都以为吴焕珍留在省城不回来了，多次要挟小区管委会，如果吴焕珍不回来，他们就把儿子、女儿喊回来伺候自己。曾玉为此没少向陆自远诉苦。雷宏、周志强、郭大鹏也隔三岔五来电询问吴焕珍什么时候返回，说家里老人没她照顾不放心。

陆自远对此甚是恼火，抱怨他们是在搞道德绑架："难道地球离开你就不转了？"

吴焕珍劝慰陆自远消消气，说老人们站在自己的利益考虑，有这种要求也不奇怪，承诺自己有办法把他们安抚好。

在省城的日子里，陆自远给曹子倩初步落实了上高中的学校，一共找了两所学校，将视曹子倩的中考成绩灵活安排——如果中考考得好，就上育才高中，稍逊，就上华兴高中。两所高中都是省城知名的私立高中，均在距家 20 公里范围内，有地铁直达。

考虑到吴焕珍可能提前到省城工作，陆自远托付郑琴的妈妈张丹帮忙照顾曹子倩中考前的一季生活，周末，曹子倩由云雾镇到县城后径直到张丹家吃住。

返回县城当晚，吴焕珍为老人们做了一顿丰盛的饭菜。陆自远原计划陪老人们喝几口小酒，开导开导他们放过吴焕珍，让她尽快到省城开始新的生活。可吴焕珍觉得如此处理太仓促，老人们一时接受不了，还容易令他们产生反感情绪，激化矛盾，建议由她慢慢来开导。

楚金凤告诉吴焕珍，临时来顶替她服务老人的邹四妹不仅做饭水平比吴焕珍差了一大截，服务态度也不好，老人们对此十分不满，近几日的饭菜都是楚金凤一个人做的，可自己年龄大了，操持几十人的饭菜，确实很吃力。

"长舌妇"之一的邹四妹在吴焕珍所在的鞋厂上班。平日

里，见吴焕珍在托管中心兼职，她心里多有嫉妒，数次向管委会申请到托管中心兼职。吴焕珍去省城后，曾玉也想看看邹四妹能否服务好老人，打算储备个"接班人"，就安排她去实习一阵子。哪想到邹四妹完全没有服务的耐心和意识，就把这当成了挣外快的门路，一日两餐草草了事，跟吴焕珍的服务形成巨大反差，老人们甚是不快。

吴焕珍心想，看样子自己要脱身，不找到一个老人们认可的"接班人"，这事还真不好交代。可谁会像自己一样带着一份感情来为他们服务呢？

当天晚上，曾玉特意来和吴焕珍交心，说安置小区即将住进更多的人，托管中心今后要服务的老人更多，这些人背后关联着若干劳动力外出务工的易迁家庭，是民生大事，也是政治责任，希望她不辱使命帮助管委会把老人们照顾好。

曾玉自然不知道吴焕珍已决定去省城上班，她更不知道吴焕珍若顾全这个大局意味着要失去什么。

不过，这与在绿畦公司的被人提防和工作上的一知半解相比，吴焕珍更熟悉和热爱如何用心用情地服务这些老人。她确定，自己在绿畦公司可有可无，但在托管中心却是不可多得。这种价值反差让她觉得人生就像一幕皮影戏，被上天之手操纵着，不由自主的程度到了令人哭笑不得的地步。

节后一上班，吴焕珍和陆自远便各自忙开了，几天也打不上一个照面。沈杰则三天两头致电陆自远，让他催促吴焕珍尽快到岗。

2019 年是临金县锚定的脱贫摘帽年，在这爬坡过坎的关头，陆自远重任在身不敢懈怠。起初，他还坚持把沈杰的催促在电话或视频里给吴焕珍说说，提醒她尽快动身，后来见吴焕珍每次总是搬出托管中心的事来搪塞，就憋在嘴里不提了。

要说老人托管中心离不开吴焕珍，的确是个客观原因，可根本原因是吴焕珍自己心病难医，总觉得自己现在无论是就任绿畦公司展销部助理还是做陆家的儿媳，都有似揠苗助长的意味。

如果按吴焕珍自己的主意来，她更愿意在省城开一家月子中心，年前，她参加了小区举办的月子培训，了解到大城市月子服务需求大，从事这一行将大有可为。可陆自远的父母如何能接受一个保姆身份的儿媳？由于这方面的顾虑，她不敢对陆自远说起这个想法。她很清楚，自己现在乃至今后无论在省城做什么，都很难跟上陆家人的节奏，他们起点太高，自己即使拼尽全力也高攀不上。而张珊恰恰相反，她要家世有家世，要工作有工作，倘若这些没能给陆家人长面子，但至少也没给陆家人丢面子。更要命的是，她一步先步步先，抢先占领了绝大多数陆家成员心中的位置，把吴焕珍远远地甩在了身后。吴焕珍认为，张珊也许不是陆自远心中最中意的老婆，却一定是陆家从里到外最合适的儿媳，至少与她相比是这样。

受这种思想的支配，吴焕珍在陆自远为自己设计的婚姻道路上从来都不敢一往直前。她甚至觉得陆自远对待婚姻过于感性，这容易伤人，他自己也容易受伤。谁都希望爱情在婚姻里永驻，可多少人的婚姻里根本就没有爱情！在吴焕珍看来，爱情是婚姻的奢侈品，可有可无，由婚姻缔结的家庭，才是社会不可或缺的细胞，爱情在社会结构中从来就微不足道。

吴焕珍提醒自己不要想得太远，在陆自远还在跟前的时间

里，尽可能多地享受爱情的甜美，至于两人未来的婚姻之路，走一步看一步。

在省城拥有一份体面的工作对吴焕珍而言意味着什么，陆自远再清楚不过，他相信吴焕珍也是清楚的。可他实在无法理解吴焕珍为何对此不以为然。难道她不希望跟自己长久地在一起？如果她真的在意自己，就应该义无反顾地抓住一切机遇早一天在省城安下身来，然后等待自己返回。工作、房子、学校，这应该有的都有了，她还在顾虑什么？

如果说吴焕珍不想跟陆自远长久地在一起，这倒冤枉死她了。她想得如此之多，考虑得如此之细，都是源自想和陆自远一生厮守，而且是幸福、快乐、有质量地厮守。可这种厮守必须归属于婚姻，立足于社会，让家庭之众、社会之众认同与接纳。可走到这一步实在太难了。现阶段，她分明感觉自己先天不足，所以只得谨慎行事。但她希望无论自己怎样做，陆自远都能明白她对他的爱。譬如，她之所以决心把托管中心的老人照顾好，既源自她善良的本心，也源自她对陆自远的爱——幸福安置小区是全县精准扶贫的重要窗口之一，让这里的人安居乐业，也是陆自远的工作职责所在。

对待爱情与婚姻，陆自远是典型的浪漫主义者，与吴焕珍的现实主义不在一条轨道上。在陆自远看来，婚姻缺了爱情简直就是索然无味，完全没有存在的必要。他只在乎与所爱的人生活在一起，至于门当户对、功名利禄等毫不在乎。陆自远最希望看到的是吴焕珍为了爱情，冲破世俗桎梏，自信而豁达地与自己携手余生。

吴焕珍一日不往省城，陆自远便心病难消。沈杰就是他的

"救命稻草"，即便近些日子沈杰已不像过去一样三天两头催促吴焕珍前去上班了，但陆自远依然尽可能地挤出些时间和沈杰保持联系，希望他耐心等待，至少等到他挂职结束。到那时，他一定会带着吴焕珍来公司报到。

沈杰看得出陆自远对吴焕珍是认真的，他实在没想到，曾经把一大摞高富美都不放在眼里的"冷面秀才"，如今会栽在一位村妇手里。不过，他也看好吴焕珍的魅力与能力，还包括她的性格与人品。如果硬说她有什么不足，不过是门第贫寒，学历一般。不过，在他看来，天下哪有那么多的绝配？但凡公认的绝配，大多并不恩爱、幸福。一个家庭，如果女人处处能与男人平起平坐，多半就会看自己的男人不顺眼。自个儿家里就是这样。自己至少是省级知名企业的老总，但在正处级老婆眼里，就是个投机倒把的钻营商人。陆自远估计也是厌恶了这种"平起平坐"的日子，这才去找活生生的"差距"。"看在同学情和这同病相怜的份上，这助理之职，一定得为吴焕珍留着！"沈杰希望自己可以为陆自远和吴焕珍的幸福婚姻尽些绵薄之力。

第十四章

时值 3 月，来自全县 8 个乡镇的 972 户搬迁户在亲朋好友和村、乡干部的护送下，陆续入住县城幸福安置小区。算上一期入住的 328 户 1006 人，正好 1300 户 3792 人，比照搬迁计划，一户不多一人不少。

半个月来，前仆后继的农运车满载着家家户户刻满岁月印记的坛坛罐罐驶向安置小区，俨然将这里变成了一个旧货交易市场。太多的家什需要陈设，而安置房显然没有自建房宽敞，有些东西不得不狠心扔掉，这便让一部分易迁户少了些许住进高楼大厦、成为城市人的欢悦。漫长的贫苦岁月养成了他们这种节俭习惯和现实思维，全然分不清从乡下到城镇的得失。

一旁护送的亲朋好友和村、乡干部则是另一番心境——眼看着护送对象分钱不花（户均不超过 1 万元的自筹资金，届时会以折旧复垦的奖补资金形式返还）就住进了配套设施齐全的城市中心区亮丽的高楼，内心着实羡慕，遗憾自己没有成为像他们一样的幸运人。

"来到城市，必将是全新的生产生活方式，那些锄头、犁铧什么的，既没地方放，也根本派不上用场，扔掉！扔掉！"不止一名村、乡干部如此提醒。每每此时，易迁户里的老人们便一脸茫然，他们实在不知道没有了这些使唤了一辈子的家什，未来靠什么生活。

搬迁是手段，致富是目的。县委、县政府高度关注安置小区入住对象的安居乐业，明确由陆自远牵头，各单位、各部门协调配合，摸索出一套行之有效的促发展、促融入办法。

一段时间以来，陆自远整天泡在小区里走访、调研，与吴焕珍不再聚少离多，这无疑是吴焕珍最希望过的日子。白天，两个人各忙各的事；晚上，围绕小区发展与管理各抒己见，出谋划策。

两人一致认为，要解放更多家庭劳动力，让他们无后顾之忧地出去挣钱，就必须解决好"一老一小"的照管问题。

在陆自远的倡议和协调下，小区进一步扩大了老人托管中心的规模，确保应托尽托；进一步丰富了托管服务项目，由此前的只管一日三餐，延伸到全方位生活保障，新增了健康服务、娱乐服务等。另增设了四点半课堂，整合周边中、小学和幼儿园教师资源，辅导易迁家庭的学生做作业，照看学龄前儿童。

为保护妇女安全、促进妇女进步，小区还在县妇联的帮助下成立了妇女互助会（简称"妇助会"），吴焕珍众望所归被推选为妇助会主任。陆自远本不愿意吴焕珍出任这个主任，担心牵扯多了，届时想走走不掉。可眼下没有更合适的人，关键是小区群众极力推举，民意难违，他也只能把顾虑藏在心里。

"你就临时顶一阵子，我尽快培养个接你手的人。"陆自远提醒吴焕珍要在做好小区工作的同时，多花心思考去省城的事，早下决心早动身，曹子情很快就要上高中了，省里的学校可是说好了的，必须按时去报名。

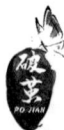

吴焕珍说要走一起走，反正现在一时半会儿也走不了，先把临金县的贫困帽子摘了再说。

妇助会启动当日，吴焕珍上身着了件桑蚕丝薄款翻领衬衫，下身搭了条黑色九分休闲裤，还梳了个波波头，整个人看上去风姿绰约、活力四射。陆自远建议她穿着朴素点，免得太扎眼。吴焕珍则说，就得引导姐妹们跟上城市妇女的步伐，"逐渐懂洋气，慢慢变洋气"。

吴焕珍为妇助会确立了互助、互学、互敬的宗旨，号召姐妹们学致富创业、学相夫教子、学团结友爱，互帮互助、共同进步，"撑起小区当之无愧的半边天！"大家同声响应。

陆自远在走访小区易迁户时了解到，有近一半家庭的留守老人并没有进托管中心，问他们原因，竟是心疼或交不起每月1000元的生活费、服务费用。因为没有交钱，他们只能自己洗衣、做饭，更不好意思参加托管中心开展的娱乐服务。过去在农村，他们田里刨刨，山上转转，不仅充实，还能种点自己的口食，现在突然闲下来，整天独守空巢，还得靠子女供养，觉得没了用处，成了家庭的累赘，心理落差很大。

有仙掌村易地扶贫搬迁安置小区的实践摸索，陆自远知道怎么做。他让妇助会广泛培养留守老人的手工技能，通过在小区扶贫车间兴办藤编厂、鞋厂、拖把厂等，促进老人就业。小区居委会引导老人们自力更生，每月挣足养老服务的钱，给子女们减压、减负。考虑到老人们身体情况，藤编厂、鞋厂、拖把厂都不强调坐班制，实行灵活务工、计件取酬，老人们身体吃得消时就来做做，觉得累了就休息会儿。

老人们在共同的劳动场所不仅增加了了解与友谊，有的还发展成为夕阳伴侣。周志强的父亲周继胜平日里在托管中心就深得楚金凤的照顾，如今又在同一缩编车间上班（楚金凤每天把老人托管中心的事情做完了，就去藤编厂挣点外快），彼此关怀备至，日久生情。经吴焕珍撮合，并征得周志强、郭大鹏同意，两老走到了一起。

周继胜腿脚患风湿疾病，年长日久膝关节已变形，小腿无法伸直，走起路来很是笨拙，身形不稳，一瘸一拐，但手很灵巧，藤编加工，无论质量还是数量，在车间都名列前茅。仅藤编加工，两老合起来的收入每月便有 3000 余元，生活上的开销，完全用不着各自的儿子负担。

收入上的独立带来了生活上的自信，随着老人们普遍安下心来，小区融入工作迈上了新台阶。

有妇助会的姐妹帮忙照顾托管中心的老人（临时顶替吴焕珍给老人们做几顿饭），吴焕珍总算可以抽出一个周末回仙掌村看看，计划顺便把那一亩多地的天麻也种下。自年初返乡救灾之后，她已经三个多月没回仙掌村了，十分想念大伙儿。

从县城去仙掌村已有直达班车，这都要归功于村里不久前全线贯通的"镇阳线"等日趋完善的公路网，以及日渐兴盛的全域旅游。吴焕珍归心似箭，见有辆开往仙掌村的班车停靠在客运站停车场，就急忙赶了过去，手里提的鱼、卤菜、烟酒呀什么的，实在太多太重，东西被车门顶了一下，一个趔趄险些摔倒，刚踏上车门的一只脚，被迫退了回去。

"哎哟，是吴主任呀。你这带的啥呀？这大几包。来，我帮你。"司机彭清明连忙从驾驶室绕过来，帮吴焕珍接过手里的

东西。

"清明哥，你不是常跑仙掌村到镇上的吗，怎到县城来了?"吴焕珍揉了揉被塑料袋勒疼的手心，好奇地问。

"年前就拓展线路了。如今，县城每天到仙掌村的人光我两兄弟的车已经远远不够用了。这不，6辆车还忙不过来呢。"彭清明介绍，仙掌村如今已是网红打卡点，好多外地人都赶着前去领略当地的风景，品尝全芋宴。

吴焕珍听在耳里，乐在心里，随即想到了陆自远、雷敏等若干让家乡发生翻天覆地变化的人，心里奔涌着感激与感动。

"可惜他今天忙，不能陪我一同回去。"吴焕珍暗自伤怀。几天前，她和陆自远约定一同回仙掌村，可陆自远早上临时来电说县里开会去不了了，吴焕珍好生失落。心想，这个周末不去，又得等到下个周末才有时间，即便这样，陆自远也不一定有时间。没办法，她只好自个儿回去了。再说，天麻下种在即，也由不得她耽误。

春光里的仙掌村确实很美，天高云淡、山清水秀，幢幢新楼点缀在桃红柳绿、莺飞燕舞的大地上，如诗如画。

班车在村委会广场停下来，吴焕珍还未下车，周茜茜、雷敏已经抢着迎了上来。临行前，吴焕珍给她俩去了电话，说特想回来看看大家。

"人多，你有孕在身就别往前挤了。"雷敏把周茜茜搂到一旁，自己钻进人缝，挤近车门。

"来来来，东西给我!"吴焕珍一下车，雷敏便一把抢过她手中的塑料袋，"得知你要回来，可把大伙儿高兴坏了!"

周茜茜到底还是挤到车门跟前来了，见吴焕珍露出头，兴奋地打招呼，四目相对，欣喜异常。

"你们几个人还不赶快过来帮忙提东西!"雷敏冲着邹智、冯子贵说。邹智、冯子贵立马跑了过来。

"你这带的啥呀? 沉死啦!"邹智接过雷敏手中的塑料袋，一脸心疼地询问吴焕珍。

"还不都是些吃吃喝喝的东西。晚上召集大家喝一口。"吴焕珍盛情邀约。

周茜茜见邹智手里提着沉沉的袋子，疼惜吴焕珍破费了:"你这恨不得把城里超市的东西都搬来。回来就回来呗，提这几大包，也不怕把你的嫩手皮给勒坏了。"

"你家是回不去了，房子拆了，地也复垦了，只能委屈住我们家。"邹智邀请吴焕珍。周茜茜吩咐邹智把车后备箱打开，提议大伙儿先到她家里坐会儿，"听珍姐汇报汇报在县城的生活。"

吴焕珍说时间紧，明天要回去，还是先送她到家里，把地里天麻下种了，晚上再到邹智家聚会，饭由她来做，大家不醉不归。

"早给你下种了。前天我们忙了大半天。连我们的准妈妈都下地了。"雷敏手指周茜茜，向吴焕珍示意人家肚子里有宝宝了。

"看来邹智是神枪手呀。"吴焕珍调侃，大家笑得前俯后仰，周茜茜也忍不住一同笑出声来。

"现在才下午时分，离吃晚饭还早。我陪珍姐四处转转，你们该干啥干啥，晚上准时到邹书记家聚餐。"雷敏吩咐。

邹智开车把吴焕珍和雷敏捎到吴焕珍家附近放下，随后与冯子贵、周茜茜直奔冯世槐家的建设工地去了——冯世槐父子的工资，加上郑秀兰在家发展产业的收入，再加上雷敏等干部七拼八

凑，他们家的同步搬迁房于一个月前启动建设，年内即可搬进新居。

郑秀兰做梦也没想到，自己半点恩情都不曾给予的雷敏会拿出两万元钱帮她家建房，且其他干部个个慷慨解囊，不是三千就是五千，让她着实感动又羞愧难当。她想，如果时间可以倒流，她一定会把那个可怜、懂事、爱学的女娃，当成自己的亲闺女一样对待。

邹智年前被推选为村党支部书记，周茜茜被选举为村委会主任。姚宏回镇政府当了副镇长。

从主干道到吴焕珍家的羊肠小道，摇身一变成了别致的步游道。路宽两米，由不规则青石铺垫而成，石块与石板间，用水泥勾缝，平整美观。

为发展全域旅游，村里筹资将部分不便修建公路的通户路建成了步游道，吴焕珍的婆家成了第一批受益者。

行走在舒坦的步游道上，吴焕珍惊叹村里日新月异的变化。雷敏告诉她，她的小叔子曹振坤也把房子翻修了，计划今年暑期开始接待游客。公公婆婆不久前还全程参与了村里的旅游接待培训。

曹振坤夫妻俩长期在外打工，在外地还买了房子，由于经济条件较好，公公婆婆跟了他们。

临近婆婆家，雷敏停了下来："我就不过去了，免得影响你们婆媳亲热交谈。"

曹振坤的房子还在搞粉刷，婆婆见吴焕珍走进门来，十分惊喜："你今天怎么有空回来了？"

"你们两老身体还好吧。振坤他们呢？"见曹振坤两口子不在跟前，吴焕珍问。

"年初，房子的主体完工后他们就走了。这不，请的装修师傅都是我伺候的。你在城里过得还好吧？"婆婆关切地问。

"我还好。爸爸呢？"

"你爸爸种天麻去了。你的房子也拆了，晚上就住我这里吧。"婆婆一边说着，一边端来茶水，"这房子正装修，屋里乱七八糟的，你随便找个地方坐。"

"妈，我不坐了。雷书记还在外面等我呢，我马上走的。这两千块钱你拿着用。"吴焕珍说着，从包里掏出一沓钱，塞到婆婆手里。

"你们母女俩也不宽裕，哪能要你的钱嘛。振坤他们给了我钱的。你自己把日子过好就行。"婆婆执意不要。吴焕珍把钱塞到婆婆手里，转身走了，边走边叮嘱："您和爸爸注意身体。费力气的活就别干了。用钱用米，找我和振坤要。"

婆婆目送吴焕珍走远，两眼热泪盈眶，"哎，但愿这孩子的苦运走到头了！"

俗话说得好，"眼不见才心念"，自从吴焕珍搬走后，公公婆婆想起的全是吴焕珍的好，觉得过去对她关心太少，对不住这个苦命的孩子。

吴焕珍和雷敏朝邹智家一边走，一边领略村里的发展变化。

"早知道村里会发展得这样好，我当初就不应该报名进县城。"

"县城不好吗？"

"各有各的好。但我总觉得自己的根在这里。"

"在哪里待久了都会扎下根的。你看我，现在都不忍离开仙

掌村了。"

话说到这里，吴焕珍突然想起雷敏的恩师杜鹏来："还是和他没联系？"

"没有。"雷敏淡淡地答道。

"你就这样被动地等待着，哪天是个头？难不成等师娘归天了，你再去找他？"吴焕珍替雷敏着急，觉得她这是在糟蹋自己的青春。

"他好好的一个家，我凭什么去插一杠子嘛。上天原本就没有安排他和我的戏份。我若强求必将带来伤害。因为一己私利去伤害无辜的人，这种爱情何以让人心安理得？"雷敏坦陈心迹。

雷敏的认命让吴焕珍联想到自己的类似境地。她至今不愿意踏足省城，求的也是这样的一份心安。眼下，陆自远还在身边，这份心安并不难求。可当有一天陆自远远走，这份心安还有如此重要和强大吗？她难以估量。

吴焕珍向雷敏打听胡景焕和秦祖英发展到什么程度了，雷敏告诉她："人家两个人早住在同一个屋子里了，马上就要结婚啦！"

吴焕珍苦笑："看来，就我们俩掉了队。"

雷敏嘲讽："就你掉了队，我原本就没在队伍中。"

丰盛可口的晚餐让一桌子人赞不绝口。这顿晚餐，吴焕珍做得最用心，仿佛每一道菜都融入了她对大伙儿的深深思念。

目睹邹智和周茜茜在餐桌上恩爱有加，吴焕珍和雷敏难抑内心的羡慕。爱情与婚姻的甜美就摆在她们眼前，令她们向往不已。这样的时候，她们一个想着杜鹏，一个想着陆自远，脑子里一片柔情蜜意。

住在安置小区 5 栋 1 单元 202 室的邹四妹最近"舌"更长了，不过不再是关乎别人家的家长里短和捕风捉影，而是自己儿子的婚事。儿子李保平这几年在新疆打工挣了点钱，交了个维吾尔族的女朋友，商定半月后回来结婚，邹四妹为此欣喜若狂。

李保平是邹四妹和李德书的独苗，自小贪玩任性，高考落榜后就常年"飘"在外面，常常两三年没个音讯。眼看都三十出头了还是个单身汉，这让邹四妹和李德书焦急万分，在亲戚朋友面前也觉得矮人一等。夫妻两原以为李家的香火就要断在李保平手里，哪料想到儿子这次回来竟是要结婚了，而且带回的还是个漂亮的新疆女孩。

揣着儿子发送在手机微信里的照片，邹四妹逢人就要晒一晒，每次都不忘把老得掉漆的旧手机的屏幕用衣袖来回拂干净，生怕人家看得不清楚。明眼人谁都看得出来，她这表面上是在夸赞准儿媳长得漂亮，实则是炫耀儿子有了出息。

邹四妹和李德书早早就把他们睡的大房间腾了出来，还遵照儿子的意思，扔掉了家里碍眼的老旧家具，就等儿子回来添置一新。

半个月来，邹四妹已不下十次去家具市场替儿子物色家具，拍摄的家具照片妇助会的姐妹们几乎无人不晓——邹四妹每次逛完家具市场拍了照片回来，都要让姐妹们帮她做一番挑选。大家对邹四妹家里计划添置的家具甚至比邹四妹自己还清楚，以至于邹四妹不得不经常从姐妹们口中打听某个沙发或桌椅的颜色。

小区即将迎来入住以来的第一桩喜事，上上下下格外期待、

重视。小区管委会和妇助会将此事列为近期重点工作之一，纷纷表示将全力协助李家把喜事办好。

高鼻梁、大眼睛的迪丽热巴，一看就是地道的新疆人，五官精致，身姿美艳，真人比照片更美。大家满以为这桩喜事不过是走个形式，一切都会顺理成章，哪想到迪丽热巴来到小区的第一天就嚷嚷要回去，说这婚不结了。这可急坏了邹四妹一家人。

原来，迪丽热巴嫌弃 75 平方米的安置房面积太小，且与父母同住一屋不习惯，她要李保平另外买套房子结婚，否则自己就回新疆去。李保平这些年虽说挣了点钱，但也仅够结婚之用，哪有多余的钱买房子？

这婚眼看就结不成了，邹四妹愁得像热锅上的蚂蚁，一天到黑缠着曾玉、吴焕珍，让她们帮忙想办法："村里把老家的房子也拆了，要不眼下还能凑合住住。这下咋办？快帮忙出个主意呀！"

房子的事不是小事，曾玉、吴焕珍也一筹莫展。她们让邹四妹发挥自己的嘴巴"特长"，先把人家姑娘稳住，腾出时间让她们去找找县里领导商量解决办法。

吴焕珍找到陆自远，将李保平的婚事细细介绍，且将其上升到政治、民生层面，说这事关系到安置小区的长治久安，务必不能让这婚事黄了，"若这婚事黄了人心就凉了"。

陆自远深知此事关系重大，可国家现行的易地扶贫搬迁政策仅是为了保基本，不可能为了一人一户而改变。对于短期内少数搬迁家庭因增加人口导致人均住房面积不足的问题，只能依靠地方政府的救助政策来解决。

经县政府常务会讨论，原则上同意按小区管委会的意见将小区一楼架空层的门面腾出一间租借给李德书家作为临时性居住用房，租期一年，年租金 3000 元。

原来，安置小区将一楼架空层隔成了 40 多间门面，计划用作扶贫车间和商业店铺。现在还有 20 多间门面暂时闲置，正在招商。李保平结婚在即，县政府只能特事特办。

县政府哪里想到这个不得已的决定会导致其他门面遭受易迁户的恶意哄抢。不知是谁散布的谣言，说因人口增加出现住房面积不足的搬迁家庭，可以分配到一定面积的门面，于是 20 多间门面的门锁顷刻间就全被易迁户砸了，里面迅速被塞满家具。迟到一步的人，眼见抢不着心里便愤愤不平，成群结队去了县政府"讨说法"，嚷嚷家里马上要接媳妇或生孩子了，让政府给他们解决住房面积不足的问题。

雷宏、周志强、郭大鹏也不知从哪里得到了这些虚假的消息，硬是让吴焕珍帮忙抢几间门面房当住房。吴焕珍给他们陈述了事情的前因后果，劝告他们加紧挣钱买房，好娶媳妇，别啥事都指靠政府。

三个男人此时心思一样，都想对她说："等我买到房了就来娶你。"可残酷的现实就摆在他们眼前，他们只好在心里默默祈祷陆自远最好早点回到省城去，走得远远的，把漂亮、贤惠、能干的吴焕珍留下来。哪怕她心高气傲，全然不会把他们放在眼里。可女人终究是要老的，老得她自己都瞧不上自己了，就不再挑剔了。再说，"烈女怕闲夫，好女怕缠郎"，只要自己诚心对她好，总有一天会把她的心捂热。

陆自远受命处理哄抢国有资产的事，并负责为李保平找一处婚房。他原以为有了教育引导，搬迁群众的思想觉悟便可以跟得

上管理者的步调。现实证明，在利益面前，说教之效实在微不足道，这让他倍感无力。不过他也认为，人均不超过 25 平方米的安置政策，对于马上将添人进口的家庭，确实存在住房面积不足的问题。倘若采取强制措施把他们从门面房里扫地出门，必然会遭到抵制，政府也会因此失去民心。

陆自远向县委、县政府主要领导建言，将住房面积确有不足的县城安置家庭纳入地方保障房体系，以此解决他们的住房需求问题。主要领导认为这样虽会加重地方财政负担，但确能消除易迁户的后顾之忧，便指示县住建局、易迁办联合出台文件，将此政策予以明确。

见了红头文件，易迁户们这才把抢占的门面房归还。管委会、国资公司趁机给全体易迁户们上了一堂集体资产、国有资产管理的法制课。

经过一番波折，李保平得以在小区附近的一套廉租房里举行了自己的婚礼，比起先前的门面房，住在两室一厅的廉租房里更方便也更体面。迪丽热巴甚是满意。

临金县通过统筹地方保障住房解决部分易迁家庭住房面积不足的举措，后来得到了国家发改委有关专家的高度肯定，认为这是创新之举、大胆之举、有益之举，充分体现了地方党委政府以人民为中心的执政理念，为国家层面的顶层设计提供了可行经验。

第十五章

郭大鹏、雷宏、周志强自从让吴焕珍帮忙管钱后，三个人就各自把吴焕珍当成了"自己人"，一有空闲就找吴焕珍微信聊天。三个人经常在同一时段给吴焕珍发信息，因为他们在同一个车间上下班，又住宿在同一个寝室。

一开始，吴焕珍还以为他们是商量好的，后来得知，他们彼此保密，互不知情。

吴焕珍对这份"神秘"背后的小心思自然心知肚明。想到也没什么大碍，就懒得去捅破。

三个人的信息，虽话语不同，但传递给吴焕珍的关心和真诚却是相近的。

周志强手机玩得不怎么溜，微信的声音很大，经常引起郭大鹏和雷宏的抱怨，他们让他把声音调小点，他不应。其实，是他不会。周志强不敢请雷宏或郭大鹏帮他调微信的音量，担心被他们发现自己在同吴焕珍聊天。

作为"竞争对手"，郭大鹏、雷宏、周志强每个人都清楚，自己和吴焕珍的联系，一定不能让其他两个人知道，否则，自己今后的一言一行都将被他们严密监视，如此一来，再想和吴焕珍聊天拉近关系就极不方便了。

每天被郭大鹏、雷宏、周志强例行邀请聊天，吴焕珍一开始觉得疲于应付，后来也渐渐适应。虽然同他们也就聊点老人呀、工作呀什么的事情，形成习惯了也就有了心理依赖，一旦哪天没有联系，还有些不适应。加之与陆自远聚少离多，她也需要借助这些聊天来打发尤其是晚上的寂寥时光。

　　这天晚上九点多，三个人不约而同地拿出手机打开微信和吴焕珍聊起来。吴焕珍和他们聊天，几乎不用视频，除非要与他们三人一同说事。

　　周志强正给吴焕珍讲述厂里新近发生的一件糟心事——一对打工男女偷情，被女方的老公发现了，偷情男被当场刺死。

　　故事涉及许多疑问，吴焕珍急求解答："怎就让她老公发现了？女的伤到了没有？……"周志强一一陈述："她老公原本在老家照顾一家老小，夫妻分居半年多，抽了个空闲前去探望，没想到碰巧撞上了……"

　　疑问和解答一多，微信的铃声便响个不停，这自然影响到了郭大鹏、雷宏与吴焕珍聊天。他们想和吴焕珍说的话，常常被铃声扰乱。更可恨的是，铃声似乎把吴焕珍也吵闹得心不在焉了，半天回不过来一个信息。

　　雷宏一急之下翻身下床，一把把周志强的手机夺了过来。周志强担心秘密暴露，连忙起身来抢，雷宏情急之下把手机扔给了郭大鹏，周志强正要奔向郭大鹏，被雷宏一把按倒在床上。"快看看他在和哪个妹子聊天呀，聊得如此火热！"雷宏吩咐郭大鹏。

　　郭大鹏好奇地看向屏幕，没想到大篇大篇的聊天竟是周志强和吴焕珍的对话。她不是在和自己聊天吗？怪不得心不在焉的，原来正跟周志强聊得欢！郭大鹏气愤之至，火星子直往眉头上涌。

周志强瞅准机会一个翻身，挣脱雷宏的控制，箭步向前，从郭大鹏手里夺走手机。

"他聊的啥呀？"雷宏气喘吁吁地问郭大鹏。

郭大鹏没有答话，傻呆呆地坐在床上，脑子里尽是周志强和吴焕珍的聊天信息。此时此刻，他怀疑吴焕珍根本没把自己当回事，怪不得每次聊天也就三言两语。他怎么也想不通，周志强究竟凭啥抢了自己的风头？这家伙，不过是曾经偷看人家洗澡的猥琐男。

同吴焕珍聊天的秘密既然不再是秘密，周志强索性把手机扔给了雷宏："你不是想看吗？拿去看！拿去看！"

屏幕上，吴焕珍发来的一段段文字和表情，让雷宏感觉自己就像被人戴了绿帽，失落而愤懑。凭什么她和周志强就有说不完的话，而和自己聊天却惜字如金？周志强给她灌了啥迷魂药？

雷宏把周志强和吴焕珍当天的聊天记录仔细看完了，一句打情骂俏的话语也没有，他又翻了翻他们过往的聊天记录，发现吴焕珍每次也就三五句清清淡淡的话。

没啥呀。雷宏把手机还给了周志强。手机里，吴焕珍又发来信息，催着周志强相告"那女的后来怎样了？"周志强回了句："有事，一会儿再聊。"

周志强觉得，当务之急是要把这两个家伙的心情平复下来，不能伤了和气。看得出来，他们刚才吃醋了，"你们看呀，赶快看呀！看看究竟有没有见不得人的东西。"

郭大鹏没有细看聊天的内容，他只知道吴焕珍说了很多话。满屏都是她的长耳兔头像，所以余气未消。曹子倩属兔，吴焕珍

用长耳兔作为自己的微信头像。

雷宏细看了内容，断定吴焕珍跟周志强没啥。

"既然你们看了我的信息，我也要看看你们的，这才公平。"周志强说着，跃身把雷宏放在床上的手机抓在了手里。

屏幕锁了，周志强让雷宏解锁，雷宏迟疑了下，还是解开了。

"你不也是在和吴焕珍聊天么?"周志强看了一眼微信对话框，反问道。

郭大鹏本想快速删掉和吴焕珍的聊天记录，听说雷宏也在和吴焕珍聊天，就索性把自己和吴焕珍的聊天信息也递给了周志强看。

"都是在和吴焕珍聊天! 这下大家心里都快活了吧。"周志强如释重负地坐到床沿上。

彼此的"秘密"都暴露了，三个人相视而笑。共同的心思也一目了然，再也不用掩饰了，每个人都倍感轻松。

"既然大伙儿的心思都在吴焕珍身上，我们就来个公开竞争。现在先努力挣钱。回去后谁抢到手是谁的本事。"雷宏自认为长相突出，能力也居三人之首，如果吴焕珍没有嫁给陆自远，自己机会最大，就率先亮明了态度。

郭大鹏心想自己近水楼台先得月，何况过去和吴焕珍也处得不错，心里暗喜，但不露声色。

周志强觉得自己各方面条件都在雷宏和郭大鹏之下，自认为机会渺茫，但也不甘心"缴械投降"："公开竞争就公开竞争。谁怕谁呀!"

自打彼此的"秘密"被公开，三个人和吴焕珍聊天，谁也不避着谁了，有时候还互相交换信息看，甚至帮忙回一句微信。三个人干脆商商量量将吴焕珍的微信昵称也全都改成了"老婆"，与电话联系称呼保持一致。

为尽早实现攒钱目标，三个人天天争着加班加点，这让公司主管很是纳闷，过去，他们可是拈轻怕重、贪生怕死的懒虫，现在怎么就成了一群不要命的人？真是想钱想疯了！

吴焕珍睡眠好，每天早上若非闹钟响起或有人叫醒，一觉睡到晌午还不一定能醒来。做闺女时，不知挨了母亲多少骂，说她没心没肺，不知道操心，以后难得安个好家。做了曹振宇老婆后，仍旧"没心没肺"，不过，曹振宇并不在意，反而觉得女人贪睡才更美。倒是婆婆偶尔阴阳怪气地贬责她几句，诸如"生在农村，就得学会起早贪黑，一睡睡到大天亮，不成体统……"，等等。

这天早上，吴焕珍没等到闹钟叫唤就醒了——一个噩梦惊醒了她。她梦见曹振宇拖着一双残腿回来了，让她帮忙洗洗头。那头发里全是虱子，成群结队的，散发出一阵恶臭，吴焕珍连忙打来一盆热水给他清洗。因为慌张，水温太高，忘了加冷水，曹振宇被烫得尖叫……"尖叫声"惊醒了吴焕珍，她慌忙睁开眼，这才察觉是梦，浑身的汗水把被子都浸透了。

这梦也太叫人揪心了！吴焕珍心想，振宇过世已一年多，难道他在阴间腿脚还是不方便？不是说人死了，去了阴间，一切都会重新开始吗？包括疾病、曲折等也会远去。吴焕珍替他担心，为他伤心。想着离上班也就不到一个小时了，决定提前起床早点到公司去。

县城易迁工业园离安置小区不足 500 米，吴焕珍一直以来都

是步行上下班。

初夏时节，梧桐叶茂，百鸟啼鸣。吴焕珍沉浸在先前的噩梦中，为曹振宇在另一个世界的现状忧心。突然，她听到"啪"的一声，随即感觉到有什么东西砸在肩头，转头一看，是一泡黑里带白的鸟屎，还散发着丝丝热气。

"哇！"吴焕珍胃水直翻，刚吃下的早餐吐了一地。

吴焕珍打小就听说鸟屎落在身上是不祥的预兆，不祥即使不发生在自己身上，也会发生在自己至亲之人的身上。她一边赶回家换衣服，一边祈祷自己和亲人身体健康、事事顺遂。为防患于未然，她还是决定给亲人们一一打个电话，提醒提醒他们注意安全。她率先想到曹子倩，可曹子倩在学校，联系不便。接着，她想到了父母。她反复叮嘱他们注意别摔着磕着碰着，地不用再种那么多，差钱管她们几个姊妹要。然后，她想到了陆自远，陆自远几乎天天坐车在乡下跑，潜在危险高，这一晃又有十多天没见着他的人影了。

她赶紧拨通了陆自远的电话。

"哟，你这查房也不选在晚上，是搞马后炮吗？"电话另一端，陆自远开玩笑道。

"你还有心思开玩笑。我早上做了个噩梦。打个电话来就想提醒你出门在外注意安全。"吴焕珍一本正经地说。

"呵呵，你还信这个？……"陆自远取笑。

"我这下忙得很，有空了再和你细聊。反正你注意安全便是！"吴焕珍挂了电话，把鸟屎衣扔进洗衣机，从衣柜里抓了件外衣就往外跑。经这泡鸟屎一折腾，她都快要迟到了。

整个一个上午，吴焕珍心事重重，做事心不在焉，脑子里尽是噩梦和鸟屎。

吴焕珍的反常举动被拓恩鞋业的董事长程娟看在眼里："小吴呀，你身体不舒服吗？不舒服就回去休息。你的事我安排人临时顶替下。"

老板的话音把吴焕珍从漫无边际的思绪中拉了回来，她这才意识到自己状态不对，赶紧凝神聚气，连连表示自己没什么，转而专心工作。

程娟对吴焕珍的事情已了解不少。她很欣赏她，也很担心她，只希望她后面的人生路能美满幸福，便一脸关心地说："姐不是外人，你遇到什么事情就给姐说。即便不能帮你，也可以给你出出主意。"

"姐，谢了。真的没什么。"吴焕珍装出一副若无其事的样子。

中午下班后，吴焕珍抢着赶着为托管中心的老人们做完午饭，自己随便吃了几口便回到家里休息，感觉今天无论身体还是心情，都很糟糕，像是被噩梦和鸟屎击碎了一般。

就在她正要上下午班的时候，接到一个外地电话："你好，你是雷宏的家属吗？我是橙州市人民医院外一科主任医师邱洁，病人身负重伤急需手术，电话征求你的意见。你同意吗？"

"啊？"吴焕珍莫名其妙。

"别啊啊啊了，手术刻不容缓，直接说同意或不同意！"电话那端，女人疾言厉色。

生命攸关，不容吴焕珍多问多想，她赶紧回话："同意！"

随即电话被挂断了。

几乎同一时刻，手机又响了，这次是个男的："你好，你是

周志强的家属吗？我是橙州市人民医院外一科副主任医师秦海，病人身负重伤急需手术，电话征求你的意见。你同意吗？”

吴焕珍意识到可能出大事了，赶紧说道："同意！"

她又用同样的语气和语言，同意了郭大鹏的手术。

是骗子电话吗？吴焕珍缓过气后开始将信将疑。可她细细想来觉得这不像是骗子所为。如此说来，雷宏、周志强、郭大鹏他们都受伤了，而且伤势很重。是出了车祸吗？吴焕珍越想越不敢想，赶紧拨通了陆自远的电话，陈述了刚才遇到的事情，叮嘱陆自远赶紧通过政府渠道核实下。

约莫过了 20 分钟，陆自远来电，告知雷宏、周志强、郭大鹏所在的阀门厂出了安全事故，他们三人身受重伤，他和分管安全的副县长将带领司法等部门的人即刻动身前往橙州处理善后事宜。

按照橙州市政府的意见，需带上伤者家属。陆自远让吴焕珍联合曾玉先与雷宏、周志强、郭大鹏的家属沟通，稳定他们的情绪，他稍后便到。

吴焕珍得知详情，悲恐之至，直怨老天也太不人道了！他们可是刚刚看见点人生曙光，怎就忍心让他们遭此横祸？

吴焕珍向曾玉说明情况，两人决定先将雷宏的父亲雷青山、周志强的父亲周继胜和郭大鹏的母亲楚金凤带到吴焕珍家里，待陆自远到后再确定下一步怎么做。楚金凤察觉到两人的表情不对，把吴焕珍拉到一边，询问是不是郭大鹏他们出了什么事。吴焕珍怎敢开口告知实情，只好一再搪塞。

曾玉急忙给三位老人倒茶、削水果。周继胜、雷青山见楚金凤慌慌张张地，让她坐下来吃水果："你今天是怎么了，魂不守舍的？"

楚金凤拽了拽吴焕珍的衣袖，让她有事就说，如此藏着掖着，真是急死人了。在楚金凤看来，这上班时间，吴焕珍和曾玉把他们三位老人叫来，绝不是让他们来吃水果的，她断定某件事情肯定与郭大鹏他们有关。

就在曾玉、吴焕珍不知如何开口的时候，门铃响了，吴焕珍开门，陆自远走了进来。见满屋子的人表情各异，陆自远断定吴焕珍、曾玉她们还没开口说郭大鹏、雷宏、周志强的事。

"周叔、雷叔、田婶，时间紧，我也就长话短说，橙州的阀门厂出了点状况，大鹏他们三个人受伤了，需要带你们过去看看。你们赶紧准备。"

楚金凤一听郭大鹏出事了，身子一歪晕倒在地。周继胜、雷青山满脸铁青，嘴唇颤抖，刚咬进嘴里的苹果被抖搂出来。

曾玉一边掐楚金凤的人中，一边吩咐吴焕珍赶紧联系社区医生。周继胜、雷青山、陆自远合力将楚金凤挪到沙发上。

一番悲泣、伤叹之后，三位老人决意全权委托吴焕珍赴橙州的阀门厂处理相关事宜，说吴焕珍是他们最信得过的人，他们人老了又没个文化，出门在外尽是麻烦。

从州府坐飞机到橙州市也就两个多小时的航程。一路上，吴焕珍翻看着郭大鹏、雷宏、周志强每月打给她的工资短信，心情沉重。他们虽不是她最亲近的人，却是对她无比信任的人。她多么希望他们挣到钱后能安个好家，也过一把幸福日子。可现在，连他们能不能闯过鬼门关都不清楚。

陆自远自然不知道吴焕珍替郭大鹏他们管钱的事。他更不知道，此时的吴焕珍正将她悲苦的过去与三个伤者的现状联系在一

起，同病相怜，情不自禁。

陆自远伸出一只手，将吴焕珍的手扣着。他希望吴焕珍能够借助他传递的温度和热量，意识到自己不过是一个受委托者，可以有同情，但不能太伤心。

吴焕珍、陆自远等人在医院里见到了被锯掉两条小腿、沉睡在镇定药物里的郭大鹏。随后，他们去了雷宏、周志强所在的冰冷的太平间。吴焕珍没敢走近细看，她只是确认了白布单下那两具拱起的躯体，与雷宏、周志强的身材无异。

大家的心头像塞进了厚重的铅块，久久无语。

据公司相关负责人介绍，郭大鹏、雷宏、周志强三个人当天吃完中饭后，在没有技术主管指导的情况下，擅自加班。因对测压件进行气焊修正时，出现操作失误引发钢瓶爆炸，爆炸物直接导致雷宏、周志强重伤，经抢救无效不幸死亡。爆炸产生的气浪掀翻车床，导致郭大鹏两条小腿被压碎，所幸生命无虞。

经过两地县市政府协调，阀门厂考虑到三个人都是贫困对象，也就不再争论责任问题，直接按工亡、工伤有关标准赔偿和补偿。雷宏、周志强分别获得一次性工亡补助金、供养亲属抚恤金、丧葬补助金等共计 86 万元。郭大鹏的治疗、照料、康复等费用实报实销，另行赔付一次性伤残补助金等共计 51 万元。

三个人的赔付款项，在协议签订当天就打入了吴焕珍的账户。

因郭大鹏尚无法出院，吴焕珍只好留下来照顾。陆自远等人携带雷宏、周志强的骨灰先期返程。

在吴焕珍落地 11 个小时后，郭大鹏终于吃力地睁开双眼，见到吴焕珍坐在病床前，百感交集，刚想立起身来，发现两条小腿不见了，两行绝望的眼泪奔涌而出。

吴焕珍赶紧抽出纸巾帮他擦掉。

"雷宏、周志强他们呢？"郭大鹏有气无力地问。

吴焕珍摇了摇头。

郭大鹏知道了其中的意思，表情呆滞，双目圆瞪。好一阵子后念叨道："怎好意思让你照顾呀。"

"乡里乡亲、左邻右舍的，应该的。你这是大难不死呀。好好治疗，争取早日出院。"吴焕珍说完，拿来一个棉签，蘸上水，在郭大鹏嘴唇上来回滚动，帮他滋润嘴唇。

死里逃生换得心仪的人在一旁照顾，郭大鹏深感幸运。哪怕这种幸运是短暂的，对他来说也足够了。经历了生死，他不再奢求太多，此时，只觉得有吴焕珍在，其他的失去再多也无所谓。

郭大鹏替雷宏和周志强惋惜——这整天惦记的人，如今已来了橙州，可他们却没有机会和气力看了，永远没有了。

吴焕珍为什么是三个人的老婆？医生、护士们也想弄明白。原来，在三个人受伤并紧急送往医院后，医务人员从他们手机上分别找到了他们的"老婆"。事后，发现三个"老婆"的手机号码竟然是同一个。再往深处了解这才得知，他们心心念念的"老婆"，只是他们的一厢情愿。对这位"老婆"，他们可谓笃定情深。遗憾的是，他们的"老婆"并不知情。

令医生、护士们感动的是，他们的"老婆"还真的来了，为其中的两人处理了后事，对另一位，照顾得细致入微。大家对这样的"老婆"油然而生敬重之意。

伴随着镇痛药物的减少，郭大鹏明显感受到伤口疼痛。与伤

口的疼痛相比，内心的疼痛更甚，残缺的双腿让他看不到未来的丁点希望，以至于有吴焕珍在身边，心中仍布满阴霾。

吴焕珍看在眼里，疼在心里，劝慰道："比起雷宏、周志强，你算幸运的了。他们失去了生命，你仅是截了两条小腿。现在科技发达，装个假肢，并不影响行走，就连外人也看不出来。"

为了帮郭大鹏重燃生活信心，吴焕珍在主治医生的帮助下，为郭大鹏订购了一双从德国进口的假肢，该公司在中国的业务代表还特意让郭大鹏试用了产品。郭大鹏装上假肢，穿上鞋，套上裤子，站立的样子跟正常人无异。因为要待伤口愈合一年后才能使用假肢，郭大鹏只好每天继续坐着轮椅。

手术半个月后，郭大鹏终于在吴焕珍的陪伴下坐上了回临金县的火车。

得知郭大鹏、吴焕珍返乡，雷青山、周继胜、楚金凤提前终止了在医院的治疗，在左邻右舍的陪同下早早等候在火车站出站口。这段时间，他们因悲伤过度，加之急火攻心，高血压、心脏病等旧病恶化，相继住进医院。

火车到站，吴焕珍推着坐在轮椅上的郭大鹏出现在大家眼前，楚金凤趔趔趄趄走上前去，一把抱住郭大鹏的头，悲喜交加，痛哭流涕："大鹏呀，你吓死娘啦！……"

雷青山、周继胜也在众人的搀扶下，慢慢靠近郭大鹏。在看清楚郭大鹏面容的那一瞬，两位老人的泪水夺眶而出。此刻，他们多希望看到的是自己的儿子，哪怕是残缺不全的儿子。

"快把老人扶到车上去。他们刚从医院出来，经不起折腾。"曾玉让大家伙儿上车，一同回小区。

"这段时间，把你累坏了！"曾玉走过来帮吴焕珍提行李箱。

"左邻右舍的，碰上这事，只能尽力了。"吴焕珍让曾玉赶紧联系小区公信力强的人来作个证，回小区后把代为保管的赔偿款等事宜交接了："这么多钱放我身上，一天到晚提心吊胆。"

回小区短暂休息后，曾玉便叫上小区几位党员代表来到吴焕珍家。陆自远也从乡下赶了回来。

待三位老人、郭大鹏及几位见证人落座，吴焕珍便拿出笔记本，先是公布了雷宏、周志强、郭大鹏请她代管的工资款：雷宏89000元，周志强82000元，郭大鹏86000元。然后公布了他们三个人的赔偿款、抚恤金等：雷宏、周志强各86万元，郭大鹏67万元（包括16万元的后期康复费用）。"除去已为雷宏、周志强支付的5万元安葬费和为郭大鹏购买假肢花费的17.5万元，我还要给雷叔交付89.9元，给周叔交付89.2万元，给大鹏哥交付58.1万元。趁今天证人们在场，一会儿，雷叔、周叔、大鹏哥随我到银行，我给你们把账转了。"

吴焕珍还帮雷宏、周志强、郭大鹏管着工资？一屋子的人大吃一惊。至于儿子为何要让吴焕珍帮忙保管工资，雷青山、周继胜、楚金凤不知其因，但这件事情让他们大抵明白了儿子对吴焕珍的心思和信任。她值得拥有这份信任！三位老人回想起吴焕珍在托管中心的一言一行，打心眼里觉得儿子有眼光。他们梦寐以求有这样一位善良、贤惠、能干的儿媳，怎奈儿子太平庸，实在配不上她。

"儿呀，你用一条命为我换来的这些钱，我怎么忍心花呀！……"雷青山想钱，也一辈子在挣钱，可这样的钱他实在难以接受，想到伤心处又开始捶胸顿足。周继胜、楚金凤也跟着痛哭起来。众人赶紧起身相劝。

"这些钱，是我儿用命换来的，我见着就揪心。反正他信任焕珍，平时也是焕珍在照顾我，就由焕珍继续管着。"雷青山抹干眼泪，抛出自己出人意料的意见，他想，反正自己也没几年活头了，拿着这么多钱也带不进棺材去，自己打小看着吴焕珍长大，对她知根知底，早知道儿子一直想娶她，认为自己这样做，是在替儿子守住这份感情。

周继胜跟着发话了："我现在已和金凤在一起，志强的钱就给大鹏。他想怎么用都行，只要有我们老两口一口饭吃就行。"

"我是个残废，钱在我手上也不能生钱，用一分就少一分。倒不如让吴焕珍帮忙保管，看她能不能想个啥门路让这些钱保值增值。"郭大鹏把这些天的想法和盘托出，他已经拿定主意，自己的钱就交给吴焕珍保管和打理，免得自己三五不当二五花掉了。

周继胜、楚金凤赞成郭大鹏的意见。陆自远却顾虑了，内心嘀咕道："这不是要把吴焕珍捆住吗？她可是要跟我走的人！"但以他的身份，又不便直言反对，只希望吴焕珍能果断推辞。

"使不得，使不得！这么重大的责任，我承受不起！"吴焕珍万万没想到，雷青山、郭大鹏会有如此决定，毫无思想准备。

"你是怎样的人，大伙儿都看在眼里，要不然，雷宏他们也不会让你帮他们管工资。这钱，说多不多，说少不少，只有交到你手上我们才放心！"雷青山态度坚决。

曾玉此刻想到了一个主意，于是对吴焕珍说："小区眼下还差个超市，你正好把他们的钱拿出一些开个店子，一来方便小区居民，二来可以让这些钱生钱，不至于只出不进，慢慢就花没了。"

　　吴焕珍觉得这是个好主意，开超市不仅可以带动妇助会姐妹就业，也可为郭大鹏康复后找到一个谋生门路，便答应暂时保管、打理这些钱款。

　　为避免落人口舌，她让陆自远找来司法的人，拟了个代管协议，并让管委会和党员代表全程监督这些钱的管理与使用。

　　考虑到郭大鹏暂时无法参与超市的运营与管理，吴焕珍便辞去了福达鞋业的工作，全身心投入便民超市和老人托管中心的经营与服务。

　　因经营有方，加之购买力集中，超市短时间内便产生了较为丰厚的利润，雷青山、周继胜、楚金凤和郭大鹏一致决定，将一部分超市利润用于救助托管中心的困难老人。

　　谁也未曾料到，雷宏、周志强、郭大鹏用生命和肢体换来的血汗钱，竟为小区开启了一扇社会赈济的窗口！

第十六章

陆自远即将调至省政府秘书四处担任副处长的消息不胫而走。秘书四处主要负责全省农村经济、国土资源、农业、林业、水、防汛、扶贫开发、农科教统筹、气象、乡镇企业、农业生产救灾、血防及粮食、供销等方面的文电、会务和督查等工作。雷敏率先从东方农业大学的同事嘴中获知此"地下情报",后经方杰常务副校长证实此言不虚——省委组织部已征询完校领导意见。校党委表示,将无条件支持全省的脱贫攻坚工作。

省政府主要领导对陆自远可谓十分熟悉。脱贫攻坚工作启动后,他被学校举荐为省政府脱贫攻坚专家组成员,长期参与省政府组织的线上工作会议,每次他的真知灼见都深得与会者好评。加之他在仙掌村和临金县的优异表现,主要领导认为把他收入麾下,有利于全省日后开展巩固拓展脱贫攻坚成果工作。

就在雷敏告知陆自远"即将被重用"的消息后,方杰也来电让他做好"随时动身"的准备,并透露学校将尽力争取待临金县接受完省扶贫办组织的脱贫考核评估之后再放人。

陆自远觉得这个时候也得让吴焕珍行动起来,早日筹划手头工作的交接,免得日后手忙脚乱,毕竟吴焕珍在安置小区承担的事情不少,尤其是还有几位仰仗她照顾的老人。再说,曹子倩即将参加中考，若赴省城上学，留给他们准备的时间也不多了。

得知陆自远很快要回省城的消息，吴焕珍一连几天六神无主，深陷在跟去与不跟去的痛苦抉择中。陆自远一次次给她分析到省城对她、对孩子的诸多益处，并一再鼓励她放下思想顾虑，向爱情和婚姻勇敢前行。

吴焕珍内心一万个想去，哪个女人不希望身边有位英俊帅气、能干体贴、前程似锦的老公？过去的漫长岁月，自己吃了足够多的苦，受了足够多的委屈，迫切需要一个坚实、温暖的男人的臂膀来依靠，过一过小鸟依人的幸福日子。

可想归想，残酷的现实却不得不让她冷静下来。平心而论，陆自远就是她想要且想嫁的男人，跟着他，不仅吃穿不愁，还能托庇显贵，可谓灰姑娘变成了白天鹅。然而，如此这般换来的结果注定是陆自远与家人失和，被人取笑娶了个难登大雅之堂的村妇，在金钱和物质上肩负沉重的累赘……

吴焕珍怎么也看不出自己嫁给陆自远能给他带去什么好，倒是觉得如果他和张珊重修旧好，对他的仕途和家庭有百利无一害。关键是张珊本人也有此意愿，而且两边的父母均鼎力支持，陆晓的强烈愿望就更不用说。

吴焕珍认为，有张珊的强大根系存在，任何一个女人走进陆家，即便有陆自远的呵护，也难以找到理想的幸福婚姻生活，毕竟婚姻不单是两个人的恩爱相守，它离不开家庭与社会的认同。

再者，郭大鹏还未康复，几位老人也远没有走出丧子之痛，倘若自己这时候跟着陆自远走了，他们必定大失所望，日后恐难再信任他人，无疑也将加重管委会的管理负担。

吴焕珍向雷敏、周茜茜透露自己准备和陆自远分手的决

定，表示现在已到了不能犹豫不决的时候，一方面，孩子上学的事情等不起；另一方面，久拖不决，势必会让陆自远到省城后牵心挂肠，以至于影响到他大好的仕途。雷敏、周茜茜痛惜吴焕珍下这样的决定，提醒她这样做也许是对的，但必将为此付出巨大的代价，甚至是一辈子的幸福。

"只要他好，我煎熬点没什么，至少比掣肘他一辈子强。再说，我需要的婚姻，最起码是没有家人阻碍的婚姻。而陆自远的父母和女儿估计很难做到。因为在他们心里，唯有陆自远和张珊在一起才是值得祝福的。"吴焕珍解释说。

"那你当初搞啥去了？明知火坑也往里面跳！"周茜茜责问吴焕珍。心想，早知你会退却，我就不会和邹智结婚了，虽说任凭自己一厢情愿也不一定能与陆自远携手到老，但至少有这种可能。现在倒好，机会来了，现实不允许了！

雷敏管吴焕珍叫"傻女人"："你不把自己折腾得够呛，不知道思念一个人的滋味。但愿你不后悔！"

这哪能不后悔？吴焕珍每每想到要掐断和陆自远的纯美爱情，心就如同刀割一般，她多么希望自己一点理智都没有，只知道依爱而行。

当吴焕珍把自己的"理智"决定吞吞吐吐、眼泪汪汪地告知陆自远时，陆自远愣住了，半天说不出话来，内心像是在被刀切火燎一样，疼痛难当。

他先是有些愤怒，觉得吴焕珍完全是在把两个人的感情当儿戏，对自己并非真心真意，枉费他一番心思。进而鄙视她终究是个农村女人，竟然意识不到嫁给自己意味着什么。再后来，他开始迅速反思起自己或是哪里做得不好，让吴焕珍内心少了一份步入婚姻的坚定……

"你怎会有如此的决定呢？这是什么时候的想法？我们自一开始交往，你就这样计划的？……"陆自远倾倒出一个个疑问，让吴焕珍倍觉自己被误解，委屈的泪水一个劲儿地流。她不想申辩自己的这个决定多是为了让他的生活和工作更好，只是陈述自己难得融入省城，难得融入省城那个坚不可摧的家。她想让陆自远走得更无牵无挂一些，这样才便于与张珊复合，重回家庭正轨。

陆自远一气之下摔门而出。脚步声很快消失在安置小区蒙上浓浓夜色的走道里。这是自两人相识以来陆自远第一次发脾气。吴焕珍瞅着陆自远摔门而出的背影，顿时觉得天昏地暗，浑身没有一丝气力，一头栽倒在沙发上。

待吴焕珍醒来时天已微亮，透进窗户的自然光抵消了灯光的皎洁，使之显得有些灰暗。吴焕珍拿起手机，陆自远发来的微信和短信一幕一幕展现在自己眼前：

"宝贝，你的决定关乎我们一辈子的幸福。没有勇往直前的勇气，哪有秀色可餐？"

"你应该相信我对你的爱，一切没有你想象的那般不可逾越。"

……

吴焕珍没有回信，她想对陆自远说的话太多了，但她只能藏在心里。她不知道自己可以挺多久，保不齐明天她就会改变主意。因为她真的很需要陆自远，无论身体还是精神，她只觉得身心的每一个细胞都是为陆自远而存活着。

　　吴焕珍日日浮肿的眼眶和常常心不在焉的举动引起了楚金凤及妇助会众多姐妹的注意，大家猜想她肯定是和陆自远拌嘴了，纷纷开导她：　"舌头和牙齿关系再好，也有被咬伤的时候，天下哪有不拌嘴的夫妻？"

　　大家早已习惯把吴焕珍和陆自远视为两口子，"两口子"之间的事，她们不便多问。

　　"焕珍最近魂不守舍的，莫不是家里出了什么事吧。"周继胜对睡在一旁的楚金凤冷不丁地抛出心头的疑问。

　　"你也察觉到了？"楚金凤有些吃惊——在她的印象中，周继胜平时一贯粗心，最缺乏察言观色的本领，常常连自己渴望被关心的心思都悟不透，整天憨头憨脑。

　　"下午见她做饭都切到手了，还是我帮她找的创可贴，整个人显得心事重重的。眼睛皮也好像哭肿了……"周继胜细细描述。

　　楚金凤越听越觉得事情非同小可。

　　她瞅超市一时没人便主动找吴焕珍搭讪："你最近脸色很难看，情绪也不太好，是有什么事吗？"

　　吴焕珍先是愣了一下，进而意识到自己近些天的状态估计大家也都看在眼里，便装着若无其事的样子搪塞道："能有什么事哟？就是没休息好。"

　　"闺女呀，你就别骗我了。你浮肿的眼眶是不会撒谎的，是不是和陆副县长闹矛盾了？"

　　吴焕珍伸手绑了绑捆扎得有些走形的头发，缄口不言。

　　楚金凤估摸着就是这事，便规劝道："陆副县长可不是个随便让人生气的人，看来他是伤着你心了。有什么不开心的，对我说说呗，我帮你去讨还公道。"

吴焕珍见楚金凤诚心关心自己，正好自己也想找个人倾诉倾诉，也就不再遮遮掩掩："哎！他倒没惹我生气，是我惹他生气了。"

吴焕珍如此一说，可把楚金凤吓坏了。她早就料到吴焕珍对郭大鹏一天到晚体贴入微的照顾，终究会引起陆自远的不满——哪个男人能容忍自己的那口子对别的男人搀头扶脚的？但她还是想确认一下："因为我们家大鹏？"

吴焕珍见楚金凤想偏了，赶紧解释道："不关大鹏哥的事。自远要回省城去了，要我跟着去，我不肯。他生气了。"

"你不是一直都准备去的吗？为何现在又不去了？哦，是被大鹏和我们几个老人牵连了。"楚金凤满脸愧疚，"个人的幸福是大事，我们的事你就甭管了。再说，大鹏现在也好了许多，等装上假肢，基本就不用人照顾了。"

"婶，事情不是你想的那样。我和自远之间的事，一下两下也给您说不清楚。反正这些事情和你们也没什么关系，不用放在心上。"吴焕珍安慰道。

超市有顾客来买东西了，吴焕珍乘机起身迎客。

无论吴焕珍怎么轻描淡写，楚金凤总认为吴焕珍不肯跟去，就是受大鹏和她们几个老不死的人的牵连，毕竟人家早就是这样计划的，于是内心更加自责。

她急急忙忙把雷青山、周继胜叫到家里，当着郭大鹏的面，说了吴焕珍和陆自远闹矛盾的事。

"焕珍是个好姑娘，对我们不错，我们都把她当依靠。可人家还年轻，我们可不能为了一己私利，耽误她一辈子呀。"楚金

凤连连叹息。

怕什么来什么。雷青山、周继胜、郭大鹏就担心吴焕珍有一天随陆自远去了省城。现在看来，离这日子不远了。他们打心眼里希望吴焕珍留下来。

可楚金凤把话都说到这份上了，他们也不能不顾吴焕珍的幸福。再说，吴焕珍能遇上陆自远，算是苦了小半辈子换来的福分，可不能因为他们给葬送了。

"大妹子，你去把焕珍叫来，我有话要说。"雷青山比楚金凤长6岁，习惯唤楚金凤"妹子"。这下，他虽然内心对吴焕珍一万个不舍，倒也能分得出轻重。

楚金凤急忙把吴焕珍叫到家里来。吴焕珍一进门，发现雷青山也在，猜测是楚金凤把他叫过来的，大抵明白了所为何事。"雷叔、周叔，我这超市里还忙着呢，有什么要紧事能不能等我闲下来了再说？"

"关系到你一辈子幸福的事，你不着急，我们着急呢。"雷青山快人快语，"听说你为了大鹏和我们几个老家伙，不准备去省城了？你这是要我们内疚一辈子吗？"

"雷叔，看您说到哪儿去了。我不去省城，完全是别的原因，与你们没关系。"吴焕珍辩解道。

"闺女，你傻呀？陆副县长可是个好男人，对你怎么样，我们可都看在眼里。你跟他去省城，就是去了福窝窝！"周继胜在一旁点化。

"周叔，我晓得的。这不，大鹏和你们，我都还没有安顿好嘛。不可能说去就去呀。"吴焕珍不想把不去省城的真实原因一股脑儿倒出来，毕竟他们也不知道陆家人的情况，更难以理解自己的痛苦决定。

"反正我们今天给你表个态。你到省城，我们一百个同意。至于我们何去何从，你不用惦记在心。你已经给我们搭好了日后生活的架子，我们有能力撑下去！"雷青山态度鲜明，掷地有声。

郭大鹏一直没说话，因为他不想口是心非地附和，毕竟他内心深爱着吴焕珍，渴望发生命运的奇迹，让她永远留在自己身边。不过，他料定产生如此奇迹的可能性微乎其微，因为彼此深爱的两个人，必定会冲破一切阻碍走到一起，更何况自己与陆自远相比，完全没有丝毫的优势，顶多可以在心地善良的吴焕珍面前打打悲情牌。

郭大鹏的沉默，几位老人心知肚明。他们也不好意思强迫他发表意见。当然，他们倒是希望吴焕珍能和郭大鹏走到一起，倘若如此，他们就没有任何后顾之忧了。

吴焕珍的心事，最终还是原原本本透露给了曾玉。在楚金凤的鼓动下，曾玉与吴焕珍进行了深入交谈。作为女人，曾玉理解吴焕珍的难处和决定，认为不去省城，必定留下两个人一辈子怀念的爱情，但也会一辈子受其折磨。倘若去了省城，也许连纯真的爱情也会被残酷的现实消磨得千疮百孔。

陆自远没能等到临金县顺利通过省扶贫办组织的脱贫摘帽评估考核，甚至连和吴焕珍深谈一次的计划都还没有实施，就被省政府"十万火急"地叫走了，这天是阳历 2018 年 6 月 22 日，正值临金县中考结束。

被提拔重用，本是人生得意时，可陆自远怎么也高兴不起来，因为他最希望带走的人，懦弱地、愚蠢地、固执地留在了临

金县。陆自远之所以把吴焕珍的"掉队"冠以"懦弱""愚蠢"等形容词，在于他觉得吴焕珍本可以开始一段迥别于过去的幸福婚姻和人生，却因为她的自信不足、谨慎有余，即将成为泡影。

"完全是被驴踢了脑袋，到了眼前的幸福都不要，愚蠢之至！"陆自远在心里没好气地斥责道。此时此刻，他的心情糟糕透了，唯一值得安慰的是吴焕珍电话里透露曹子倩考试发挥正常，上县一中没问题。

"这孩子是块读书的料，如果去省城上学，前途更加不可限量！"陆自远如此夸赞曹子倩，希望吴焕珍能听懂他的弦外之音，读懂他的言外之意。

吴焕珍自然是明白的。到省城的知名私立高中学习，这是多少孩子和家长的梦想，吴焕珍和曹子倩自然也一样。可这远不只是钱的问题。

昨天接到省政府的紧急上任通知后，陆自远最想做的一件事就是和吴焕珍来个促膝长谈，可全县各乡镇的备战（迎接年底省扶贫办组织的整县脱贫考核评估）事项，由不得他不去叮嘱一番。8个乡镇，逐个耳提面命之后，离今天下午6点开往省城的火车剩下不到两小时。如此短暂的时间，别说长谈，就是寒暄几句也显仓促。过去，因两个人各自牵牵扯扯的东西太多，剪不断理还乱，为避免影响享受快乐的情绪，一直未就婚姻规划深入交换看法，特别是吴焕珍，每次都是避重就轻，一句"到了那天再说"四两拨千斤，可现在真正到了"那天"，两个人却连个说话的时间也没有了。

陆自远毫不怀疑自己同吴焕珍的爱情，也笃定他可以给吴焕珍想要的幸福。关键是吴焕珍始终迈不过心里那道"坎"。

陆自远不止一次设想过两人相拥而泣、依依不舍的分别场面。现在倒好，让一个急促的电话代替了。自上次摔门而出，陆自远就再也没有见到过吴焕珍，他本想给她说声"对不起"，怎奈扶贫事多、脱贫事急，工作每天把他缠得死死的，这一个多星期，就今天才回趟城。而且回来了就得走，走得还越来越远，完全就不由自主，像个被人戏耍的木偶。

"我已经上车了。本想临走前和你好好聚聚的，哪知道上面催得急，根本不给我时间。好想好想和你深谈一次。"火车启动片刻，陆自远向吴焕珍发了一条微信。

吴焕珍本以为陆自远再怎么急也会来给她道个别，至少可以让她去车站送送他。两个人相爱一场，道别的滋味虽不好受，但相拥有情在，哭了有泪在。现在倒好，被时空老爷横下一刀，"身首异处"，连呻吟都来不及。

吴焕珍顿觉内心扎进一块钢板，胀鼓鼓的，疼痛难当："你是党和政府的人，自然要听从党和政府调遣。我也没有想到你走得如此之急，以为再早也会等到考核评估后，连好吃的也没来得及给你做。"

"我来临金县一年多，你做了足够多的好吃的给我吃。辛苦你了！我以为，你会一辈子给我做的，遗憾的是……"陆自远故意用了个省略号，省去了自己不愿意面对的失落和不甘。

吴焕珍知道陆自远仍旧在误会自己，误会自己胆小、懦弱、不自信，因为害怕在省城找不到体面的工作，缺乏博得陆家人认可的耐心和决心，以至于放弃了同他一道赴省城经营梦寐以求的美满婚姻的梦想。

可陆自远哪里体会得到，吴焕珍此时此刻比以往任何时候都

渴望与他辅车相依、耳鬓厮磨，那种情非得已的割舍，备受煎熬的滋味只有她自己懂得。自两人分开一个多星期以来，陆自远几次打电话说要过小区来两个人敞开心扉谈一谈，都被吴焕珍咬牙婉拒了，她知道，这个时候自己越是绝情，陆自远才会越是静下心来思考未来的家庭和婚姻，才有可能和张珊复合，修补过去本不该有的"错误"。

吴焕珍很清楚，自己的这种"绝情"无比脆弱，只要陆自远一现身，一切的伪装都会像被击碎的钢化玻璃，散落一地。为"成就"陆自远的家庭和事业，她唯一的办法就是不让他出现在自己面前，于是，她一次次以"等我一个人静静"为由，将陆自远挡在"门外"，好在陆自远实在太忙，几天来也没能抽出个时间"现身"，否则，现在两个人到底是个什么样的状况，还真说不清楚。

在吴焕珍看来，能与陆自远忘乎所以地爱上一场，已是上天的怜悯与眷顾，虽然短暂，却也无比快乐、幸福，若奢求其他，便是贪婪了。爱情可以自私，但不能贪婪。渴望得到更多，或许会把不该失去的也失掉。

老话说得好：长痛不如短痛。吴焕珍现在的短痛便是整天伤心透顶，心如乱麻，以泪洗面。人活一口气。没了精神的支撑，她感觉自己如同行尸走肉。

面对陆自远发来的"省略号"，吴焕珍伤心、失落的情绪一下子被激发到极点，眼睛一片模糊。好一阵子，她才回了条信息："我、仙掌村、临金县，永远都会记住、想念你和你的同事！"

陆自远深信吴焕珍是爱自己的，更能感受得到她寥寥数语背后的依依不舍，遗憾的是直到现在，他仍然没看到她丝毫的"改变"之意，都说"女人心比海深"，他算是领教了。

吴焕珍的"绝情"不得不让陆自远更加深刻地认识到，一个离婚男人的背后原来有那么多的东西让后来者望而却步，完全不是"女人如衣服，一件不中意，换一件得了"来得那么简单。婚姻中业已形成的东西，就像海底的冰山，你不撞上，不知道它的存在。倘若一旦撞上了，你不死也得脱层皮。陆自远感觉自己现在就在"脱皮"，撕心裂肺地"脱皮"。

即便这样，他也不甘心和吴焕珍就这样结束了，他宁可"粉身碎骨"。

"我到省政府后，仍旧会从事脱贫攻坚工作，临金县，我不会少来！"陆自远用这条短信向吴焕珍和自己暗表决心。

吴焕珍当然希望陆自远常来，最好来了就不再走，对她来说，没有陆自远在的日子，一定会度日如年。可她很清楚，如果陆自远把感情和心思停留在她身上，对张珊就是伤害，陆自远也难以找到真正的家庭幸福，还会大大影响到他的事业。这是她不愿意看到的，也是她放手的主要原因。

吴焕珍无法预料，明天、后天……自己还能不能如此一如既往、情非所愿地承受着爱一个人的代价。她不敢确定，自己今天的决定，放大到两个人的整个人生形态中审视，究竟是对了还是错了。她只能确定，仙掌村、临金县，一定会挣脱贫困、落后的束缚，破茧化蝶，焕发新生！

"时间会留下该留下的东西，也会淡忘该淡忘的东西。只求你过得好！……"吴焕珍将短信连同陈百强的歌曲《偏偏喜欢你》发给了陆自远。

"愁绪挥不去，苦闷散不去，为何我心一片空虚……"

陆自远和吴焕珍双双沉浸在缠绵盈耳、伤悲沁心的音乐中，行行热泪不止不休……